Ullstein Romantik

ÜBER DAS BUCH:

Seit die Engländer im 16. Jahrhundert die Vorherrschaft in Schottland erobert hatten, gab es viele Grausamkeiten. Und der letzte Plan von Königin Elizabeth I. verspricht neue Demütigungen: Die schottischen Clan-Chefs sollen Engländerinnen heiraten. Dieser neue Erlaß betrifft auch die stolze, schöne Brenna – Oberhaupt des MacAlpin-Clans –, die sich voller Entsetzen weigert, diesem Befehl nachzugeben. Doch der Gesandte der Königin kennt keine Gnade. Lord Morgan Grey, gutaussehend und durchsetzungsfähig, nimmt Brenna kurzerhand gefangen – und bringt sie an den Hof der Königin, bis ein passender Ehemann für sie gefunden wird. Obwohl Brenna die Engländer aus tiefstem Herzen haßt, wirkt die Nähe Morgans erregend auf sie. Ganz anders ergeht es ihr mit Lord Windham, den sie zutiefst verabscheut, während er die stolze Schönheit für sich haben will. Er bittet die Königin, Brenna heiraten zu dürfen ...

Ruth Langan

Gefangene der Leidenschaft

Roman

Ullstein

ULLSTEIN ROMANTIK
Ullstein Buch Nr. 23118
im Verlag Ullstein GmbH,
Frankfurt/M – Berlin

Ungekürzte Ausgabe

Umschlagentwurf:
Hansbernd Lindemann
Illustration:
Harlequin Enterprises

Taschenbuchausgabe mit freundlicher
Genehmigung des CORA Verlages, Berlin

Unter dem Originaltitel »Highland Heather«
erschienen bei Harlequin Enterprises Ltd., Toronto
in der Reihe HISTORICAL
Published by arrangement with
HARLEQUIN ENTERPRISES B.V., Amsterdam

Übersetzung: Dorothee Halves
Printed in Germany 1993
Gesamtherstellung:
Ebner Ulm
ISBN 3 548 23118 7

Juni 1993
Gedruckt auf Papier
mit chlorfrei
gebleichtem Zellstoff

Die Deutsche Bibliothek – CIP-Einheitsaufnahme

Langan, Ruth:
Gefangene der Leidenschaft: Roman / Ruth
Langan. [Übers.: Dorothee Halves]. – Ungekürzte Ausg. –
Frankfurt/M; Berlin: Ullstein, 1993
(Ullstein-Buch; Nr. 23118: Ullstein-Romantik)
ISBN 3-548-23118-7
NE: GT

1. KAPITEL

Schottland, 1562

Die plötzliche Stille an diesem friedlichen Sommernachmittag signalisierte Gefahr. Es war, als ob eine Wolke die Sonne verdunkelte. Der Gesang der Vögel war mit einem Mal verstummt. Selbst die Insekten, deren Gesumm und Gezirpe eben noch die Luft erfüllt hatte, schienen auf einmal verschwunden zu sein.

Brenna MacAlpin zog den Dolch aus ihrem Gürtel. »Geh zur Burg zurück!« zischte die Siebzehnjährige ihrer jüngeren Schwester zu. »Sofort!«

Obwohl Megan oft gegen Befehle rebellierte, gehorchte sie diesmal ohne Widerrede. Der drängende Ton in Brennas Stimme bedeutete Gefahr. Keine Zeit für Fragen. Die Fünfzehnjährige sah Brenna nur kurz an und rannte los.

Minuten später erschien ein großer Trupp bewaffneter Reiter auf der Kuppe des Hügels. Das Sonnenlicht brach sich in ihren glänzenden Schilden. Die erhobene Standarte zeigte das Wappen des verhaßten Engländers Morgan Grey.

Der »Wilde der Königin«, wie er allgemein genannt wurde, ritt auf einem schwarzen Hengst voraus. Er war ganz in Schwarz gekleidet. Sogar sein Haar und seine Augen hatten die Farbe des Teufels. Breite Schultern spannten sich unter dem Samtwams. Greys schlanker Körper war von vielen harten Kriegszügen gestählt.

All das sah die junge Frau, und dennoch nahm sie nur eines wahr – die Spitze des Schwertes, das auf ihr Herz gerichtet war.

»Großer Gott, Brenna. Wir werden angegriffen!« schrie Megan ihr über die Schulter zu. »Lauf!«

Doch Brenna rührte sich nicht vom Fleck. Nicht die Angst um ihr Leben lähmte sie, denn Krieg und Tod hatten sie ihr ganzes Leben lang begleitet. Sie bangte nicht um ihr eigenes, sondern um Megans Leben. Aus den Augenwinkeln sah sie, wie ihre jüngere Schwester auf die Burg zulief. Sie betete im stillen, daß Megan die sicheren Mauern rechtzeitig erreichen würde.

Die leise Stimme des Mannes klang drohend. »Es ist nicht meine Absicht, Euch etwas anzutun. Aber wenn Ihr dieses Messer nicht fallen laßt, sehe ich mich dazu gezwungen, Euch anzugreifen.«

»Ja«, sagte sie genauso leise, als sie den Dolch zu Boden fallen ließ. »Das ist die Art der Engländer.« In ihrer Stimme schwangen Wut und Verachtung mit.

Er zog bei ihren Worten die Brauen zusammen.

Als Brenna sah, daß Megan in Sicherheit war, stieß sie einen erleichterten Seufzer aus. Jetzt konnte sie dem Tod getrost ins Auge blicken. Sie hob stolz den Kopf. »Worauf wartet Ihr? Beendet Euer Werk. Ich habe keine Angst. Nicht vor Euch und nicht vor dem Tod und der Zerstörung, die Ihr über unser Land bringt.«

Der Reiter starrte sie unverwandt an. Er sah sich der bezaubernsten Frau gegenüber, die er je gesehen hatte. Ihr ebenmäßiges Gesicht war von herrlichem schwarzen Haar umrahmt, das ihr in sanften Wellen bis auf die Hüften fiel. Ihre Haut war makellos wie feines Porzellan, ihr voller, trotzig vorgeschobener Mund wunderschön. Wie mußte er erst aussehen, wenn er lächelte . . . Und diese zierliche Taille, dieser verführerisch weibliche Körper. Ihre vollen Brüste hoben und senkten sich mit jedem Atemzug.

Doch es waren vor allem ihre Augen, die ihn im Bann hielten. Augen von der Farbe der Heideblüten. Das Glitzern darin war kein Zeichen von Furcht, sondern von Stolz und hochmütigem Trotz.

»Wir sind nicht hierhergekommen, um Euren Clan anzugreifen. Elizabeth, meine Königin, hat uns in einer Friedensmission hergesandt.« Er ignorierte den verächtlichen Laut, den seine Worte hervorriefen. »Ich wünsche lediglich, daß Ihr mich in die Burg einlaßt und mich dem Oberhaupt Eures Clans vorstellt.«

»Zu welchem Zweck?«

Er warf ihr einen Blick zu, vor dem unzählige Männer – von England bis Wales – in die Knie gegangen wären und um Gnade gefleht hätten. Aber dieses Mädchen zuckte nicht einmal mit der Wimper. Sie sah ihn nur an, mit blitzenden Augen und erhobenem Kinn.

»Das werde ich mit Eurem Führer besprechen. Gehen wir.« Er glitt aus dem Sattel und richtete das Schwert drohend auf Brenna.

Sie wandte sich um, so daß ihm ihr Lächeln entging. Doch er bemerkte sehr wohl den weichen Schwung ihrer Hüften, als sie mit hocherhobenem Kopf vor ihm herschritt.

»Alden!«

Auf seinen Ruf hin löste sich ein rotgesichtiger Mann mit einer strohähnlichen Haarmähne aus der Reiterschar.

»Du kümmerst dich um die Männer.«

Kurz darauf setzten die Soldaten sich in Bewegung und folgten ihm.

Als sie vor den Toren der Burg ankamen, ertönte von innen ein Ruf. Das schwere Tor öffnete sich.

»Klug von ihnen, daß sie nicht kämpfen«, murmelte der Engländer. »Wir sind weit in der Überzahl.«

»Das ist nicht der Grund«, sagte Brenna sofort. »Sie wissen, daß ich in Gefahr käme, wenn sie kämpfen würden. Deshalb tun sie es nicht.«

»Ist das Leben einer einzigen Frau ihnen so wichtig?«

Brenna antwortete nicht.

Er wandte sich an den Torhüter. »Ruf den Führer deines Clans!«

Der gebeugte alte Mann warf Brenna einen besorgten Blick zu, doch die schüttelte unauffällig den Kopf. Da entfernte sich der Alte und humpelte eine Treppe hoch.

Ohne Morgan Grey zu beachten, durchquerte Brenna die Halle und blieb einen Moment vor dem flackernden Kamin stehen. Dann drehte sie sich um.

»Ich bin das Oberhaupt des Clans«, sagte sie mit fester Stimme. »Ich bin Brenna MacAlpin. Diese Leute hier unterstehen meinen Befehlen.« Sie machte eine Pause. »Und Ihr und

Eure Männer«, fügte sie ruhig hinzu, »seid widerrechtlich in meine Burg eingedrungen.«

Brenna MacAlpin. Morgan Grey brauchte eine ganze Minute, um sich von seiner Überraschung zu erholen. Diese Elfe von einem Mädchen war die Führerin der MacAlpins? Natürlich hatte er von ihr gehört. So mancher englische Soldat war mit erstaunlichen Geschichten über sie aus dem Kampf zurückgekehrt. Er hatte sich eine hünenhafte Riesin vorgestellt, die wie ein Mann das Schwert führte und wie ein Mann zu Pferde saß. Dieses zarte Wesen hatte er jedenfalls nicht erwartet. Zu ihr paßten eher ein Stickrahmen und Diener, die ihr Gebäck servierten.

»Ihr habt uns in die Burg eingelassen«, erwiderte er endlich. »Warum? Wußtet Ihr nicht, daß Euch das noch angreifbarer macht?«

Brenna gab dem alten Duncan ein Zeichen, der mit gezogenem Schwert herankam. Sein weißes Haar bildete einen scharfen Kontrast zu seiner wettergegerbten, gebräunten Haut. Obwohl er vom Alter gebeugt war, waren seine Arme von der lebenslangen harten Arbeit noch kräftig.

»Ihr werdet Euch meinen Befehlen beugen«, sagte er mit seiner dünnen Stimme, die wie die Räder eines alten Karrens knarrte. »Sagt Euren Männern, daß sie die Waffen niederlegen sollen. Oder ich werde meinen Leuten den Befehl zum Angriff geben.«

Morgan Grey warf lachend den Kopf zurück. »Soll ich mich vor diesem alten Mann fürchten?«

»Nein, Mylord«, sagte Brenna sanft. »Aber wenn Ihr Eure Männer von unseren umstellt seht, werdet Ihr Duncan den Respekt erweisen, der ihm zukommt.«

Wie vom Donner gerührt drehte Morgan sich um. Hinter jedem seiner Soldaten stand ein bewaffneter Schotte. Und mitten unter den Männern erblickte er das kleine schlanke Mädchen, das bei ihrem Erscheinen hinter die sicheren Mauern der Burg geflüchtet war. Obwohl sie helles Haar hatte und ihre Augen bernsteinfarben waren, war die Ähnlichkeit mit Brenna unverkennbar. Sie mußte die Schwester der Frau sein, die sich als

Führerin des Clans ausgab. Im Gegensatz zu Brenna MacAlpins fast sanfter Ruhe hatte das junge Mädchen den feurigen Blick eines Kriegers.

Auch die englischen Soldaten drehten sich jetzt um und blickten in die finster-entschlossenen Mienen ihrer Bewacher.

»So, so.« Morgan wandte sich wieder der jungen Frau zu. »Ich sehe, daß ich Euch unterschätzt habe.«

»Ein gefährlicher Fehler. Tragt Euer Anliegen vor, Morgan Grey, bevor ich die Geduld verliere.«

»Ihr wißt, wer ich bin?«

»Ja.« Ihre Augen wurden schmal. »Man nennt Euch den ›Wilden der Königin‹. Aber Elizabeth von England ist nicht meine Königin. Und wir hier in Schottland fürchten Euch nicht.«

Er trat einen Schritt auf sie zu. Augenblicklich hob Duncan sein Schwert und kam ebenfalls näher.

»Alter«, zischte Morgan ihm zwischen zusammengepreßten Zähnen zu. »Wenn ich nicht in friedlicher Mission hier wäre, würdet Ihr schon in Eurem Blut liegen.«

»Zurück! Kommt Lady Brenna nicht zu nahe!«

Morgan hatte Mühe, sich zu beherrschen. Die Arroganz des Alten reizte ihn, ihm das Schwert ins Herz zu stoßen. Trotzdem bewunderte er den Mut dieser beiden. Es beeindruckte ihn, daß ein trotteliger alter Narr und eine zarte, hilflose Weibsperson es wagten, ihm die Stirn zu bieten. Doch einerlei – er hatte seine Befehle.

Ohne Duncan zu beachten, zog er eine Pergamentrolle aus seinem Wams und überreichte sie Brenna mit einer leichten Verbeugung. »Ich überbringe von meiner Königin eine Friedensbotschaft. Sie ersucht Euch, meine Männer und mich in Freundschaft zu empfangen und uns zu erlauben, einige Tage hier zu verweilen. Es ist der Wunsch meiner Königin, daß die Kriege an unseren Grenzen beendet werden und unsere Völker lernen, miteinander in Frieden zu leben.«

»Und wenn wir die Waffen senken? Werden wir dann nicht ein Messer im Rücken haben?« fragte Brenna sanft. »Oder noch schlimmer – wird nicht die Burg verwüstet und geplündert sein, wenn wir morgen erwachen?«

»Nein, Mylady. Wenn wir Eure Burg einnehmen wollten, dann hätten wir sie belagert und Euch im Kampf besiegt. Bedenkt, daß wir Euch an Zahl weit überlegen sind. Die Männer, die Ihr hier seht, sind nur ein kleiner Teil meiner Truppe. Die übrigen warten draußen vor den Burgmauern auf meine Befehle.«

Obwohl ihr Gesichtsausdruck sich nicht veränderte, bemerkte er ein Aufblitzen in ihren Augen. Anscheinend war sie sich der Übermacht bewußt. Die große Zahl der Reiter auf den Hügeln konnte ihr nicht entgangen sein. Nur etwa hundert waren ihm ins Innere der Burg gefolgt.

»Warum will Eure Königin einen Waffenstillstand zwischen unseren Völkern?«

Morgans Mund verzog sich zu einem feinen Lächeln. »Meine Königin und Eure sind verwandt. Vielleicht sind sie der Zwietracht müde geworden.«

Was er sagt, ergibt Sinn, dachte Brenna. Es war möglich, daß Grey die Wahrheit sagte. Oder ließ sie sich blenden, weil sie sich nichts sehnlicher als Frieden wünschte?

Die schottischen Clans, die entlang der Grenze lebten, litten seit Generationen unter den Spannungen zwischen England und Schottland. So hatte Brenna seit ihrer Geburt nichts als Kriege und Unruhen erlebt.

Sie musterte Morgan Grey schweigend. »Wie lange wünscht Ihr zu bleiben?«

»Einen Tag oder zwei. Nicht länger.«

Sie nickte. »Eure Männer werden keine Waffen tragen. Und wenn einer meiner Männer angegriffen wird, ist das ein Angriff gegen uns alle.«

Die Muskeln in Morgans Gesicht spannten sich an. Sie war so beherrscht, so kühl und überlegen, daß er zwischen Respekt und Wut schwankte. Sollte er sich vor ihr verneigen wie vor einer Herrscherin, oder sollte er sie so einschüchtern, daß ihr der Hochmut vergehen würde?

Er zögerte einen Moment. Dann drehte er sich zu seinen Leuten um und befahl ihnen, die Waffen niederzulegen. »Kein Mann erhebt die Hand gegen einen anderen, solange wir die Gastfreundschaft der MacAlpins genießen.«

Brenna hörte den sarkastischen Unterton in seiner Stimme. »Meine Diener werden für Unterkunft und Verpflegung Eurer Leute sorgen«, sagte sie ruhig.

»Wir sind Euch zu großem Dank verpflichtet, Mylady.«

Sie nickte ihm kurz zu, durchquerte dann die Halle und stellte sich zu ihren Männern. »Wir werden tun, was in unseren Kräften steht.«

Ihre jüngere Schwester warf ihr einen beunruhigten Blick zu, und Morgan beobachtete, wie Brenna ihr die Hand auf den Arm legte. Wie verschieden die beiden waren. Die jüngere sah angriffslustig aus wie ein junger Knappe vor einem Kampf. Sie schien vor Energie zu beben. Ein wildes, kampflustiges Mädchen, das seinen Ärger über die ungebetenen Gäste offen zeigte.

Die Schwestern verließen die Halle, und Morgan blickte ihnen nach, bevor er sich umwandte und langsam zum Kamin ging. Diese beiden Schwestern waren erstaunlich, und vor allem die ältere ging ihm nicht aus dem Kopf. Sie wirkte so würdevoll, so beherrscht – wie zur Königin geboren.

Er betrachtete die Gobelins, die an den Wänden der Halle hingen. Eine Gestalt fiel ihm besonders auf, ein Mann, Ahnherr des Clans. Morgan erkannte das Gesicht. Kenneth MacAlpin, der erste König von Schottland.

Er trat näher und besah sich die kunstvolle Stickerei, zeichnete mit dem Finger die Linien des Gesichts nach. Es war offenbar, woher Brenna MacAlpin diesen aufreizend überlegenen Ausdruck hatte. Der große MacAlpin hatte ihn durch all die Generationen weitergegeben.

Ein Lächeln ging über Morgans Gesicht, ein herausforderndes, gefährliches Lächeln.

Es hatte ihm schon immer Spaß gemacht, sich mit Fürsten und Königen anzulegen. Und zu gewinnen.

Morgan Grey stand im Eingang und beobachtete, wie seine Männer in die Halle strömten. Ihnen folgten die Schotten, wie die Engländer ohne Waffen. Zumindest konnte man nicht sehen, was vielleicht unter Umhängen versteckt war.

Trotz der vielen Menschen war die Halle nicht überfüllt. Feuer in den beiden riesigen Kaminen an den Enden des

Raums sorgten für eine behagliche Wärme. Von den Wänden warfen Leuchter mit Fackeln ihr warmes Licht. Die Stiefel der Männer schrammten auf dem Steinboden, als die Soldaten sich lärmend an die langen Holztische setzten.

Die Engländer saßen am einen Ende des Saals, die Schotten an dem anderen. Der Raum hallte von derben Worten und rauhem Gelächter wider, als die Männer, Gegner seit Jahrhunderten, sich gegenseitig abschätzten.

Kaum hatten jedoch die beiden jungen Frauen die Halle betreten, trat sofort Stille ein. Mit zusammengekniffenen Augen nahm Morgan die ältere ins Visier.

Brenna trug ein Gewand aus lavendelfarbenem Samt. Es lag eng um ihre festen Brüste und ihre zierliche Taille und fiel dann in weichen Falten auf die Spitzen ihrer bestickten Schuhe. Die mit Hermelin besetzten Ärmel schlossen sich eng um ihre Handgelenke. Bänder aus Satin waren in ihr dunkles Haar geflochten, das ihr weich über die eine Schulter fiel.

Ihre Schwester war in makelloses Weiß gekleidet. Die Fülle ihres goldblonden Haars lag schwer auf ihren Schultern. Sie wirkte fast wie ein Kind, doch in dem Blick, mit dem sie die fremden Soldaten musterte, lag nichts Kindliches. Wieder verbarg sie nicht ihren Abscheu.

Während die beiden zu ihren Plätzen an der Stirnseite des Tisches schritten, erhoben sich die schottischen Soldaten respektvoll. Die Engländer folgten zögernd ihrem Beispiel.

»Mylord.« Eine junge Dienerin ging auf Morgan zu. Als er sie mit unverhohlenem Interesse musterte, senkte sie scheu den Blick. »Mylady bittet Euch, an ihrer Tafel zu speisen.«

Er nickte kurz und folgte ihr zum Tisch der Schotten. Brenna MacAlpin empfing ihn mit dem hoheitsvollen Blick ihres königlichen Vorfahren. »Ich habe versäumt, Euch meine Schwester vorzustellen. Megan ist die jüngste der MacAlpins.«

Er neigte sich über die Hand des jungen Mädchens und spürte ihren mißtrauischen Blick. Als er ihre Hand ergriff und mit den Lippen streifte, fühlte er, wie Megan zusammenzuckte. »Ihr braucht Euch nicht zu fürchten. Ich trage keine Waffen, Mylady.«

Die Andeutung eines Lächelns ging über sein Gesicht, aber

Megan war nicht zum Lächeln zumute. »Das ist sehr klug, Mylord. Denn ich hielt es für ratsam, dem Wort eines Engländers nicht zu trauen.«

Sie berührte den Knauf des Dolches, der in ihrem Gürtel steckte.

Morgans Lächeln verschwand.

Brenna legte ihrer Schwester die Hand auf den Arm und bedeutete ihr zu schweigen. Dann wandte sie sich Morgan zu, um ihn zu beschwichtigen. »Wir sind es nicht gewohnt, englische Soldaten zu bewirten.«

»Für mich ist es auch eine neue Erfahrung, Mylady.«

»Bitte . . .« – sie war darauf bedacht, dieses Mahl nicht in einem offenen Kampf ausarten zu lassen – »laßt uns unsere Plätze an der Tafel einnehmen.«

Als Morgan sich setzte, berührte sein Schenkel den Brennas. Ihre Blicke trafen sich – seiner belustigt, ihrer ärgerlich.

Er sah die kühle Verachtung in ihren Augen und blickte fort. Auch wenn Lady Brenna ihrer Pflicht als Gastgeberin nachkam, so empfand sie das offensichtlich als entwürdigend. Sie befanden sich beide in einer ähnlichen Lage. Auch er, Morgan, führte lediglich den Befehl seiner Königin aus und erduldete die Situation. Doch er hatte durchaus Lust, die Burg dieser eisigen Lady einzunehmen.

Brenna holte tief Atem, um ihren rasenden Herzschlag zu beruhigen. Obwohl sie sich den Anschein gab, gelassen und beherrscht zu sein, waren ihre Nerven gespannt wie die Saiten einer Laute. Der Mann an ihrer Seite hatte etwas an sich, das sie völlig durcheinanderbrachte.

»Haben meine Diener für Eure Unterbringung gesorgt, Mylord?«

»Ja, Mylady.« Morgan ergriff den Krug, den ihm eine Magd reichte, und trank in tiefen Zügen, bevor er ihn absetzte. Er wußte nicht, warum, aber diese Frau verunsicherte ihn.

Als eine andere Dienerin eine Platte mit gesottenem Geflügel brachte, bedeutete Brenna dem Gast, sich zuerst zu bedienen. Sie beobachtete, wie er sich ein großes Stück Fleisch nahm und es in kleinere Portionen zerlegte. Wie groß seine Hände waren!

Welch eine Kraft sie verrieten! Ein Schauer rieselte Brenna über den Rücken, und sie fragte sich, warum solch ein Gedanke ihr durch den Kopf ging.

»Für Euch nichts, Mylady?«

»Ich ...« Sie spürte, daß sie errötete. »Ich fürchte, ich habe heute abend nur wenig Appetit.«

»Ich bin geradezu ausgehungert.« Morgan bediente sich von neuem. Jetzt wurden Platten mit Wild, Rebhühnern und Lachs aufgetragen. Er langte zu und genoß jeden Bissen. Und sobald sein Krug geleert war, wurde von einer aufmerksamen Magd nachgeschenkt.

Als Morgan endlich gesättigt war, lehnte er sich mit einem zufriedenen Seufzer zurück. »Ihr seid eine überaus großzügige Gastgeberin, Mylady.«

Brenna hatte ihre Speisen kaum angerührt. Trotzdem freute es sie, daß Morgan das Mahl sichtlich genoß. Es machte Spaß, einen Mann mit so großem Vergnügen essen zu sehen.

»Tut Ihr alles mit so großem Eifer, Mylord?« fragte sie.

»Alles. Wenn es die Sache wert ist.« Er wandte sich ihr zu und blickte ihr voll ins Gesicht. »Mein jüngster Bruder starb mit fünfzehn am Fieber. Mit seinen letzten Atemzügen beklagte er sich, daß er überhaupt noch nicht gelebt hätte. Daß er sterben müßte, bevor er im Namen seiner Königin das Schwert gehoben hätte. Daß er nie in ferne Länder reisen, nie eine Frau umarmen würde.«

Als Morgan die flammende Röte in Brennas Gesicht sah, wurde ihm bewußt, daß ihre Erfahrungen vermutlich nicht größer als die seines Bruders waren. Er wechselte schnell das Thema.

»Eure Burg ist gut befestigt, Mylady. Es fällt mir schwer zu glauben, daß der alte Mann, der Euch heute morgen zur Seite stand, Euer Erster Soldat ist.«

»Der alte Duncan und mein Vater waren seit ihrer frühen Jugend Vertraute und Waffenbrüder. Seine Treue verdient meinen Respekt.«

»Die Loyalität eines alten Mannes richtet nichts gegen das Schwert eines Feindes aus, Mylady.«

Ihre Augen blitzten auf, bevor sie in beherrschtem Ton antwortete. »Mein Volk hat Hunderte von Jahren im Angesicht der Engländer gelebt, die die Hand nach unserem Land ausstreckten. Ihr Engländer begehrt, was wir besitzen – fruchtbares Hügelland und gesundes, gutgenährtes Vieh.«

»Ganz zu schweigen von Euren Frauen ...«

Sie hörte den belustigten Unterton in seiner Stimme, und ihr Blick wurde härter. »Keine Wortgefechte, Mylord!«

»Ist Euch ein Gefecht mit Schwertern lieber?«

»Haltet Ihr mich für eine blasse englische Lady, die beim Anblick eines Schwertes in Ohnmacht fällt?« gab sie zurück. »Die MacAlpins sind zwar von Natur aus ein friedliebendes Geschlecht, aber sie wurden gezwungenermaßen ein kriegerischer Clan. Als ihr Oberhaupt würde ich nicht zögern, das Schwert gegen jeden zu erheben, der mein Volk bedroht.«

Morgans Bewunderung für den Mut dieser Frau wuchs. Zugleich ärgerte ihn ihr stolzes Gebaren. »Verzeiht, Mylady, wenn ich mich von der Tafel zurückziehe. Aber da meine Männer sich ausreichend gestärkt haben, werde ich sie jetzt in ihre Quartiere schicken, die Ihr so großzügig eingerichtet habt.«

Er erhob sich mit einer höflichen Verneigung, und Brenna sah ihm nach, als er die Halle durchquerte. Sogar in seinen Bewegungen drückte sich seine Arroganz aus. Ein kurzer, knapper Befehl, und seine Männer folgten.

Duncan sah von seinem Platz aus abwartend zu Brenna hinüber. Sie nickte, worauf er seine Männer um sich versammelte. Sie würden wachsam bleiben, während die Fremden schliefen. Für die MacAlpins galt das Wort eines Engländers nichts.

Als die englischen Soldaten die Halle verlassen hatten, fühlte Brenna, wie sie sich entspannte. Sie verspürte sogar Hunger und begann, herzhaft zu essen. Morgan Grey hatte ihr den Appetit verdorben. Ob es einen Menschen gab, der sich in seiner Gesellschaft wohl fühlte? Brenna bezweifelte es.

2. KAPITEL

Die kühle Abendluft war von dem zarten Duft des Heidekrauts erfüllt. Wolken schoben sich vor die Mondsichel und tauchten den Garten in ein samtenes Dunkel.

Brenna zog den Umhang fester um sich und schlenderte über die heckengesäumten Wege. Die Anwesenheit der Engländer und besonders Morgan Greys ließ sie nicht zur Ruhe kommen. Sein Ruf war ihm vorausgeeilt. Er war nicht einfach ein Bote seiner Königin, der eine Nachricht überbrachte. Der Mann war eine Legende. Sein Name ließ ganze Armeen erzittern, und nicht nur die gegnerischen Heere. Von Schottland bis Wales und selbst jenseits der See, in Irland, war der »Wilde der Königin« ein gefürchteter Mann.

Morgan Grey war mehr als ein Soldat, dem nur sein Schwert Macht verlieh. Er war ein englischer Adliger und tonangebend in verschiedenen politischen Gruppierungen. Sein Vater war ein enger Berater von König Heinrich VIII. gewesen, und Königin Elizabeth vertraute ihm wie nur wenigen in ihrem Umkreis. Er zählte zu jenen Männern, die als zukünftiger Gemahl Elizabeths in Frage kamen.

All dies hatte Brenna gewußt. Trotzdem war sie überrascht. Morgan Grey hatte sich erstaunlich friedfertig gezeigt, aber schon seine Gegenwart schüchterte sie ein.

Sie hörte Schritte und drehte sich um, den Dolch griffbereit.

In der Dunkelheit klang Morgans Stimme gedämpft. »Verzeiht, Mylady. Ich wollte Euch nicht erschrecken.« Als er das Metall aufblitzen sah, senkte er die Stimme. »Ich kenne keine einzige englische Lady, die sich für einen Spaziergang im Garten bewaffnen würde.«

»Dann sind Eure Frauen zu beneiden, Mylord. Mögen sie nie gezwungen sein, sich und ihr Eigentum vor fremden Angreifern verteidigen zu müssen.«

Wieder überraschte ihn ihr feindseliger Ton. »Wenn Ihr mir nicht traut, Mylady, dann sollte vielleicht der tapfere Duncan an Eurer Seite sein.«

Sie mußte lächeln. »Duncan und seine Mary schlafen um diese Zeit. Eure Ankunft hat den Mann den ganzen Tag auf den Beinen gehalten.«

»Und wer beschützt Euch, Mylady? Wer sorgt für Eure Sicherheit?«

Wieder ging ein Lächeln über ihr Gesicht. »Ich glaube nicht, daß Ihr Euch ernsthaft um meine Sicherheit sorgt. Aber damit Ihr Bescheid wißt . . .« Sie neigte den Kopf. »Meine Leute halten Wache – hier im Garten und im übrigen Burggelände. Sie bemerken alles, bis hin zum Ruf eines Nachtvogels. Trotz der Gegenwart der Engländer, die meinen Leuten genug zu tun gibt, achten sie auf meine Sicherheit.«

»Ihr braucht nichts zu fürchten.« Morgan blieb an Brennas Seite, als sie ihren Weg fortsetzte. Der süße Duft der Rosen machte ihm bewußt, daß sie eine Frau war. Eine bezaubernde Frau, zart wie eine Rosenknospe. Doch ihre Worte waren scharf wie Dornen.

Sie gingen weiter, vorbei an dicken Polstern wilder Heide. Kultiviert wie die Rose und wild wie die Heide, dachte Morgan.

»Habt Ihr die Botschaft meiner Königin gelesen?«

»Ja.« Brenna beugte sich über eine vollerblühte Rose und sog ihren betörenden Duft ein. »Die englische Monarchin versichert, daß Ihr in friedlicher Mission kommt. Sie sagt jedoch nicht, wie sie unsere Grenze zu befrieden gedenkt.«

»Die Königin ist überzeugt, daß das Blutvergießen ein Ende hat, wenn die Grenzgebiete unserer beiden Länder vereint werden. Sie hat auch einen Abgesandten zum Hof Eurer Königin Mary nach Edinburgh geschickt. Ihre Idee ist, durch Eheschließungen den Frieden zu sichern.«

»Eheschließungen. Mit Engländern.« Brenna neigte sich noch tiefer über die Rose und strich über das samtene, tiefrote

Blütenblatt. Sie hoffte, daß das Zittern ihrer Hand sie nicht verraten würde.

»Mißfällt Euch der Gedanke, Mylady?«

Brenna zwang sich, Morgan ins Gesicht zu sehen. Täuschte sie sich, oder lag in seinen Augen ein spöttisches Lächeln?

Sie raffte ihren Rock und ging weiter. Doch sie konnte ihren Ärger nicht bezähmen. Vor einem Spalier, an dem Wein und Rosen emporrankten, blieb sie stehen und wandte sich zu Morgan um. »Warum sollte er mir mißfallen? Warum soll ich nicht bereitwillig und mit Freuden mein Volk, meine fruchtbaren Ländereien und den Stammsitz meiner Familie hergeben, um all das gegen die schlechte Behandlung eines englischen Ehemannes einzutauschen?« Ihre Stimme senkte sich zu einem wütenden Flüstern. »Muß ich nicht überglücklich sein, alles, was mir lieb und teuer ist, dem Frieden zwischen unseren Ländern zu opfern?«

»Und was ist mit dem unglückseligen Engländer, der zur Ehe mit einer Feindin gezwungen wird? Muß der arme Teufel nicht jedesmal, wenn er auf dem Ehelager liegt, um sein Leben fürchten?«

Ihre Augen blitzten auf. »Ja, das muß er. Wenn er darauf besteht, eine MacAlpin zu heiraten.«

»Welch ein Zorn in einer so jungen Frau.« Der Spott war aus seinen Augen gewichen, und seine Stimme wurde weich. »Was haben die Engländer getan, daß Ihr so voller Haß seid?«

»Meine Mutter starb durch die Hände englischer Soldaten. Meine Schwester und ich haben sehr unter ihrem Tod gelitten, aber meinem Vater hat es das Herz gebrochen. Er war wie erloschen, nachdem sie gestorben war.«

»Das bedaure ich sehr.« Ohne zu überlegen, legte Morgan ihr die Hand auf den Arm. Was dann geschah, überraschte und bestürzte ihn. Eine Flut warmer Gefühle durchströmte ihn.

»Ich muß gehen.« Fast fluchtartig drehte Brenna sich um, doch Morgan hielt sie am Arm fest.

Sie spürte, wie ihr Mund trocken wurde. Schnell blickte sie sich um, in der Hoffnung, einen ihrer Männer zu sehen. Aber das dichte Gewirr der rankenden Pflanzen verdeckte die Sicht.

»Laßt mich los!« zischte sie wütend. »Oder ich bin gezwungen, mich zu verteidigen.« Sie zog ihren Dolch aus dem Gürtel und richtete ihn drohend auf Grey.

»Ihr seid in der Tat keine blasse englische Lady. Was sage ich – in England würdet Ihr überhaupt nicht als Lady betrachtet werden. Ich kenne keine Lady, die einen Mann mit einem Messer bedrohen würde. Es sei denn, sie hätte wirklich die Absicht, es zu gebrauchen.«

»Ihr scheint zu glauben, ich würde Euch nur drohen. Wenn Ihr Euch nicht sofort zurückzieht, werde ich mit diesem Dolch zustechen.«

Ein unmerkliches Lächeln ging über Morgans Gesicht. Er packte mit einem harten Griff Brennas Hände und entwand ihr den Dolch. Als sie sich zu wehren versuchte, zog er sie roh an sich. Jetzt lächelte er nicht mehr.

»Es gibt kaum jemanden, der die Waffe gegen mich gezogen hat und es überlebte.« Seine Stimme klang gefährlich leise und hatte einen drohenden Unterton.

Sie starrte auf das Messer in seiner Hand und reckte trotzig das Kinn vor. »Ist dies die Art und Weise, wie Eure Königin Frieden zwischen unseren Völkern stiften will?«

»Nein, Mylady. Nicht so.« Er ließ das Messer zu Boden fallen. »Sondern so.«

Ehe sie sich besinnen konnte, neigte er den Kopf und preßte den Mund auf ihre Lippen.

Sein Kuß sollte eine Bestrafung für ihren Hochmut sein. Es würde ihm ein Vergnügen sein, dieses hochmütige Weibsbild zu erniedrigen, denn natürlich würde sie die Zärtlichkeit eines Engländers verabscheuen und sich nicht freiwillig von einem Feind küssen lassen. Schon jetzt genoß er die Vorfreude, sich an ihrer Wut weiden zu können.

Doch in der Sekunde, da ihre Lippen sich trafen, waren alle bösen Gedanken wie weggeblasen.

Himmel. Was war mit ihm los? Zwischen ihnen floß ein Feuerstrom von verzehrender Kraft. Morgan ahnte, daß er verbrennen würde, aber er konnte den Mund nicht von ihren Lippen lösen.

Sie war so schmiegsam und warm, ihr Atem süß wie der Duft

der Blumen. Die weichen Formen ihres Körpers schienen mit den seinen zu verschmelzen. Nur ihre Hände trennten sie voneinander, ihre kleinen, zu Fäusten geballten Hände.

Brenna machte sich steif und wehrte sich gegen die Gefühle, die sie bei seiner Berührung empfand. Das durfte einfach nicht geschehen. Nicht mit diesem verhaßten Engländer. Doch so sehr sie sich mit dem Verstand gegen das Unmögliche wehrte, so hilflos war sie ihrem Körper ausgeliefert. Als Morgans Lippen sich über ihren schlossen, rieselte ein lustvoller Schauer über ihren Rücken. Und obwohl sie die Hände entschlossen vor ihren Körper hielt, schienen ihre Finger einem eigenen Willen zu gehorchen, denn sie öffneten sich und legten sich gegen Morgans Brust.

Er hob den Kopf und blickte auf sie herab, als sähe er sie zum erstenmal.

Ihre weit geöffneten Augen zeigten Furcht und Abscheu. Doch in ihrer Tiefe spiegelte sich noch ein anderes Gefühl wider. Verlangen? Konnte es das erste winzige Anzeichen weiblichen Verlangens sein?

Er wußte, daß er besser daran täte zu gehen. Sofort, bevor die Wachen Verdacht schöpften und nachforschten, warum ihre Herrin so lange bei der Rosenlaube verweilte. Die geringste Unruhe würde den brüchigen Frieden erschüttern, den Elizabeth so dringend wollte.

Während Morgan Brenna betrachtete, strich er unbewußt sanft über ihre Arme. Sie war hinreißend. Ihr dunkles Haar hatte sich aus dem Kamm gelöst und schmiegte sich weich um ihr Gesicht und fiel über ihre Schultern. Und wie voll und schön ihr Mund war. Morgan konnte nicht widerstehen. Er senkte den Kopf und küßte sie noch einmal.

Diesmal war der Kuß nicht hart und fordernd. Er war nichts als eine hauchzarte Liebkosung. Langsam und weich ließ Morgan die Lippen über Brennas Mund gleiten und gab sich selbstvergessen ihrem Zauber hin.

Verzweifelt versuchte sie, sich gegen die überwältigenden Gefühle zu wehren, die sie wie eine tosende Flut überfielen und sie mitzureißen drohten. Doch sie war diesen Empfindungen ohnmächtig ausgeliefert. Noch nie zuvor hatte sie dieses qualvoll süße Sehnen verspürt, das sich tief in ihrem Innern ausbreitete und stärker war als alle Vernunft. Obwohl Morgan sie ganz sanft in den Armen hielt, als wäre sie eine empfindliche Blume, fühlte sie sich wie in einer eisernen Klammer gefangen. Aber es war das herrlichste Gefängnis, das sie sich vorstellen konnte.

Seine Lippen waren warm und fest. Ihre sanfte Berührung erfüllte sie mit einem betörenden Schwindelgefühl, wie sie es noch niemals erlebt hatte. Ihre Knie wurden weich, sie fühlte sich sonderbar schwer und federleicht zugleich.

Was machte dieser Mann mit ihr? Und warum ließ sie es geschehen? Ihr eigenes Benehmen schockierte sie, und daß ausgerechnet ein Engländer sie dazu verleitete, entsetzte sie noch mehr.

Morgans Verstand sagte ihm, daß er sich von dieser Frau entfernen müßte. Sofort, solange er noch dazu fähig war. Doch sein Wunsch, diese Lippen zu küssen, ihre süße Weichheit zu spüren, den Duft dieser samtenen Haut einzuatmen, war stärker als alle Vernunft. Wie verführerisch dieser Mund war. Und wie hinreißend die Frau, die er in den Armen hielt.

Er zog sie fester an sich, und sein Kuß wurde fordernder. Er küßte sie stürmisch und verlangend, um den plötzlichen Hunger in seinem Innern zu stillen.

Ihr Atem ging in seinen über. Ihre Lippen lockten. Bei der Berührung ihrer Brüste stieg ein heißes Verlangen in ihm auf. Er atmete schwer, umfaßte ihre Hüften und preßte sie gegen die seinen. Als er mit der Zunge in die Süße ihres Mundes drang, hörte er sie leise aufstöhnen.

Brenna konnte nicht fassen, daß sie es war, die all dies zuließ. Sie konnte nicht glauben, daß es ihre Stimme war, die diesen unkontrollierten Laut von sich gab. Und sie glaubte zu vergehen, als ihre Zungen sich berührten.

Sie wollte zurückweichen, aber die beiden starken Hände hielten sie fest. Zum Teufel mit diesem Mann! Und zum Teufel mit dieser seltsamen Schwäche, die sie völlig wehrlos machte. Brenna hatte das Gefühl, die Kontrolle über sich vollkommen verloren zu haben. Und dennoch gab sie sich dem unbeschreiblichen Gefühl hin. Sie sog Morgans Duft ein, kostete ihn. Dunkel. Geheimnisvoll. Für einen winzigen Moment ließ sie sich fallen, schmiegte sich an seine Brust und ließ seine unglaubliche Kraft in sich einströmen.

Und dann schlich ein Gedanke sich in ihr Bewußtsein.

Er küßt so, wie er auch alles andere in seinem Leben tut. Mit einer so wilden Hingabe, daß niemand ihm widerstehen kann und alle ihm erliegen.

Aber sie, Brenna MacAlpin, mußte widerstehen. Langsam, wie jemand, der aus einem Traum erwacht, kehrte sie in die Wirklichkeit zurück. Sie mußte sich gegen diesen Mann wehren, wenn sie überleben wollte.

Auch Morgan Grey tauchte wie aus einem Traum auf, als er den Druck ihrer Hände auf seiner Brust spürte. Einen kurzen Moment mußte er kämpfen, um wieder die Kontrolle über sich zu gewinnen. Obwohl er selten eine Gelegenheit vorbeigehen ließ, war es nicht seine Art, sich einer Frau aufzuzwingen.

Er hob den Kopf und starrte Brenna in die Augen. »Für einen solchen Kuß, Mylady, würde ein Mann es sogar riskieren, sich von Euch den Dolch in den Rücken stoßen zu lassen«, murmelte er. Dann bückte er sich, hob das Messer auf und reichte es Brenna mit einer spöttischen Verbeugung.

Ohne etwas zu erwidern und ohne Morgan eines Blickes zu würdigen, raffte sie ihre Röcke und lief. Lief, bis sie das Portal des Schlosses erreichte, wo der alte Bancroft stand und sie erwartete.

Morgan stand regungslos da und schaute ihr nach, bis sie im Inneren der Burg verschwunden war. Mit einem derben Fluch drehte er sich um und wanderte rastlos durch den Garten. In ihm loderte ein Feuer, das ihn zu verzehren drohte. Nur langsam wurde er ruhiger. Aber noch immer spürte er die Wärme ihres Körpers. Und noch lange schmeckte er die duftende Weichheit ihrer Lippen.

Brenna stand am Fenster und beobachtete die Bewegungen der Gestalt, dort weit hinten zwischen den Hecken. Unbewußt hob sie die Hand und strich mit dem Finger über ihre Lippen. Ein beunruhigendes Prickeln überlief sie. Sie ignorierte es. Wie konnte dieser Engländer es wagen, sie zu küssen wie irgendeine Magd? Noch nie hatte ein Mann sich ihr gegenüber eine solche Unverschämtheit herausgenommen.

Aber wie hatte sie reagiert! Schon bei dem Gedanken, wie sie in seinen Armen dahingeschmolzen war, schoß ihr das Blut ins Gesicht. Sie dachte daran, wie leidenschaftlich er sie geküßt hatte – und schon wurden ihre Knie weich.

Sie mußte diesen Mann loswerden, und zwar bald. Bevor er Gelegenheit hatte, noch mehr Verwirrung zu stiften.

Es klopfte an der Tür, und Brenna fuhr nervös herum. Als sie ihre Schwester erblickte, stieß sie die angehaltene Luft aus.

Megan war entsetzt, ihre ältere Schwester so aufgelöst zu sehen. Solange sie zurückdenken konnte, hatte Brenna jedem Sturm ruhig ins Auge geblickt. »Ich kann nicht schlafen bei dem Gedanken, daß in den Mauern unserer Burg Engländer lagern.«

»Ja«, stimmte Brenna ihr zu und sah wieder zu dem Mann hin, der im Garten umherwanderte. »Mir geht es genauso.«

Megan durchquerte den Raum, blieb neben ihrer Schwester stehen und folgte ihrem Blick. »Ist das nicht ihr Anführer?« fragte sie.

Brenna nickte.

»Warum läßt du es zu, daß er unbewacht umherläuft? Wenn er nun die Tore öffnet und den Rest seiner Truppe hereinläßt?«

»Er ist mit einer Friedensbotschaft von Königin Elizabeth zu uns gekommen.«

»Und das glaubst du ihm?«

Brenna zuckte mit den Schultern. »Ich bin noch unentschieden, was ich Morgan Grey glauben und was ich von ihm halten soll.«

Der Unterton in Brennas Stimme überraschte Megan. Ärger war es nicht. Es war etwas anderes, was sie nicht deuten konnte. »Und wie gedenkt die englische Königin den Frieden herbeizuzaubern?«

»Indem sie Ehen zwischen Schotten und Engländern arrangiert, wobei sie vor allem an uns hier im Grenzland denkt.«

»Lieber Gott im Himmel!« Megan faßte ihre Schwester erschrocken am Arm. »Bedeutet das, daß wir beide gezwungen werden, Engländer zu heiraten?«

»Nein!« Brenna konnte den Gedanken nicht ertragen, ihre Schwester einer politischen Idee zu opfern. Und was sie selbst anging – dem Oberhaupt der MacAlpins konnte niemand befehlen, was es zu tun hätte. »Ich würde jeden Preis für einen Frieden bezahlen, aber diesen nicht.« Ihre Stimme wurde weicher, und ihre Augen bekamen einen verträumten Ausdruck. »Ich erinnere mich, wie unser Vater Mutters Tod betrauerte. Ihre Liebe war tief und echt. So wie die Liebe, die unsere Schwester Meredith für Brice empfindet, ihren geliebten Highlander.«

Megan nickte und lächelte versonnen. »Und niemand hätte je gedacht, daß sie ihr Herz diesem Barbaren schenken würde. Einem Fremden.«

»Es ist nicht von Bedeutung, daß Brice Campbell keiner von uns ist. Er liebt Meredith und verehrt sie, so wie Vater unsere Mutter geliebt hat. Nichts anderes kommt für mich in Frage.« In Brennas Augen brannte eine Entschlossenheit, die ihre Schwester mit neuer Zuversicht erfüllte. Jetzt wußte sie, daß sie auf Brenna zählen konnte. Sie würde im Angesicht der Gefahr stark bleiben.

»Ich schwöre dir, Megan, ich werde mich erst für einen Mann entscheiden, wenn mein Herz mir sagt, daß es wahre Liebe ist.« Sie breitete die Arme aus und drückte ihre Schwester an die Brust. »Wir müssen uns selbst und unseren Leuten treu bleiben«, murmelte sie. »Was geht uns die englische Königin an?«

Morgan Grey erwachte übel gelaunt. Trotz der weichen Daunenkissen hatte er schlecht geschlafen. Weiche Daunen brauchte er nicht und auch kein warmes Bett. Er brauchte neben sich den weichen, warmen Körper einer Frau. Einer Frau mit einer schlanken Figur, mit einem schönen Gesicht, mit schwarzem Haar und einer Stimme, die sein Herz wärmte. Einer Frau wie . . .

Nein. Er wollte nichts von alldem. Nicht von dieser Schottin. Er wollte nur fort von hier, fort von der Frau, die sein Blut in Wallung brachte.

Sie war alles andere als die Sorte Frau, deren Gesellschaft er normalerweise suchte. Er zog die drallen Weibsbilder in den Tavernen vor, die gern über einen derben Witz lachten und sich nicht zierten, wenn ein Mann sich ihnen näherte. Oder auch die bereitwilligen Damen an Elizabeths Hof, die sich für die Männer aufputzten und sich in der Kunst verführerischer Liebesspiele verstanden.

Bei jener Art Frauen brauchte man keine Fallstricke zu befürchten, denn sie suchten nichts als ein flüchtiges Vergnügen. Liebe erwarteten sie nicht, und deshalb gefiel Morgan ihre Gesellschaft. Er hatte nicht die Absicht, sein Herz zu verlieren, damit er enttäuscht wurde. Nicht noch einmal. Nie wieder.

Er kleidete sich an und ging rasch hinaus, um die Quartiere seiner Leute zu inspizieren. Ausnahmsweise hörte er sich die Beschwerden der Männer geduldig an. Sie beklagten sich über die harten Lager, über das ungewohnte Essen, über die schlechte Unterbringung der Pferde. Normalerweise hätte Morgan sie wegen ihrer lächerlichen Nörgeleien gerügt, aber heute ließ er sie ohne Zurechtweisung lamentieren. Er fand die Gesellschaft seiner Soldaten weit angenehmer als die Aussicht, mit der Herrin der MacAlpins die Morgenmahlzeit teilen zu müssen.

Doch als die Männer sich sammelten, um hinunterzugehen, blieb ihm nichts anderes übrig, als sie zu begleiten.

Brenna stand in der Mitte der Halle und gab einer Dienerin Anweisungen. Von dem Moment an, als Morgan Grey eintrat, wußte sie nicht mehr, was sie sagte. Sie redete weiter und nahm nichts mehr wahr als die dunklen Augen, die mit brennender Intensität zu ihr hinüberstarrten.

Sie holte tief Luft. Dann drehte sie sich um und begrüßte Morgan mit einem kurzen Nicken.

»Guten Morgen, Mylady.« Er mußte sich zwingen, die Höflichkeit des Gastes zu wahren.

»Ich hoffe, Ihr habt gut geschlafen.« Ihre Wangen glühten, und sie betete, daß man es ihr nicht ansah.

»Sehr gut, danke.« Er ließ den Blick über ihr blaßrosa Gewand gleiten, das an den Ärmeln reich bestickt war. Ein Netz von demselben zarten Rosa hielt ihr üppiges dunkles Haar zusammen.

Morgan ertappte sich bei dem Wunsch, das Netz abzustreifen und ihr Haar offen und in weichen Wellen über ihren Rücken fließen zu sehen. Augenblicklich ärgerte er sich über diesen Gedanken und drängte ihn schnell beiseite. »Eure Diener haben alles zu meiner Bequemlichkeit getan. Meine Unterkunft ist sehr angenehm.«

So angenehm, daß er völlig übernächtigt aussieht, dachte Brenna. Man hätte meinen können, er hätte die Nacht auf einem Reisiglager verbracht. »Werdet Ihr an meiner Tafel speisen, Mylord?«

»Wie Ihr wünscht.« Morgan ging an ihrer Seite zum Tisch und wartete, bis sie Platz genommen hatte. Als er sich neben sie setzte, nahm er den Duft wilder Heide wahr. Sein Herzschlag beschleunigte sich, und das Blut begann in seinen Schläfen zu pochen. Zum Teufel, warum war diese Frau keine häßliche Vogelscheuche, die nach Pferden roch?

»Ich nehme an, Ihr tretet heute die Heimreise nach England an.«

»Nein.« Als er ihren enttäuschten Blick sah, hob sich augenblicklich seine Stimmung. Sie will mich also loswerden, dachte er amüsiert. Sie will mich lieber heute als morgen von hier verschwinden sehen. »Ich denke, meine Männer und ich werden noch einige Tage hierbleiben.«

»Um ... um für Eure Königin die Lage zu erkunden?«

Als eine Magd mit einer Platte voller Speisen herankam, wandte Brenna sich ab. Wie konnte sie nach einer so unerfreulichen Nachricht auch nur an Essen denken? Wer wußte, wie lange sie diesen Mann noch ertragen mußte ...

Warum mußte er so nah neben ihr sitzen? Seine Hände berührten die ihren beinahe. Sie stellte sich vor, von diesen starken, männlichen Händen liebkost zu werden. Wieder schoß ihr das Blut ins Gesicht.

Morgan speiste mit sichtlichem Genuß und lächelte Brenna zu. »Für einen Soldaten, der fern von daheim ist, gibt es nichts Herrlicheres als eine gute Mahlzeit.« Er sah, daß Brenna keine der verlockenden Speisen anrührte. »Kostet doch wenigstens, Mylady.« Ein spöttisches Lächeln umspielte seinen Mund. »Vielleicht versüßt es Euch den Tag.«

Sie schob sich ein winziges Stück Pastete in den Mund und hoffte, daß sie es herunterbringen würde.

»Speist Eure Schwester heute morgen nicht mit uns, Mylady?«

»Sie war noch im Bett, als ich hinunterging. Ich fürchte, sie hat die letzte Nacht kaum geschlafen.«

»Das tut mir leid«, sagte er und bedauerte insgeheim, daß er der Frau neben sich nicht auch eine schlaflose Nacht bereitet hatte. Aber sie hatte sich zu sehr in der Gewalt, um je die Fassung zu verlieren.

»Ein wenig Lamm, Mylady? Oder ein Stück Wildbret?« Bevor Morgan sich zum zweitenmal bediente, bestand er darauf, Brennas Teller zu füllen. Während er mit herzhaftem Appetit aß, knabberte sie an einem mit Honig gesüßten Brot und ließ den Rest liegen.

Morgan leerte seinen Krug mit Ale und fühlte das Blut in seinen Adern brennen. Nach einem solchen Mahl hätte er mühelos eine ganze feindliche Festung einnehmen können. Warum dann nicht wenigstens die Feindin neben ihm?

Er lehnte sich zurück und sah Brenna an. Ein Tropfen Honig haftete an ihren Lippen. Ohne nachzudenken, berührte er die Stelle und hob den Finger dann an seinen Mund.

Fassungslos beobachtete Brenna, wie er den Honig von seinem Finger leckte. Sein spöttisches Lächeln machte sie rasend.

»Eure Lippen haben den Honig noch süßer gemacht, Mylady.«

»Ihr seid zu dreist, Sir. Dieses Mal seid Ihr zu weit gegangen.« Sie stand so hastig auf, daß ihr Stuhl über den Boden schrammte und fast hintenüberkippte. Mit hocherhobenem Kopf und ohne sich noch einmal umzusehen, eilte sie hinaus.

Morgan blickte ihr nach, und ein träges, zufriedenes Lächeln glitt über sein Gesicht. Es war ihm also gelungen, die Lady aus der Fassung zu bringen. Vielleicht würde der Aufenthalt in der MacAlpin-Burg am Ende doch noch ein wenig amüsant werden.

Morgan war so in seine Gedanken vertieft, daß er nicht bemerkte, wie der alte Duncan MacAlpin ihn von seinem Platz am anderen Ende der Tafel stirnrunzelnd beobachtete.

3. KAPITEL

»Hamish!« Brenna und Megan warfen sich in die Arme des großen jungen Mannes, der am späten Nachmittag zu Besuch kam. Am anderen Ende der Halle stand Morgan, der die Szene scheinbar gelangweilt beobachtete. Wer war dieser rotwangige Jüngling, der so herzlich begrüßt wurde? Aus einem unerfindlichen Grund mochte Morgan ihn nicht.

»Was führt Euch zu uns, Hamish?« fragte Brenna.

»Jeder im Grenzland hat gehört, daß englische Soldaten auf Euren Feldern kampieren. Ich mußte unbedingt wissen, ob Ihr in Sicherheit seid.« Der junge Mann ergriff Brennas Hand und musterte sie besorgt. Zu besorgt, dachte Morgan. Wie ein Liebender.

»Wurdet Ihr belästigt?«

»Nein. Und ich denke, wir können uns sicher fühlen. Kommt«, sagte Brenna, »ich stelle Euch dem Anführer der englischen Truppe vor.«

Als der junge Schotte näher kam, bemerkte Morgan sein glattes kupferrotes Haar und seine leicht gebräunte Haut. Er entdeckte nicht die Andeutung von Bartwuchs in dem glatten Jünglingsgesicht. Immerhin zeichneten sich unter dem wollenen Plaid muskulöse Arme und Schultern ab.

»Hamish MacPherson«, sagte Brenna lächelnd, »dies ist Morgan Grey. Seine Königin Elizabeth hat ihn mit einer Friedensbotschaft zu uns gesandt.«

Die beiden Männer musterten einander mit abschätzenden Blicken.

»Wurdest du von deinem Clan als Bote entsandt, Junge?« fragte Morgan von oben herab.

Hamish reckte sich zu seiner vollen Größe empor. Er kannte den Namen Morgan Grey. Jedermann in Schottland hatte von dem »Wilden der Königin« gehört. Doch sein Ruf gab ihm noch lange nicht das Recht, beleidigend zu werden. Erst recht nicht im Beisein einer MacAlpin.

»Ich bin der älteste Sohn von Blair, dem Oberhaupt der MacPhersons. Wir sind loyale Nachbarn und jederzeit bereit, den MacAlpins beizustehen.«

»Wie edelmütig.« Plötzlich verabscheute Morgan diesen Jüngling mit dem Milchgesicht und dem falschen Lächeln. Er hätte einen Beutel Gold gewettet, daß Hamish sich nur für ein einziges Mitglied der MacAlpins interessierte – für Brenna. »Ich versichere Euch, daß wir keine Bedrohung für diese guten Leute sind«, sagte er beherrscht.

Hamish lächelte der Frau neben sich zu. »Es erleichtert mich sehr, das zu hören. Ich war auf einen Kampf gefaßt und hätte diese Leute aus Eurer Burg vertrieben. Ihr wißt, Brenna, daß ich lieber sterben würde, als Euch in Gefahr zu wissen.«

Brenna warf Hamish einen bewundernden Blick zu. »Ja, Hamish, das weiß ich. Und ich rechne es Euch hoch an. Daß Ihr gekommen seid, war großartig von Euch.«

»Dumm, würde ich eher sagen.«

Alle Augen richteten sich auf Morgan. »Wenn Ihr mit der Absicht gekommen seid, gegen meine Soldaten zu kämpfen, dann hättet Ihr halb Schottland mitbringen müssen. Ein einziger kampfbereiter Mann hätte uns kaum bewegen können, das Feld zu räumen. Wenn wir in kriegerischer statt in friedlicher Absicht gekommen wären . . .«

Das Lächeln schwand aus Hamishs Augen, und seine Hand fuhr zu dem Schwert an seiner Seite. Brenna ergriff sie und verschränkte seine Finger mit ihren. »Gebt nichts auf die Worte dieses Mannes, mein Freund. Mir genügt es zu wissen, daß Ihr bereit wart, Euer Leben für uns einzusetzen. Meine Schwester Megan und ich werden ewig in Eurer Schuld stehen.«

Der junge MacPherson führte ihre Hand an die Lippen und blickte ihr tief in die Augen. »Vielleicht solltet Ihr und Megan bei uns leben, bis die Engländer abgezogen sind.«

Brenna wandte sich rechtzeitig um, um Morgans wütenden

Blick aufzufangen. Sie triumphierte. Zu wissen, wie leicht sie den Zorn des Engländers erregen konnte, verlieh ihr ein eigenartiges Machtgefühl.

»Das ist sehr freundlich von Euch. Aber sicher versteht Ihr, daß ich meine Burg und meine Leute nicht verlassen kann. Und ebensowenig meine Gäste.« Sie schenkte Hamish ein hinreißendes Lächeln. »Aber warum bleibt Ihr nicht eine Weile bei uns, Hamish? Vielleicht mögt Ihr mit uns zu Abend speisen. Und morgen früh reitet Ihr wieder heim.«

Hamish MacPherson war überglücklich. In seinen kühnsten Träumen hätte er sich nicht eine so liebenswürdige Einladung von Brenna erhofft. Denn sonst hatte sie ihn immer wie einen Aussätzigen behandelt und wie all ihre anderen Bewunderer weit auf Abstand gehalten. Vielleicht hatte sie vor diesem Engländer mehr Angst, als sie zugeben wollte. Er war offenbar gerade zur rechten Zeit gekommen.

Hamish warf sich in die Brust und ließ sich wie ein großer Herr in die Wohnhalle führen. Doch als er sich niederlassen wollte, um mit Brenna zu plaudern, fand er sich plötzlich allein gelassen. Brenna ging hinaus, ohne ihm einen weiteren Blick zu schenken.

Erst beim Abendessen widmete sie ihm wieder ihre ganze Aufmerksamkeit. Den Gast an ihrer anderen Seite beachtete sie kaum.

Morgan kochte. Die eisige Lady hatte offensichtlich eine Vorliebe für rotwangige Knaben mit breiten Schultern, heldenhaften Allüren und nichts im Kopf.

»Ein Reiter nähert sich, Mylady. Er trägt die Standarte des Engländers.«

Brenna blickte von ihrer Stickerei auf. Es war Abend. Die Kerzen in den Wandleuchtern und das Kaminfeuer tauchten den Raum in ein warmes Licht. Megan und Hamish saßen vor dem Kamin und spielten Schach. Im Eingang stand ein Diener.

»Ist er allein?«

»Ja, Mylady.«

»Dann laßt ihn ein!« befahl sie. Vom Fenster aus beobachtete sie, wie ihre Wachsoldaten die Waffen senkten. Dann wurden die schweren Bolzen beiseite geschoben, und langsam öffneten sich die riesigen Doppelflügel des Tores. Der Reiter stieg vom Pferd und überreichte dem Torhüter eine Pergamentrolle.

»Er bringt eine Nachricht für Morgan Grey«, meldete der alte Bancroft kurz darauf und führte den Boten herein. Brenna nickte und ließ nach dem Mann schicken, den sie den ganzen Tag gemieden hatte. Als Morgan endlich erschien, warf sie ihm einen kurzen, gleichgültigen Blick zu und konzentrierte sich wieder auf ihre Handarbeit.

Morgan überflog die Nachricht und sah dann stirnrunzelnd auf. »Ist das alles?«

»Ja, Mylord.«

»Mehr hast du nicht?«

»Nein, Mylord.«

»Dann sag den Männern, daß wir morgen bei Tagesanbruch aufbrechen.«

Brenna glaubte, nicht richtig zu hören. Sie hätte vor Freude jubeln können, aber sie verzog keine Miene und zwang sich zur Selbstbeherrschung. Doch als der Soldat sich verneigte und hinausging, entfuhr ihr ein Seufzer der Erleichterung. »Ihr verlaßt uns, Mylord?«

Morgans Stimmung sank, als er Brennas freudigen Unterton bemerkte. Und als Hamish MacPherson die Halle durchquerte und sich schützend neben Brenna stellte, packte ihn die kalte Wut. Was war mit ihm los, daß dieser Grünschnabel ihn zur Weißglut brachte? Eifersucht? Das war unmöglich. So lächerliche Gefühle kannte er nicht. Warum sollte er eifersüchtig wegen einer Frau sein, für die er nichts empfand?

»Ja, ich reise ab. Anscheinend braucht die Königin mich für andere Aufgaben.« Für wichtigere Aufgaben, hätte er am liebsten hinzugefügt.

»Ihr kehrt nach England zurück?« Als er nickte, fuhr sie eilig fort: »Ich werde meine Diener sofort anweisen, Proviant für Eure Reise zusammenzustellen.«

»Ihr seid zu freundlich, Mylady. Aber so eilig ist es nicht. Wir brechen nicht vor morgen früh auf.«

»Aber wir benötigen viel Zeit, um so große Mengen zuzubereiten. Der Tag beginnt früh.«

Als Brenna sich erhob, bemerkte Morgan wieder diesen erleichterten Ausdruck auf ihrem Gesicht. Sie war heilfroh, ihn loszuwerden. Je früher, desto besser.

Und er hatte wahrhaftig keinen Grund, sich deshalb zu ärgern. Was hielt ihn hier? Er hatte diese Mission von Anfang an für sinnlos gehalten, und schon der eine Tag auf der Burg dieser Schottin war sträfliche Zeitverschwendung.

Morgan verließ die Halle und befahl seinen Leuten, die Vorbereitungen für die Abreise zu treffen. Dann ging er in sein Quartier und überflog die Notizen, die er sich über die Besitzverhältnisse der MacAlpins gemacht hatte. Selbst für englische Maßstäbe war die Herrin des Clans ungewöhnlich wohlhabend. Brenna MacAlpin wäre für jeden englischen Aristokraten eine gute Partie.

Morgan trat ans Fenster, öffnete es und ließ den Blick über die hügelige Landschaft gleiten. Die herabsinkende Dämmerung tauchte die Berge in ein sanftes Blau. In diesem Landstrich fanden seit undenklichen Zeiten Grenzkämpfe zwischen Engländern und Schotten statt. Es war ein schönes Land, und seine Bewohner besaßen einen stolzen, unbeugsamen Willen.

Lange Zeit starrte Morgan nachdenklich in die Dunkelheit. Brenna MacAlpin hatte begriffen, was seine Königin im Sinn hatte. Und sie hatte deutlich genug gezeigt, daß sie lieber sterben würde, als einen Engländer zu heiraten. So wie Morgan sie einschätzte, würde sie eine Lösung finden, um die Pläne der Königin zu durchkreuzen.

Morgan wandte sich vom Fenster ab und griff nach dem Krug mit Ale. Er konnte sich denken, auf welche Weise die MacAlpins Königin Elizabeth ein Schnippchen schlagen würden. Noch bevor er Gelegenheit hätte, der Königin seine Notizen zu übergeben, hätte Brenna MacAlpin einen ihrer Landsleute zur Heirat überredet. Das Milchgesicht unten in der Halle bräuchte nicht einmal überredet zu werden. Der arme Kerl fraß der Lady ja bereits jetzt aus der Hand, wie er mit seinem Verhalten bewiesen hatte.

Die Königin von England war mächtig, aber ihre Macht reichte nicht aus, um einen Ehebund aufzulösen.

Morgan stürzte sein Ale hinunter und knallte den Krug auf

den Tisch. Er stellte sich vor, wie es in dem hübschen Kopf der kleinen Lady arbeitete. Und er wußte, was er als treuer Diener seiner Königin zu tun hatte.

Es war noch dunkel, als Brenna erwachte. Sie schlüpfte leichten Herzens aus dem Bett. Beim ersten Geräusch ihrer leisen Schritte war die alte Morna bei ihr und half ihr beim Ankleiden.

»Du bist aufgeregt, Kind.«

»Ja. Die englischen Soldaten verlassen heute die Burg.«

»Dem Himmel sei gedankt. Ihr Anführer ist ein furchterregender Mann. Er erinnert mich an den Krieger, der unsere geliebte Meredith geheiratet hat.«

»Wie kannst du so etwas sagen?« Brenna musterte die alte Frau im Spiegel. »Brice Campbell ist Schotte, Morgan Grey hingegen ein Engländer.«

Morna zuckte mit den Schultern. »Ja. Aber er hat etwas an sich . . . etwas Verwegenes. Wenn ich fünfzig Jahre jünger wäre . . .«

»Morna, bist du nicht bei Trost?« Brenna stand auf und strich über ihren Rock. »Der Mann ist der englischen Königin verpflichtet. Das macht ihn zu unserem Feind.«

»Du verbringst übermäßig viel Zeit damit, diesen Feind anzustarren, wenn du dich unbeobachtet fühlst.«

Niemand außer der alten Morna hätte sich die Freiheit genommen, so unverblümt mit der Herrin der MacAlpins zu reden. Brenna stieg die Röte in die Wangen. »Ich habe keine Zeit, um deinem albernen Geschwätz zuzuhören«, sagte sie und ging eilig zur Tür. »Die Engländer wollen früh aufbrechen. Ich muß hinuntergehen und die Vorbereitungen in der Küche überwachen. Morgan Grey und seine Soldaten werden sich nicht über die Kleinlichkeit der Schotten beklagen müssen.«

Als Brenna die Treppe hinablief, dachte sie über die Worte der alten Frau nach. Vielleicht hatte sie Morgan Grey tatsächlich zuviel Aufmerksamkeit geschenkt. Aber doch nur, weil er ein Feind war, den man im Auge behalten mußte. Mit seinem guten Aussehen hatte es beileibe nichts zu tun.

Brenna hörte hinter sich Schritte und drehte sich auf dem Treppenabsatz um. »Megan! So früh auf den Beinen? Warum schläfst du nicht mehr?«

Megan strahlte über das ganze Gesicht. »Weil heute ein Freudentag ist«, rief sie. Sie hüpfte die Stufen hinunter und hakte sich bei ihrer Schwester ein. »Ich kann es nicht erwarten, daß sie wegreiten.«

»Ja. Ich bin auch froh, daß wir diese ungebetenen Gäste loswerden.«

Am Fuß der Treppe blieben beide Mädchen stehen, denn im Eingang stand Morgan Grey und rief seinen Soldaten Befehle zu. Die Männer trugen bereits ihr Gepäck zu den Pferden, die fertig gesattelt im Burghof warteten.

Grey verneigte sich mit einem charmanten Lächeln. Zu charmant, dachte Brenna voll Mißtrauen. Bis jetzt hatte sie den Mann von einer anderen Seite kennengelernt.

»Ihr seid früh auf, Mylord. Offenbar habt Ihr es eilig fortzukommen.«

»Jeder Soldat hat den Wunsch, schnell in die Heimat zurückzukehren.«

»Ich verstehe. Dann werde ich Euren Aufbruch nicht verzögern und sofort dafür sorgen, daß die Morgenmahlzeit bereitet wird.«

Morgan blickte den beiden Frauen gedankenverloren nach, die sich schnell entfernten. Noch einmal ließ er sich seinen Plan durch den Kopf gehen, und einen winzigen Moment lang hatte er Gewissensbisse. Doch dann verwarf er seine Bedenken. Fest entschlossen, sein Vorhaben auszuführen, wandte er sich wieder seinen Männern zu.

Brenna aß mit gesundem Appetit. Morgan Grey reiste ab, und sie konnte sich wieder ihres Lebens freuen. Sie bemerkte seine erstaunten Blicke, als sie sich ein großes Stück Lammbraten auf den Teller lud und mit Genuß das frische, ofenwarme Brot verzehrte. Der Mann sollte ruhig wissen, daß es ihr wieder schmeckte. Er sollte wissen, daß seine Anwesenheit ihr den Appetit verdorben hatte.

Als sie einen Schluck trank, erfaßte sie ein angenehmes

Schwindelgefühl. Ganz gleich, ob der Wein oder Morgan Greys bevorstehende Abreise es hervorrief – sie genoß es, denn sie fühlte sich wieder frei. Nicht mehr lange, und sie wäre den irritierenden Mann los.

Als Brenna den Blick über die lange Tafel schweifen ließ, fiel ihr auf, daß Duncans Platz leer war. Sie beschloß, im Laufe des Tages mit seiner Frau Mary zu reden. Der alte Mann hatte in letzter Zeit öfters Mühe, morgens aus dem Bett zu kommen. Er hatte sich das Recht auf einen ruhigen Lebensabend verdient. Vielleicht würde er sich überreden lassen, seine Pflichten einem seiner Söhne zu übertragen und sich zur Ruhe zu setzen.

Widerwillig gestand Brenna sich ein, daß der Engländer mit seiner Bemerkung recht gehabt hatte. Die Loyalität des alten Kämpfers reichte nicht aus, um für ihre Sicherheit zu garantieren. Brenna wußte, daß Duncan sein Leben für sie hergeben würde. Trotzdem – sie brauchte einen Jüngeren, Beweglicheren an ihrer Seite.

Brenna verscheuchte ihre störenden Gedanken und beschloß, die Angelegenheit so bald wie möglich zu regeln, ohne Duncan zu kränken und seinem guten Namen zu schaden.

Hamish MacPherson war sichtlich entzückt, daß er an dem festlichen Abschiedsmahl teilnehmen durfte. Er saß an Brennas linker Seite, schwelgte in den üppigen Speisen und trank mehr als nur einen Krug Ale. Mit übertriebener Beflissenheit widmete er sich seiner Gastgeberin und hing wie gebannt an ihren Lippen. Die ärgerlichen Blicke des Engländers störten ihn nicht. Bald wären sie diesen Schuft los, und vielleicht, wenn das Schicksal ihm gnädig war, würde Brenna MacAlpin ihn einladen, noch ein oder zwei Tage zu bleiben.

Als die Gäste gesättigt waren, begleiteten Brenna und Megan sie in den Hof. Beide konnten es nicht erwarten, sie fortreiten zu sehen.

»Gute Reise, Mylord«, sagte Brenna mit leuchtenden Augen. »Richtet Eurer Königin meine herzlichsten Grüße aus.«

»Das könnt Ihr persönlich tun, Mylady.«

Brenna glaubte, in seiner Stimme ein verstecktes Lachen zu hören. »Ich fürchte, ich verstehe nicht ganz. Was meint Ihr damit?« fragte sie verwirrt.

Er ging auf sie zu und faßte sie am Arm. Wortlos vor Überraschung starrte sie auf seine Hand und dann in seine dunklen Augen.

»Ich gebe Euch eine halbe Stunde Zeit, um die passende Reisegarderobe zusammenzupacken.«

»Ich . . . ich beabsichtige nicht . . .« Brenna verstummte, und ihre Augen weiteten sich vor Entsetzen. Nein, es durfte nicht wahr sein. Sie war in eine Falle getappt.

Morgan sah ihre Verwirrung, und als er weitersprach, las er in ihrem entsetzten Blick, daß sie begriffen hatte. »Ich fürchte, ich werde die Trennung von Euch nicht ertragen. Deshalb, Mylady, muß ich darauf bestehen, daß Ihr mich nach England begleitet.«

Sie schluckte. »Das kann nicht Euer Ernst sein.«

»Elizabeth hat sich bereits mit Königin Mary in Edinburgh verständigt. Sie hat die feste Absicht, Euch mit einem Engländer zu verheiraten. Und ich bin ihr zu Gehorsam verpflichtet.«

»Ihr könnt mich nicht gegen meinen Willen von meinem Zuhause, meinem Land, meinen Leuten wegreißen.«

»Ihr irrt Euch, Mylady. Genau das werde ich tun.«

Morgan Greys ungeheuerliche Worte riefen Hamish MacPherson auf den Plan. Er zog sein Schwert, aber ehe er zustoßen konnte, ließen ihn Morgans Worte innehalten. »Sieh um dich, Junge. Wenn du dein Schwert auch nur gegen mich erhebst, wirst du ein Dutzend Männer gegen dich haben. Und die Lady wird dich in Stücken zu ihren Füßen liegen sehen.«

»Mag sein, aber vorher werde ich das Vergnügen haben, Euch aufzuspießen.« Hamishs Gesicht war vom Essen und Trinken gerötet, sein Blick leicht verhangen.

Morgan zuckte gleichmütig mit den Schultern. »Wenn Ihr wollt. Ich stehe zur Verfügung.«

Erst als Hamish sein Schwert hob, zog Morgan seine Waffe. Er bewegte sich so schnell, daß der Junge keine Chance hatte, sich zu verteidigen. Morgan traf ihn an der Schulter. Blut spritzte, und Hamishs Schwert fiel klirrend auf die Pflastersteine des Burghofs.

»Das war eine Warnung, nicht mehr«, stieß Morgan zwischen den Zähnen hervor. »Wenn ich es ernst gemeint hätte, würdest du bereits tot am Boden liegen.«

Megan und Brenna eilten dem Verletzten zu Hilfe, während die alte Morna händeringend auf den Stufen zum Portal stand.

»Nimm deine Herrin mit nach oben und richte ihre Reisegarderobe«, rief Morgan ihr zu.

»Jawohl, Mylord.«

Brenna blickte auf und starrte Morgan feindselig an. »Meine Männer werden niemals . . .«

»Eure Männer werden das tun, was ich befehle. Alden!« rief Morgan. Sein zweiter Mann trat vor und mit ihm Duncan MacAlpin, der noch seine Nachtkleidung trug.

Das Gesicht des alten Mannes war schamrot. »Vergebt mir, Mylady. Die Kerle sind in meine Schlafkammer eingedrungen. Sie halten meine Mary gefangen.«

Brenna blickte an der Burgmauer hoch und sah die alte Frau am Fenster stehen, starr vor Angst. Hinter ihr stand ein englischer Soldat. Etwas Metallenes blitzte in der Morgensonne, und Brenna stockte der Atem. Der Mann hielt Mary ein Messer an die Kehle.

»Das also ist Eure Friedensmission.«

Von Brennas zornigen Worten ermutigt, stürzte Megan mit gezogenem Dolch auf Morgan zu. Sofort sprang Brenna auf und hielt sie zurück. Sie mußte ihre ganze Kraft aufbieten, um ihre zornbebende Schwester zu bändigen.

»Er demütigt uns, er gebraucht Gewalt und droht, dich gegen deinen Willen mitzunehmen. Warum hältst du mich auf?«

»Weil ich dich liebe«, flüsterte Brenna verzweifelt. »Weil ich nicht zulassen kann, daß meine Schwester wegen meiner dummen Leichtgläubigkeit ihr Leben verliert.«

»Wenn du mich liebst, dann laß mich ihn töten.«

»Nein!« Brenna umklammerte Megans Arme, bis der Dolch endlich scheppernd zu Boden fiel. Dann drehte sie ihre Schwester zu sich herum und drückte sie sanft an sich. Megans Schultern begannen zu zucken. Sie schluchzte auf und weinte, weinte sich ihre ganze Wut von der Seele.

Morgan sah ungerührt zu. Als die Tränen des Mädchens endlich versiegt waren, sagte er in ruhigem Ton zu Brenna: »Geht mit Eurer Kinderfrau nach oben, und kleidet Euch um. Und beeilt Euch! Wir haben schon genug Zeit vergeudet.«

Brenna warf ihm einen haßerfüllten Blick zu. Dann legte sie den Arm fest um Megans Schulter, und die beiden Frauen folgten der alten Morna die Treppe hinauf.

Kaum hatte Brenna die Tür ihres Gemachs hinter sich geschlossen, machte Megan ihrem Zorn Luft. »Warum hast du mir nicht erlaubt, diesen Schuft anzugreifen?«

»Megan.« Brenna ergriff ihre Hand und sah sie eindringlich an. »Megan, ich bitte dich, hör mir zu. Du bist ein sehr tapferes Mädchen, und dein Mut erfüllt mich mit Stolz. Aber einem Mann wie Morgan Grey sind wir beide nicht gewachsen.«

»Wie kannst du so ruhig hinnehmen, was er von dir verlangt? Warum läßt du zu, daß er dir alles nimmt, was du liebst?«

»Ich habe nicht die Absicht, es mir von diesem Verrückten nehmen zu lassen.«

»Dann verstehe ich nicht . . .«

Brenna legte Megan den Finger auf die Lippen und winkte die verzweifelte Morna heran. »Hört mir gut zu, ihr zwei.« Sie sah sich schnell um. »Weißt du noch, Megan, wie wir als Kinder an der Burgmauer hinaufkletterten?«

Megan mußte lächeln. »Jedesmal, wenn Mutter unsere Hände auf der Brüstung sah, blieb ihr fast das Herz stehen.«

»Ja. Besonders du hast sie mit deinen waghalsigen Kletterpartien zu Tode erschreckt. Kannst du das noch?«

Megan stutzte, und dann erhellte sich ihre Miene. »Du willst . . . du meinst, wir sollen . . .«

Brenna nickte. »Ja, wir werden fliehen. Morna, du bleibst hier im Zimmer. Irgendwann wird der Engländer die Geduld verlieren und nachsehen, wie weit wir mit dem Packen sind. Riegel die Tür ab, damit wir genug Zeit haben, den Fluß zu durchqueren. Danach werden wir uns zu den Highlands durchschlagen.«

»Und Brice Campbell um Schutz und Hilfe bitten«, ergänzte Morna. »Ist das dein Plan?«

»Ja.« Brenna schlüpfte aus ihrem prächtigen Gewand, das sie am Morgen zur Feier des Abschieds angelegt hatte. »Beeil dich, Megan! Wir müssen uns rasch umkleiden und auf den Weg machen.«

»Aber ihr habt keine Pferde, Mädchen«, jammerte Morna. »Wie wollt ihr die weite Strecke zu Fuß schaffen?«

»Wenn wir erst in den Wäldern sind, können wir auf die Hilfe der Highlander zählen. Sie wissen, daß wir mit Brice Campbell verwandt sind, und werden alles tun, um uns weiterzuhelfen.«

»Sie gehören zu einem fremden Volk, Kind. Eher werden sie euch töten als euch helfen.«

»Nicht, wenn wir ihnen den Grund unserer Flucht verraten. Die Engländer haben ihnen schwer zugesetzt, und alte Feindschaften vergessen sie nicht. Außerdem«, fuhr Brenna fort, während sie sich einen wollenen Umhang umhängte, »würde ich lieber in Schottland sterben als in England von der Hand Morgan Greys.«

»Er würde dich nicht töten, Mädchen, sondern dich nur seiner Königin übergeben.«

»Ja. Um mich mit einem verhaßten Engländer zu verheiraten. Und das wäre schlimmer als der Tod.«

Morna sagte nichts mehr. Als die beiden Schwestern schließlich aus dem Erkerfenster stiegen und an der unebenen Steinmauer der Burg hinabkletterten, blickte sie ihnen mit tränenden Augen nach und bewegte in stummem Gebet die Lippen. »Gott behüte euch«, murmelte sie und blickte hinüber zu den bewaldeten Hügeln in der Ferne. Dort gab es weder Schutz noch Sicherheit, und Brice Campbells Burg lag weit entfernt.

Morna wischte sich über die Augen. Ihre Schützlinge stürzten sich in ein gefährliches Abenteuer, und dennoch war es ihre einzige Chance, dem Mann zu entkommen, der unten wartete, um ihre geliebte Brenna zu rauben.

4. KAPITEL

Die englischen Soldaten erlaubten dem alten Duncan, sich um den verwundeten Hamish zu kümmern und das Blut zu stillen, das aus dessen Schulterwunde quoll. Indessen wanderte Morgan Grey ungeduldig auf und ab. Ursprünglich hatte er Brenna und die Alte nach oben begleiten wollen, um die Reisevorbereitungen zu überwachen. Doch nach Megans heftigem Gefühlsausbruch hatte er beschlossen, die Schwestern für einen Moment allein zu lassen. Sicher hatten sie noch vieles miteinander zu besprechen.

Die Soldaten standen inzwischen marschbereit neben ihren Pferden. Die Sonne stieg höher. Morgan verfluchte die unbegreifliche Neigung von Frauen, Stunden für Dinge zu brauchen, die ein Mann in wenigen Minuten erledigte. Womit zum Teufel hielten diese Frauen sich so lange auf?

Packte die MacAlpin ihre gesamte Garderobe zusammen? Morgan sah sich um und überschlug, wie viele zusätzliche Pferde nötig wären, um das Gepäck der Lady zu transportieren.

Nein. Er würde hart bleiben. Er würde jedes einzelne Gepäckstück inspizieren und alles Überflüssige aussortieren. Natürlich würde Brenna wie alle Frauen jammern und betteln, all den albernen Plunder mitnehmen zu dürfen, an dem Frauen so viel Gefallen fanden. Und natürlich würde er das letzte Wort haben.

Wieder überquerte er den Hof, vom einen Ende bis zum anderen und zurück. Seine Geduld war erschöpft. Wütend stürmte er zum Eingang und die Treppe hinauf zu Brennas Gemach.

»Mehr Zeit kann ich Euch nicht geben, Mylady«, rief er durch die geschlossene Tür. »Wir müssen aufbrechen, sonst erreichen wir unser heutiges Ziel nicht mehr.«

Er wartete, horchte. Von drinnen war kein Laut zu hören. Er schlug mit der Faust gegen die Tür. »Mylady. Wir müssen uns auf die Reise machen.«

Die Antwort war Schweigen.

Morgan wurde stutzig. Was für ein Spiel wurde hier gespielt? »Alte«, rief er, »seid Ihr da drinnen?« Er legte das Ohr an die Tür. Stille.

Morgan lief den Flur entlang zur Treppe und rief: »Alden! Wähle ein paar kräftige Männer aus, und schick sie herauf. Und wir brauchen einen Balken, mit dem man diese Tür aufbrechen kann.«

Hamish und Duncan beobachteten alarmiert, wie plötzlich englische Soldaten ins Schloß liefen. Die Anspannung der restlichen Truppe wuchs. Dann ertönten von drinnen dumpfe Schläge, bis das Krachen von splitterndem Holz zu hören war.

Morgan stieß die Tür weit auf und betrat das Zimmer. Die alte Kinderfrau stand ängstlich gegen eine Wand gedrückt und starrte ihm entgegen. »Wo ist deine Herrin?«

Die Alte begann zu zittern.

Morgan stürmte durch den Raum und baute sich drohend vor ihr auf. »Antworte mir. Sofort!« Seine Stimme klang gefährlich leise.

»Sie ... sie ist fort«, krächzte Morna angstvoll, »ins Hochland.«

»Ins Hochland«, höhnte Morgan. »Und wie hat sie diesen Raum verlassen?«

Morna zeigte zum Erker, und Morgan trat ans Fenster und starrte hinab. »Das ist unmöglich. Ich sehe kein Seil.«

»Meine Mädchen brauchen kein Seil«, erklärte Morna mit einem Anflug von Stolz. »Schon als Kinder konnten sie an den Burgmauern hinauf- und hinabklettern, indem sie an den Mauervorsprüngen und in Nischen Halt fanden.«

Morgan fluchte und drehte sich zu Alden um. »Schicke mir die fünf besten Pferde und Reiter. Sie werden mich in die Highlands begleiten, während du den Rest der Truppe nach England zurückführst.«

Leise, so daß die anderen Soldaten ihn nicht hören konnten, flüsterte Alden: »Tu es nicht, Morgan! Du kennst die Gerüchte.

Noch kein englischer Soldat soll diesen Wilden lebend entkommen sein.«

Morgan preßte die Lippen zusammen, und sein Ton ließ keinen Zweifel daran, daß er es ernst meinte. »Ich reite ins Hochland. Selbst wenn es die Hölle wäre, würde mich nichts zurückhalten. Und eins steht fest: Ich werde nach England zurückkehren. Zusammen mit dieser Frau.«

Sechs Männer trieben ihre Pferde in die kalten Fluten und durchquerten den Fluß. Sie ritten die Uferböschung hinauf und begannen ihren langsamen Aufstieg in die zerklüftete Bergwelt.

Undurchdringlich wie eine Mauer wirkte der dichte Wald hinter ihnen. Irgendwo war das Rauschen eines Gebirgsbachs zu hören, aber zu sehen war er nicht. Der Weg stieg an. Eine fremde neue Welt grüner Hochebenen und moosbewachsener Felskuppen tat sich vor ihnen auf. Hoch über ihnen ragten schroffe Berggipfel bis in die tiefhängenden Wolken.

Die Männer sprachen im Flüsterton, als befänden sie sich in einer alten, ehrwürdigen Kathedrale. Allmählich gewöhnten sich ihre Ohren an die Geräusche der Natur um sie herum: den Chor der Vögel und das Gesumm der Insekten.

Für einen Mann wie Morgan Grey, der in der kultivierten Umgebung des englischen Hofs aufgewachsen war, bedeutete diese rauhe Bergwelt eine neue Herausforderung. Er hatte schon oft Feinde auf ihrem eigenen Boden bekämpft. Aber die Highlander sollten besonders kühne Krieger sein. Rauhe, wilde Hünen, die einem harten und schwierigen Leben ausgesetzt waren, so daß sie allein schon an Kraft und Wildheit ihren Gegnern überlegen waren.

Von der Schönheit der Landschaft abgelenkt, mußte Morgan sich zwingen, wachsam zu bleiben. Denn er hatte hier nur ein Ziel: Brenna MacAlpin zu finden und sie nach England zu bringen. Und dies möglichst, bevor er einer Bande wilder Highlander begegnete.

Plötzlich erblickte er auf dem Boden ein Stückchen Stoff. Er zügelte sein Pferd und sprang aus dem Sattel. Ein triumphierendes Lächeln ging über sein Gesicht, als er den Stoffetzen hochnahm.

»Sie sind hier entlanggegangen.« Morgan zeigte in die Richtung eines entfernten hohen Berges. »Ein schwieriger Weg für die Pferde. Aber wir müssen ihnen nach.« Er stieg wieder in den Sattel und trieb sein Pferd zum Trab an.

Bald senkte sich die Dämmerung über das Hochland. Die einfallende Dunkelheit machte es unmöglich, weiter auf dem schmalen, steinigen Pfad zu reiten. Es war ohnehin Zeit für eine Rast. Morgans Männer waren abgespannt und gereizt. Selbst die Pferde wurden störrisch.

»Wir werden hier die Nacht verbringen«, sagte Morgan mit gedämpfter Stimme, als sie eine geschützte Mulde erreichten. Sobald sein Körper zur Ruhe kam, spürte er die feuchte Nachtkälte. Er zog seinen Umhang fest um sich, und seine Gedanken wanderten zu der Frau, die vor ihm auf der Flucht war. Hatte sie an warme Kleidung gedacht? Hatten sie und ihre Schwester genug zu essen?

Einer seiner Soldaten brachte ihm einen Krug Ale. Er trank hastig und sah zu seinen Männern hinüber, die ein kleines Feuer entfacht hatten. Ihre mürrischen Mienen erinnerten ihn daran, weshalb er hier im unwirtlichen Hochland lagerte. Ärgerlich verscheuchte er seine besorgten Gedanken. Zum Teufel mit der Frau! Wäre sie ihm nicht entwischt, könnte er jetzt bereits in einem weichen Bett liegen. Von ihm aus konnte sie hungern. Von ihm aus konnte sie frieren.

Aber sie sollte am Leben bleiben. Zumindest so lange, bis er sie aufgestöbert hätte. Er wollte das Vergnügen genießen, der Lady ihren hübschen Hals umzudrehen.

Brenna zog ihre Schwester in die Arme und deckte sich und Megan mit dem warmen Reiseumhang zu. Als sie sich in das weiche Heu sinken ließ, dankte sie dem unbekannten Highlander, der das gemähte Gras für das Vieh liegengelassen hatte. Das duftende, mit Heidekraut vermischte Heu war ein bequemes Nachtlager.

»Glaubst du, daß die Engländer uns verfolgen?« flüsterte Megan.

»Ja.« Brenna sah die wilde Entschlossenheit im Gesicht Morgan Greys vor sich. »Nicht einmal die Highlands werden diesen Mann zurückhalten, wenn er einmal einen Entschluß gefaßt hat.«

Megan setzte sich abrupt auf. »Dann dürfen wir nicht rasten. Wir müssen so lange laufen, bis wir bei Brice Campbell in Sicherheit sind.«

»Pst. Wir können in der Dunkelheit nicht weitergehen.« Brenna zog ihre Schwester wieder neben sich. »Du brauchst keine Angst zu haben. Auch die Engländer müssen ausruhen.«

»Und wenn uns nun der Highlander, dem die Wiese gehört, findet?« Megan erschauerte. »Ich kann meine alte Angst vor den Highlands nicht loswerden.«

»Ich weiß. Aber jetzt sind wir eine Familie. Brice Campbell ist unser Schwager. Wir haben nichts zu befürchten.«

»Nicht, wenn diese Wiese einem Feind von Brice gehört.«

Denselben Gedanken hatte auch Brenna schon gehabt. »Schlaf«, flüsterte sie. »Ich halte Wache.«

Der Mond verschwand hinter einer Wolkenbank, und Brenna versuchte, mit den Augen die Dunkelheit zu durchdringen. Es waren nicht die Bewohner des Hochlands, die sie fürchtete. Nicht einmal jene, die mit dem Ehemann ihrer Schwester verfeindet waren. In dieser Nacht gab es nur einen, den sie fürchten mußte. Den Engländer, der sie von allem, was sie liebte, trennen wollte.

Der Reiz der Jagd belebte einen Soldaten wie Morgan. Er wachte beim ersten Morgengrauen auf, und sofort waren alle seine Sinne hellwach. Der erste Gedanke galt seiner Beute. Er wußte, daß dies der Tag des Sieges sein würde, und kostete schon jetzt seinen Triumph aus.

Er führte sein Pferd zu dem Pfad zurück und folgte ihm, bis er an einem Tal endete. Widerwillig waren ihm seine Männer gefolgt.

»Die Leute haben Hunger«, murrte der Ranghöchste der Soldaten.

»Ich auch. Wenn wir das hier hinter uns haben, ist noch Zeit genug, um unseren Hunger zu stillen. Wir werden reiten, bis wir die Frau gefunden haben.« Er warf dem Mann einen Beutel mit getrocknetem Fleisch zu, die übliche Nahrung der Soldaten im Feld. »Hier. Verteile das. Es sättigt wie jede andere Mahlzeit.«

Sie durchquerten das unzugängliche Tal und ritten dann an Weiden und kärglichen Äckern vorbei. Nach einer knappen Stunde trafen sie auf eine Frau, die ihre Ziege molk. Als sie die englische Standarte sah, rannte sie in panischer Hast auf eine kleine Hütte zu.

»Wir tun Euch nichts«, rief Morgan ihr nach.

Die Frau lief um ihr Leben.

»Haltet sie auf!« befahl Morgan. Und als die Soldaten ihre Pferde antrieben, mahnte er sie, die Frau nicht grob zu behandeln. »Ihr müßt ihr zu verstehen geben, daß wir friedfertig sind.«

Die Männer holten die Frau ein und hielten sie an den Armen fest. Obwohl die Bäuerin mit den Füßen trat und ihnen die Hände blutig kratzte, gehorchten sie Morgans Befehl. Ohne rohe Gewalt anzuwenden, brachten sie die zeternde und tobende Schottin zu ihrem Anführer.

»Wir suchen zwei junge Frauen aus dem Grenzland.« Morgan faßte die Frau am Kinn und zwang sie, ihn anzusehen. »Hast du sie gesehen?«

»Ich habe niemanden gesehen.«

»Und wenn du sie gesehen hättest, würdest du es mir sagen?«

Sie maß ihn mit einem verächtlichen Blick. »Niemals.«

»Das dachte ich mir.« Er deutete mit dem Kopf zu dem kleinen Pferch, wo die Ziegen darauf warteten, gemolken zu werden. »Und im Stall? Hast du irgendwelche Spuren bemerkt?«

Die Frau schüttelte den Kopf.

»Seht nach!« befahl Morgan seinen Männern.

Nach gründlicher Suche kamen die Männer zurück und bestätigten, was die Frau gesagt hatte. »Keine Spur.«

Morgan ließ die Frau los. »Dann suchen wir weiter.«

»Und was ist mit der Frau?« rief ein Soldat. »Wenn Ihr sie freilaßt, haben wir bald einen ganzen Clan auf den Fersen.«

»Hör zu!« wandte Morgan sich an die Frau. »Wir sind nicht hier, um dich oder deine Leute anzugreifen. Wenn wir die beiden Frauen gefunden haben, gehen wir wieder. Hast du verstanden?« Seine Stimme klang ernst und eindringlich.

Die Frau nickte. Doch als Morgan in den Sattel stieg, spuckte sie vor ihm aus, drehte sich um und rannte, so schnell sie konnte.

»Es war ein Fehler, sie laufenzulassen«, brummte derselbe Mann, der den Hunger der Soldaten erwähnt hatte. »Wir hätten sie wenigstens so lange festhalten müssen, bis wir die Frauen gefunden haben.«

»Es ist ein Risiko, das wir eingehen müssen«, erwiderte Morgan. »Ich möchte den Highlandern zeigen, daß ich nicht in kriegerischer Absicht gekommen bin.«

»Das wird uns zu Fall bringen.«

»Vielleicht.« Morgans Augen wurden schmal, als er über die Weide blickte und weit hinten die Heuhaufen sah. »Welcher Flüchtige aus dem Grenzland würde riskieren, in einem Stall zu übernachten, wenn die Verfolger ihm so dicht auf den Fersen sind?« Er stieg auf sein Pferd und gab ihm die Sporen. »Liegt es nicht näher, daß sie im Freien schlafen, um sich beim ersten Tageslicht davonzumachen?«

Seine Männer folgten ihm, als er über die Wiese ritt. »Hier könnte Lady Brenna geschlafen haben«, sagte er und zeigte auf die leichte Delle im Heu. Er stieg aus dem Sattel und kniete sich hin. Eine seltsame Erregung erfaßte ihn. »Ja, sie war hier«, sagte er mit rauher Stimme. Eine schmale Spur im Gras verriet die Flüchtenden. »Sie kann nicht weit sein.«

»Dort ist noch eine Spur«, rief ein Soldat. »Sie führt in eine andere Richtung.«

»Kann es sein, daß die Frauen sich getrennt haben?« fragte ein anderer.

»Nein.« Morgan erinnerte sich, wie gefaßt und ruhig Brenna seiner Bedrohung standgehalten hatte, bis Megan hinter den Burgmauern verschwunden und in Sicherheit war. Die Frau würde alles tun, um ihre Schwester zu retten. Aber sie würde sie nie allein den Gefahren dieses unbekannten und wilden Landes aussetzen.

Morgan lächelte. »Es ist ein schlauer Trick. Sie will uns verwirren, indem sie uns auf zwei verschiedene Spuren setzt.«

»Und welcher Spur werden wir folgen?«

»Das ist ganz gleich. Ich bin sicher, daß die Fährten irgendwo zusammenlaufen.«

Die Männer setzten ihren Ritt fort, und Morgan mußte sich eingestehen, daß er für Lady Brenna Hochachtung empfand. Er hätte an ihrer Stelle dasselbe getan. Diese Frau verhielt sich wie ein erfahrener Soldat.

Die Spur im taufeuchten Gras war leicht zu verfolgen. Als sie die Wiese überquert hatten, hielt Morgan am Rand eines Heidefeldes an.

Im Licht der Morgensonne sah er ein Bild von unbeschreiblicher Schönheit vor sich. So weit das Auge reichte, erstreckte sich vor ihnen blühende Heide. Die blauviolette Farbe der Blüten erinnerte Morgan an Brenna. Ihre Augen waren von demselben intensiven Ton.

Morgan blickte über das Blütenmeer. In der Ferne gewahrte er eine leichte Bewegung. War es der Wind, der das Heidefeld kräuselte? Oder hatte sich dort hinten eine menschliche Gestalt bewegt?

Brenna war ebenso entzückt von der Schönheit des violetten Blütenfeldes. Überwältigt blickte sie um sich. Weder Müdigkeit noch Verzweiflung konnten sie blind für die Schönheit dieser Landschaft machen. Wie eigenartig die Highlands waren. In einem Moment wild und erschreckend und im nächsten so lieblich, daß es einem den Atem nahm.

Nun sah sie Megan aus der anderen Richtung aus einem Wäldchen auftauchen. Sie atmete auf, erleichtert, daß ihr Plan geglückt war. Wenn ihnen das Schicksal weiter so gnädig war, wurden sie Brice Campbells Festung sicher erreichen. Und wären sie erst einmal dort, könnte kein Engländer ihnen mehr etwas anhaben.

»Brenna!« Megan winkte, als sie ihre Schwester entdeckt hatte. Brenna hob ebenfalls die Hand und wollte zurückrufen. Doch die Worte blieben ihr in der Kehle stecken.

Weit hinter Megan war ein Reiter am Rand der Heide aufgetaucht. Selbst aus der großen Entfernung erkannte Brenna Morgan Grey. Lieber Gott im Himmel. Der Mann war Megan auf den Fersen wie der Wolf seiner wehrlosen Beute.

Jetzt wurden noch mehr Reiter sichtbar. Megan drehte ihren Verfolgern ahnungslos den Rücken zu. »Brenna.« Wieder hob sie die Hand und winkte.

Ohne an ihre eigene Sicherheit zu denken, rannte Brenna los. Sie lief so schnell, daß ihr Herz schmerzhaft schlug. Mit einem Satz warf sie sich auf Megan und zog sie mit sich auf den Boden.

»Was ...« Megan knuffte Brenna in die Seite und versuchte, sich zu befreien.

»Pst.« Brenna preßte ihr die Hand auf den Mund. Dann hockte sie sich auf die Knie und spähte zu den Reitern hinüber.

»Was ist los?«

Brenna duckte sich wieder tief ins Heidekraut. »Engländer. Sechs Mann.«

»Haben sie uns gesehen?«

Brenna zuckte mit den Schultern. »Ich weiß es nicht.«

»Aber ich habe mich so gut versteckt. Ich war so vorsichtig.«

»Es ist nicht deine Schuld, Megan. Diese Männer sind Soldaten, und sie haben gelernt, wie man den Feind aufspürt.« Brenna zog ihre Schwester an sich. »Hör zu, Megan. Und hör mir sehr gut zu. Von jetzt an müssen wir getrennt weitergehen.«

»Nein.« Megan klammerte sich an sie.

Brenna sprach sehr ruhig, wie immer, wenn sie eine Gefahr meistern mußte. »Uns bleibt keine Wahl. Wir werden durch das Heidefeld kriechen und dabei jenen Gipfel im Auge behalten. Dort liegt Brice Campbells Burg. Und seine Burg ist unsere Rettung.«

»Aber warum müssen wir uns trennen?«

»Hör mir zu, Megan.« Brenna faßte ihre Schwester beim Arm und sah ihr fest in die Augen. »Ich liebe dich zu sehr, um zuzulassen, daß du den Engländern geopfert wirst.«

»Und was ist mit dir?«

»Ich bin die Clanführerin. Und ich befehle dir, mich jetzt zu verlassen.«

Megan wollte protestieren, aber Brenna ließ sie nicht zu

Wort kommen. »Megan, meine geliebte kleine Schwester«, flüsterte sie eindringlich, »ich könnte sterben und meinen ewigen Frieden finden, wenn ich die Gewißheit hätte, daß du in Sicherheit bist. Versprich mir, daß du ohne dich umzublicken deinen Weg gehst, bis du Brice Campbells Festung erreicht hast.«

Das junge Mädchen sah Brenna an und bemerkte den Schmerz in ihren Augen. Und in diesem Moment wußte Megan, daß sie Brennas Wünschen nie zuwiderhandeln würde. Sie nickte. »Ich werde gehen. Aber nur, weil die MacAlpin, das Oberhaupt des Clans, es befohlen hat.«

Brennas Augen füllten sich mit Tränen. »Gott sei mit dir, Megan.«

»Und mit dir, Brenna.«

Megan preßte sich dicht auf den Boden und begann, durch das Heidefeld in den Schutz einiger Felsbrocken zu kriechen. Eine sanfte Brise strich über die Heide und ließ sie wie ein von Wellen gekräuseltes violettblaues Meer erscheinen.

Brenna sah Megan kurz nach und betete, daß sie bald in den schützenden Armen ihrer geliebten ältesten Schwester wäre, dann begann sie, in die entgegengesetzte Richtung zu kriechen. Noch wehte der Wind und verbarg ihre Bewegungen in der kniehohen Heide vor den Blicken der Engländer. Wenn die Brise sich jedoch legte ...

Brenna verbot sich, den Gedanken zu Ende zu denken. Sie würde laufen, sie würde kämpfen und notfalls sterben. Aber niemals würde sie einen Fuß auf englischen Boden setzen.

5. KAPITEL

Morgan ließ den Blick über das Meer von Heideblüten schweifen. Er kniff die Augen zusammen und sah noch einmal hin. Hatte er wieder eine Bewegung gesehen, oder täuschten ihn seine Sinne?

Er wußte, daß er sich als Soldat im Kampf auf seinen Instinkt verlassen konnte. Und so war es auch jetzt. Lady Brenna war hier. Er wußte es.

»Kämmt dieses Feld durch!« befahl er seinen Soldaten. »Trampelt alle Blüten nieder, wenn es sein muß. Aber kommt nicht zurück, ehe ihr diese Frau gefunden habt!«

Während die Männer ausschwärmten, starrte Morgan noch einmal zu der Stelle hinüber, wo er die Bewegung wahrgenommen hatte. Dann ritt er langsam auf den Punkt zu, wobei er unablässig den Boden mit den Augen absuchte.

Plötzlich entdeckte er eine Furche, die sich durch das Heidefeld zog. Er trieb sein Pferd an, und für einen winzigen Moment sah er die Bewegung zweier kleiner Stiefel. Das Blut pulsierte heiß durch seine Adern. Brenna. Er hatte es gewußt. Sein Instinkt hatte ihn nicht getrogen. Er ließ die Zügel locker, und sein Pferd schoß nach vorn. Dann ein fremder Farbfleck in dem einförmigen Blau. Der dunkle Wollstoff eines Capes.

Morgans Handflächen wurden feucht. So nah. Sie war so nah.

Die Kapuze ihres Umhangs rutschte Brenna vom Kopf, und eine Lockensträhne fiel ihr in die Stirn. Als sie aufsah und sich das Haar zurückstrich, hörte sie das Geräusch. War es ihr Herzschlag, der dröhnte wie die Hufschläge eines Pferdes?

Das Geräusch kam näher. Brenna legte sich flach auf den Boden und blickte sich vorsichtig um. Ihr Herz schien stehenzubleiben, bevor es schmerzhaft zu hämmern begann.

Großer Gott. Morgan Grey. Im Sattel seines schnaubenden Pferdes erschien er noch wilder und bedrohlicher als vorher in der vertrauten Umgebung ihrer Burg.

»Es ist zwecklos weiterzulaufen, Mylady. Ihr braucht es gar nicht erst zu versuchen.« Die Behendigkeit, mit der Morgan aus dem Sattel glitt, verriet eine unglaubliche Kraft. »Bald werden wir meine Truppe auf ihrem Weg nach England eingeholt ...«

Die Worte blieben Morgan in der Kehle stecken, als Brenna sich seinem Griff mit einer blitzschnellen Bewegung entzog.

Sie schoß nach vorn und begann zu rennen. So schnell und behende, daß Morgan ihr einen Moment überrascht hinterherstarrte, bevor er die Verfolgung aufnahm.

Ihre Lungen schmerzten. Noch nie in ihrem Leben war sie so schnell gelaufen. Doch obwohl ihre Verzweiflung ihr ungeahnte Kräfte verlieh, war sie ihrem Verfolger nicht gewachsen. Morgan hatte lange und starke Beine, und bald hatte er sie eingeholt. Seine Hand schloß sich schmerzhaft um ihr Handgelenk.

Mit einem Wutschrei fuhr Brenna zu ihm herum. Ein überraschter Ausdruck trat in seine Augen, als er den juwelenverzierten Dolch in ihrer Hand erblickte.

Als seine erste Überraschung sich gelegt hatte, lächelte er. »Soll ich mich von einer schwachen Frau und ihrem kläglichen Messer bedroht fühlen?«

»Dieser klägliche Dolch ist gut genug, um das Leben eines Mannes zu beenden. Ihr werdet den Abend dieses Tages nicht erleben.«

Sie sprang so schnell vor, daß er nur knapp zur Seite ausweichen konnte. Die Spitze des Messers schlitzte sein Wams auf und traf ihn dicht neben dem Herzen. Blut sickerte aus der Wunde.

Mit einem wütenden Fluch packte er ihre Hand und drehte sie, bis das Messer aus ihren Fingern glitt und zu Boden fiel. Doch es gelang ihr, sich aus seinem Griff zu befreien. Sie bückte sich nach dem Dolch und rannte.

»Zum Teufel mir dir, kleine Hexe!« Morgan setzte ihr nach, und als er sie einholte, warf er sich in seiner ganzen Länge auf sie.

Brenna rang keuchend nach Luft, während Morgan über ihr

kniete und ihre Hände mit eisernem Griff neben ihrem Kopf auf den Boden drückte. Blut tropfte auf ihren Umhang und auf ihr Kleid.

»Laßt mich los!« Sie kämpfte verzweifelt, aber Morgan hielt sie mit den Knien und Händen wie in einer Schraubzwinge. Sie war ihm an Kraft weit unterlegen.

»Ich bin kein Dummkopf, kleine Wildkatze. Solange du nicht deine Krallen einziehst, bleibst du hier liegen. Noch einmal wirst du mich nicht angreifen.«

»Solange Ihr darauf besteht, mich nach England zu schleppen, Morgan Grey, werde ich jede Gelegenheit nutzen, Euch zu töten.« Sie warf den Kopf wütend hin und her. Ihre vor Zorn dunklen Augen sprühten.

Morgan betrachtete Brenna lange. Mit ihrem wilden lockigen Haar und diesen brennenden Augen von der Farbe der Heideblüten erinnerte sie ihn an eine stolze und freie Zigeunerin. Ihre wilde Schönheit raubte ihm den Atem.

Er faßte ihre beiden Hände mit einer Hand, und mit der anderen folgte er zart dem Bogen ihrer Augenbraue und strich ihr dann sanft über die Wange. »Ihr werdet mit mir nach England gehen, Mylady. Daran habe ich keinen Zweifel.«

Er beobachtete, wie ihre Brust sich heftig hob und senkte, und sein eigener Herzschlag wurde schneller.

Er begehrte sie. Der Gedanke formte sich irgendwo in einem Winkel seines Bewußtseins, nahm Gestalt an, bis er sein ganzes Denken beherrschte.

Aber es machte keinen Sinn. Sein Wunsch beunruhigte und verwirrte ihn. Wie konnte er eine Frau begehren, die alles daransetzte, ihm zu entfliehen? Er begehrte diese Frau, die ihn verletzt hatte und ihn sogar beinahe getötet hätte.

Es war völlig abwegig, ausgerechnet sie besitzen zu wollen. Er war Soldat. Ein Mann, der für seine Königin durch die Hölle und zurück gegangen war. Sie dagegen war eine Lady. Kühl, aristokratisch und empfindsam. Empfindsam? Nein, alles andere als das, wie seine Wunde bewies. Doch viel schwerwiegender war etwas anderes. Er war Engländer und sie Schottin.

Er konnte den Blick nicht von ihr wenden. Wie schön sie war. Schöner als alle Frauen, die er kannte. Und eines wußte er. Hinter ihrem würdevollen Gebaren, hinter dieser eisigen Maske schlug das Herz einer leidenschaftlichen Frau.

Morgan neigte sich tief über ihr Gesicht. Fast berührte er ihre Lippen. Er sog die Wärme ihres Atems ein und fühlte, wie sein Mund trocken wurde. Ein Kuß. Ein einziger und letzter Kuß. Und dann wäre es vorbei und vergessen.

Verlangend zeichnete er mit der Zunge den geschwungenen Bogen ihrer Lippen nach.

»Nein!« Er spürte, wie sie den Atem anhielt, bevor sie den Kopf zur Seite drehte.

Heiße sinnliche Erregung überfiel ihn.

»O doch, Mylady.« Er umfaßte ihr Gesicht und sah ihr in die Augen. Angst las er nicht darin. Nur Trotz ... und etwas anderes. Einen Ausdruck, den er nicht deuten konnte.

Morgan senkte den Kopf tiefer und sah sie unverwandt an. Und dann preßte er den Mund auf ihre Lippen.

Augenblicklich flammte etwas auf, stieg eine brennende Hitze in ihnen auf. Und obwohl beide versuchten, es anders zu benennen, hieß dieses Feuer Verlangen.

Sie war einzigartig, so zart und süß. Ihre Lippen waren samtig wie das Blütenblatt einer Rose, kühl wie der Tau an einem Sommermorgen. Morgan gab sich ganz diesem Gefühl hin, und seine Erregung wuchs.

Bei der ersten Berührung seiner Lippen vergaß Brenna zu atmen. Alle Kraft schien aus ihrem Körper zu weichen. Doch sie bekämpfte diese Schwäche nicht.

Ohne sich dessen bewußt zu sein, öffnete sie die Lippen und gab sich den Liebkosungen seiner Zunge hin.

Sie fühlte das Gewicht seines starken, muskulösen Körpers. Und sie wehrte sich nicht länger gegen das Gefühl, seine Gefangene zu sein. Wie eine Katze schmiegte sie sich ihm entgegen, und als sie seine Hand auf ihrer Wange spürte, schloß sie leise stöhnend die Augen.

Dies machte ihr am meisten angst. Dieses unbenennbare Gefühl, das tief in ihrem Innern glühte und ihre Vernunft außer Kraft setzte, sobald dieser Engländer sie berührte. Sie wollte ihn nicht. Sie konnte seinen Anblick nicht ertragen. Wieder und wieder sagte sie sich, daß er ihr Feind war, den sie hassen mußte.

Doch noch während der Kampf in ihr wütete, wurden ihre Lippen weicher. Sie empfand nichts als den Wunsch, daß der Kuß ewig dauern möge.

Zum Teufel mit der Logik! dachte Morgan, als er Brenna an sich preßte. Es war gleichgültig, ob sie richtig füreinander waren oder nicht. Er würde das Vergnügen auskosten, solange es ging. Er hatte immer seine Bedürfnisse gestillt, ohne daß es ihm geschadet hätte. Trotzdem mußte er zugeben, daß die Gefühle, die Brennas Kuß in ihm auslösten, mit nichts Vorherigem vergleichbar waren.

Noch nie war er einer Frau begegnet, die ihn mit einer einzigen Berührung in Flammen setzte.

Sein Körper vibrierte vor Verlangen. Er hob den Kopf und betrachtete die Frau. Täuschte er sich, oder las er in ihren Augen ebenfalls Begehren?

Hufschläge kamen näher. Die Soldaten galoppierten heran und riefen, daß sie das blonde Mädchen nicht gefunden hätten.

Brenna kehrte in die Wirklichkeit zurück und besann sich darauf, daß sie Morgan Greys Gefangene war. Aber ihre Schwester war in Sicherheit, und sie selbst würde alles ertragen, solange Megan von der englischen Tyrannei verschont bliebe.

Es kostete Morgan unglaubliche Kraft aufzustehen. Brenna rollte sich auf die Seite und atmete tief ein und aus, um sich wieder in die Gewalt zu bekommen. Sie sah das Blut auf ihrem Umhang, und ein Gefühl des Triumphs stieg in ihr auf. Welch eine Demütigung mußte es für einen Mann wie Morgan Grey sein, von einer Frau, einer Feindin, verwundet zu werden!

Er folgte ihrem Blick und wischte das Blut fort, das noch immer aus seiner Wunde sickerte. Die Narbe würde ihn an die Frau erinnern, noch lange, nachdem er sie der Königin ausgeliefert hatte.

Ausgeliefert, dachte er mit einer Spur von Abscheu. Er würde Brenna MacAlpin ausliefern, damit sie das Bett eines anderen Engländers wärmte.

Nicht einmal dieser Gedanke konnte das lodernde Feuer in seinem Inneren eindämmen. Noch immer fühlte er Brennas Lippen. Es war Zeit, daß er nach England zurückkehrte und in den Armen eines willigen Mädchens seine Begierde stillte.

Von ihrem sicheren Versteck aus beobachtete Megan voller Entsetzen, wie ihre Schwester von dem brutalen Engländer zum Pferd geschleift und in den Sattel gehoben wurde.

Aber sie empfand auch Genugtuung, als sie Brennas stolze und trotzige Haltung sah. Megan wußte, daß Brennas Stolz, der Stolz der MacAlpins, es nie zulassen würde, Schwäche zu zeigen. Tränen würde es nicht geben und kein Flehen um Gnade.

Megan kniff die Augen zusammen. Einer der Soldaten riß ein Stück Stoff in Streifen und verband Morgan Greys Brust.

Der Mann war verwundet? Ja. Niemand anders als Brenna konnte ihn verletzt haben.

Wenn ich nur einen Bogen und Pfeile hätte, dachte Megan wuterfüllt. Sie würde Morgan Greys Herz durchbohren und den Triumph genießen, ihn fallen zu sehen. Sie ballte die Hand zur Faust. Hätte sie doch ein Schwert. Sie würde es mit allen sechsen gleichzeitig aufnehmen, um ihre Schwester zu retten.

Als die Reiter einen schützenden Ring um ihren Anführer und seine Gefangene bildeten, liefen Tränen ohnmächtiger Wut über Megans Wangen. »Verzeih mir meine Schwäche, Brenna«, flüsterte sie. Aber sie weinte nur noch heftiger, konnte sich einfach der Tränen nicht erwehren.

Lieber Gott im Himmel, sei uns gnädig, betete sie. Warum suchte Er sie mit dieser Strafe heim, warum? Hatten die MacAlpins nicht genug gelitten? Brenna, die starke, liebevolle Brenna wurde aus ihrer Heimat verschleppt. Plötzlich wurde Megan bewußt, daß sie dieses geliebte Gesicht vielleicht nie wiedersehen würde.

Mit einem Fluch, der einen Soldaten verlegen gemacht hätte, wischte sie ihre Tränen fort. Voller Wut blickte sie den Reitern nach, bis sie nicht mehr zu sehen waren. Dann kletterte sie wieder hinunter und setzte ihren Weg fort. Wenn sie ihren Schwager Brice Campbell nur schnell fände! Er würde Brenna retten. Denn er befehligte eine ganze Armee von Highlandern.

Brenna saß steif vor Morgan Grey im Sattel und drängte ihre Tränen zurück. Der Hufschlag der Pferde und ihr Herzschlag dröhnten im selben Rhythmus. Verloren. Verloren. Alles ist verloren.

Sie ritten über die Wiese, wo sie und Megan im Heu geschlafen hatten. Brenna betete, daß die Bauern sich den Eindringlingen entgegenstellen würden. Doch als sie an dem kleinen Gehöft vorüberritten, sah sie nur stumme, ängstliche Blicke.

Als das Hochland hinter ihnen lag, fielen die Pferde in Trab. Sie durchquerten den Fluß und die weite Ebene der Lowlands. Brennas Heimat, das umkämpfte Gebiet, das England und Schottland voneinander trennte.

Jetzt konnte Brenna ihren Schmerz und Zorn nicht länger zurückhalten. Die Tränen liefen ihr über das Gesicht, und sie biß sich auf die Lippe, um nicht laut zu weinen. Sie senkte den Kopf tief, ließ das Haar wie einen Schleier nach vorn fallen, damit niemand ihre Schwäche bemerkte.

Heimat. Niemals werde ich dich wiedersehen. Leb wohl. Mit gebundenen Händen und gesenktem Kopf nahm sie weinend Abschied.

Morgan spürte, wie der zarte Körper in seinen Armen bebte. Er wußte, daß die Frau weinte und es zu verbergen versuchte. Plötzlich hatte er das Bedürfnis, sie an die Brust zu ziehen und zu trösten. Doch er kannte Brenna MacAlpin bereits gut genug, um zu wissen, daß sie mit ihrem Schmerz lieber allein war.

Warum rührten ihn ihre Tränen? Immerhin hatte die Frau ihm ihren Dolch ins Fleisch gestoßen. Und hätte er nicht so schnell reagiert, hätte sie sein Herz durchbohrt.

Wie sehr mußte ihr vor England grauen, daß sie nicht einmal vor Mord und Tod zurückschreckte. Die kleine Närrin würde bald feststellen, daß sie dort ein weit angenehmeres Leben erwartete als das, welches sie hinter sich ließ. Was er in der MacAlpin-Burg gesehen hatte, wirkte düster und streng auf ihn. Der glanzvolle Hof von Elizabeth war alles andere als ein beklemmendes Gefängnis. Und die Frau eines englischen Adligen genoß ein Leben in Reichtum und Luxus. Ganz zu schweigen von den Freuden der Liebe.

Dieser letzte Gedanke löste Gefühle in Morgan aus, die er sofort beiseite schob. Was ging ihn die Zukunft dieser Frau an? Warum ärgerte er sich bei der Vorstellung, daß irgendein reicher Adliger sie heiraten würde? Je schneller er diese Schönheit nach England brachte und von ihr getrennt war, desto besser.

»Nicht mehr lange, und Euer Schmerz wird aus Eurem Herzen getilgt sein. Weint nur. Weint Euch Euren Kummer von der Seele.«

Sie erstarrte bei seinen sanft gemurmelten Worten, doch aus einem anderen Grund, als er vermutet hätte. »Ich weine nicht. Das ist etwas für verängstigte Kinder.«

»Aha.« Er lächelte leicht. »Und natürlich ist die Person in meinen Armen kein Kind.« Seine Hände glitten höher und schlossen sich fester um ihren Oberkörper. Fast berührten sie ihre vollen Brüste.

Sofort machte Brenna sich stocksteif. »Ich mag Eure Gefangene sein, Morgan Grey. Aber ich lasse mich nicht von Euren Berührungen beschmutzen.«

Sein Lächeln schwand, und sein Ton wurde härter. »Du tätest gut daran, deine Zunge zu zügeln, Mädchen. Ich bin für meine Wutausbrüche bekannt.«

»Dann muß ich also Angst vor Euch haben?« Sie drehte sich zu ihm um. »Ihr scheint zu vergessen, daß ich eine MacAlpin und Oberhaupt meines Clans bin.«

»Ich habe nichts vergessen.« Vor allem nicht die Farbe ihrer Augen, wenn sie zornig war. »Aber in unserem Land seid Ihr eine Frau ohne Titel und ohne Macht. Ihr wärt schlecht beraten, meinen Zorn auf Euch zu ziehen.«

Sie gab einen verächtlichen Laut von sich und drehte sich wieder nach vorn. In seinen dunklen Augen lag etwas Bedrohliches, dem sie sich nicht gewachsen fühlte. »Was könnt Ihr mir noch Schlimmeres antun? Meinen wertvollsten Besitz habt Ihr mir schon genommen – die Freiheit. Ich mußte mein Zuhause verlassen und die Menschen, die ich liebe. Ich schwöre Euch, Morgan Grey, daß ich Euch entkommen werde. Und falls nicht, dann werde ich bis zu Eurem oder meinem Tod kämpfen.«

Er beugte sich vor, so daß sie den Hauch seines warmen Atems spürte. »Reizt mich nicht zu sehr, Lady. Oder Ihr werdet meine Wut zu spüren bekommen.«

Sie erschauerte. Aber war es Angst, was sie erbeben ließ? Oder die Nähe dieses Mannes?

Was war mit ihr los, daß sie einen solchen Gedanken auch

nur zuließ? Morgan Grey war ihr Feind. Sie würde wachsam bleiben und bei der ersten Gelegenheit fliehen.

Stunde um Stunde verging. Der ruhige, gleichmäßige Schritt der Pferde ließ Brenna in einen schwerelosen Halbschlaf fallen. Ohne es zu bemerken, sank sie gegen Morgans Brust. Ihre Züge waren jetzt weich und entspannt, und im Sonnenlicht schimmerte ihre Haut wie feines Porzellan.

Morgan betrachtete ihr Gesicht, ihre fein geschwungenen Brauen, den vollen, wundervoll geformten Mund, die kleine gerade Nase, ihre dichten schwarzen Wimpern, die zart gefiederte Schatten auf ihre Wangen warfen. Die seidige Fülle ihres Haars bewegte sich wie ein Schleier im Wind und streichelte Morgans Gesicht.

Während Brenna in seinen Armen schlief, wurde ihm schmerzhaft bewußt, daß er diese wunderschöne Frau an irgendeinen Adligen an Elizabeths Hof würde abgeben müssen.

Das Gewicht in seinen Armen wurde schwerer. Morgan spürte Brennas Erschöpfung. Er gab seinen Männern ein Zeichen. »Wir legen eine kurze Rast ein.«

Als er Brenna aus dem Sattel geholfen hatte, rieb sie sich das Kreuz und bog den Körper zurück.

»Wenn man es nicht gewohnt ist, ist solch ein langer Ritt anstrengend.«

»Ja.« Sie drehte sich weg, als zwei Soldaten in den Büschen verschwanden.

Morgan sah es und ging auf Brenna zu. »Vielleicht möchtet Ihr einen Moment ungestört sein«, sagte er leise.

Sie nickte.

Er ging und sprach kurz mit seinen Männern. Dann kam er zu ihr zurück. »Ihr könnt unbehelligt ein Stück in den Wald gehen, Mylady.«

Sie dankte ihm mit einem Lächeln und ging in die Richtung, in die er gezeigt hatte. Als sie den Waldrand erreicht hatte, blickte sie zurück, um sich zu vergewissern, daß sie wirklich allein war. Tatsächlich warteten Morgan und seine Leute geduldig bei ihren Pferden. Sie trat hinter einen Baum und spähte noch einmal zu den Männern hinüber. Drei Soldaten saßen gegen einen umgestürzten Stamm gelehnt. Die beiden anderen sprachen leise mit Morgan Grey, der sich nachdenklich über die Stirn strich. Brenna warf einen Blick zur Sonne, und dann rannte sie los. Sie wußte, in welche Richtung sie laufen mußte. Nach Norden. Nach Schottland. In ihre Heimat.

Nach einigen Minuten hörte sie jemanden rufen. Morgan Grey. Er mußte inzwischen gemerkt haben, daß er auf ihre List hereingefallen war. Sie lief noch schneller, hoffte, daß der Wald dichter würde. In dem fast undurchdringlichen Dickicht würden ihre Verfolger sie niemals finden.

Das Geräusch knackender Zweige versetzte sie in Panik. Die Engländer waren näher, als sie vermutet hatte. Sie lief bis an die Grenzen ihrer Kraft, lief, bis ihre Lungen brannten.

Jetzt waren die Männer so nah, daß sie ihre Worte verstehen konnte. In ihrer Verzweiflung kletterte sie auf einen Baum. Vielleicht meinte das Schicksal es gut mit ihr. Vielleicht würden die Engländer nicht hochblicken und an ihr vorbeilaufen.

Die rauhe Borke riß ihre Haut auf, bis ihre Hände bluteten. Doch sie ließ nicht nach und zog sich immer höher, von einem Ast zum nächsten.

Mit verzweifelter Anstrengung griff sie nach dem Ast über sich. Er war so hoch, daß sie sich auf die Zehenspitzen stellen mußte. Sie reckte sich, streckte den Arm weit aus, und endlich hatte sie den Ast erfaßt und zog ihn zu sich herunter. Wenn sie es bis zur Spitze schaffen würde, wäre sie gerettet. Niemand würde sie je in der hohen Baumkrone vermuten.

Sie zog sich hoch, wollte die Füße heben. Es ging nicht. Ihre Fußgelenke fühlten sich an wie angekettet. Sie blickte hinunter. Das Herz blieb ihr fast stehen.

»So, so, Mylady. Ihr liebt es also, auf Bäume zu klettern? Vielleicht wird Euer englischer Ehemann Euch ein Herrenhaus auf dem Land kaufen und Bäume pflanzen, damit Ihr Euren Spaß habt.«

Trotz seines lockeren Tons sah Brenna den Zorn in Morgans Augen.

»Würdet Ihr wohl herunterklettern, Mylady? Oder soll ich nachhelfen?« Jetzt klangen seine Worte eisig, fast drohend.

»Auf Eure Hilfe kann ich verzichten.« Brenna kämpfte mit

den Tränen. Etwas mehr Zeit, nur einige Minuten mehr, und sie wäre frei gewesen.

Wortlos begann sie den Abstieg. Morgan ließ ihre Fußgelenke nicht los, bis sie in seine Arme fiel.

»Von jetzt an gibt es keine ungestörte Minute mehr für Euch, Mylady«, murmelte er dicht an ihrem Ohr.

»Das kann nicht Euer Ernst sein.«

Seine dunklen Augen blitzten. »Ihr habt mir gezeigt, daß Euch nicht zu trauen ist. Bis zu unserer Ankunft bei Hofe werdet Ihr nicht mehr von meiner Seite weichen.«

»Und das nennt Ihr zivilisiert?«

Er warf ihr ein charmantes Lächeln zu. »Ich habe nie behauptet, zivilisiert zu sein.«

»Die königliche Standarte weht auf dem Richmond Palace, Mylord.«

Morgan nickte und lenkte sein erschöpftes Pferd an dem gewundenen Lauf der Themse entlang. Sie alle waren erschöpft, doch sobald der Trupp die Umgebung des Palastes erreicht hatte, schien die Müdigkeit von den Soldaten abzufallen. Ungeachtet des Schmutzes auf ihrer Kleidung und Stiefeln nahmen sie eine stramme Haltung ein. Sie ritten an dem Wald vorüber, der den Palast umgab. Die patrouillierenden Wachsoldaten grüßten. Dann öffnete sich der Reitweg zu einer breiten Allee, auf der ein Dutzend berittene Soldaten nebeneinander Platz hatten.

Die Männer ritten schweigend, bis sie das Tor zum Schloßhof erreichten. Reitknechte eilten herbei, um sich um die Pferde zu kümmern.

Dann ertönten von innen Stimmen, und einige elegant gekleidete Edelleute traten aus dem offenen Schloßportal. Ihnen voran Morgans Adjutant Alden. Er trug nicht mehr die Soldatentracht, sondern die elegante Kleidung eines Höflings.

»Endlich seid Ihr da!« rief er und eilte auf seinen Kommandanten zu.

Morgan glitt aus dem Sattel und hob Brenna unsanft vom Pferd.

»Was hat dich so lange aufgehalten, alter Freund?«

»Die Lady hat uns zu einer lustigen Jagd eingeladen.«
»Und wie immer hast du deine Beute gefangen.«
Die beiden Männer brachen in Lachen aus.
»Es ist Zeit, daß Ihr Euer Schicksal annehmt, Lady«, wandte sich Morgan an Brenna.
»So werdet Ihr mich doch nicht vor Eure Königin führen. Ohne mir Zeit zu geben, mich umzukleiden . . .«
»So? Meint Ihr?« Morgan lächelte spöttisch. »Ihr seht hinreißend aus. Jeder Gentleman am Hof wird um die Hand meiner schmutzigen kleinen Vogelscheuche betteln.«
»Bitte, Mylord. So, wie ich aussehe, kann ich der Königin nicht vorgestellt werden.«
Er faßte sie am Arm und zog sie näher. »Hier findet kein königlicher Ball statt, Mylady. Und Ihr seid nicht hier, um bewundert zu werden. Bevor die Königin nicht anders entscheidet, seid Ihr meine Gefangene. Das bedeutet, daß Ihr Euch an meine Anweisungen haltet.«
Sie antwortete mit einem haßerfüllten Blick und versuchte, sich aus Morgans Griff zu befreien. Doch seine Hand schloß sich noch fester um ihren Arm, während er sie durch einen langen Gang führte.
»Meldet mich der Königin, Master Clive«, rief er dem Privatsekretär zu, als sie diesem begegneten. »Ich komme in einer Mission Ihrer Majestät.«
Der alte Mann nickte und verschwand. Wenig später kam er zurück. »Die Königin wünscht Euch sofort zu sehen, Mylord.«
Brennas Mund wurde trocken, als Morgan sie mit sich zog und auf den Eingang zum Empfangssaal zuging. Gleich würde sie der Königin von England gegenüberstehen, über die so viele Gerüchte umgingen. Es hieß, daß Elizabeth eine faszinierende, betörende, aber auch sehr schlaue und gerissene Monarchin war.
Alden musterte die Frau, die sein Freund so grob am Arm zog, mit einem mitfühlenden Blick. »Du könntest der Lady ein paar Minuten geben, damit sie sich umkleiden kann.«
»Das würdest du nicht vorschlagen, wenn du wüßtest, wie ich die letzten Tage verbracht habe, mein Freund. Der Lady ist nicht zu trauen, sobald man sie aus den Augen läßt.«

Morgans Blick sagte Alden, er solle besser schweigen. Er wußte, wie sein Freund Morgan einzuschätzen war. Die temperamentvolle schottische Lady mußte ihm unterwegs schwer zugesetzt haben.

6. KAPITEL

Mehr als hundert Menschen befanden sich in dem großen Saal. Die meisten standen in Gruppen beisammen und unterhielten sich in gedämpftem Ton. Als Morgan Grey vom Zeremonienmeister gemeldet wurde, verstummten sie. Der »Wilde der Königin« war ein Mann, der stets Aufmerksamkeit erregte.

Als die riesige Doppeltür am anderen Ende des Audienzsaales aufgestoßen wurde und eine Schar elegant gekleideter Männer und Frauen den Saal betraten, wurde es ringsum still. Das Erscheinen der Hofdamen und Kammerherren war das Signal, daß Elizabeths Audienz begann.

Die Königin kam ohne Begleitung. Allein, in majestätischer Haltung, schritt sie in den Saal. Ihr prachtvolles Gewand aus heller Seide mit dem kostbaren Spitzenkragen war mit Juwelen besetzt. Das enge Oberteil unterstrich Elizabeths zerbrechlich schmale Taille. Die königliche Erscheinung wurde unterstrichen durch den reichen, einzigartigen Perlenschmuck.

Die Königin bewegte sich schnell, als wäre sie in Eile. Auch als sie sich auf dem Thron niedergelassen hatte, strahlte sie eine zielstrebige Energie aus. Suchend ließ sie den Blick über die Menge schweifen. Als sie endlich Morgan Grey entdeckt hatte, ging ein warmes Lächeln über ihr Gesicht.

»Ihr seid also endlich zu Eurer Königin zurückgekehrt, mein tapferer Krieger. Kommt her und erzählt mir, welches Liebeslager Euch so lange von meiner Seite ferngehalten hat.«

Die Worte der Königin entsetzten Brenna. Und noch entsetzter war sie, als die Männer und Frauen des Hofes einmütig lachten. Sie musterte Morgan und erwartete seine gewohnte grimmige Miene. Statt dessen grinste er über das ganze Gesicht.

»Vergebt mir, Eure Majestät, aber irgend jemand muß sich ja um die Angelegenheiten der Krone kümmern.«

»Wollt Ihr behaupten, daß Eure Pflichten Euch so lange aufgehalten haben?«

»Jawohl, Madam. Ihr entsinnt Euch vielleicht, daß Ihr mich nach Schottland schicktet, um die Möglichkeit einer Heirat zwischen einem Eurer Edelleute und der Clanführerin der MacAlpins zu untersuchen.«

»Ich erinnere noch mehr, Morgan Grey. Ich entsinne mich, daß Ihr Euch gegen diesen Auftrag sträubtet. Ihr sagtet, so etwas wäre unter Eurer Würde als Soldat und eher eine Aufgabe für einen Hofschranzen. Dennoch hat diese simple Aufgabe Euch zu lange von mir ferngehalten. Habt Ihr Eure Königin nicht vermißt?«

Morgan ließ Brenna in der Obhut seiner Männer und näherte sich dem Thron. »O doch, Madam«, sagte er mit warmer Stimme. »Ich habe nicht nur Eure Schönheit vermißt, sondern ebensosehr Eure Schlagfertigkeit. Es gibt nicht viele, die mit der Sprache spielen können wie meine Königin.«

Elizabeth lachte. »Mir haben unsere Wortduelle auch gefehlt, Mylord Grey. Ich bin aufrichtig erfreut, daß Ihr wieder da seid. Und nun berichtet, was Eure Reise nach Schottland ergeben hat.«

»Die Leute mißtrauen uns Engländern noch immer, Majestät. Obwohl ich ihnen versicherte, daß wir in friedlicher Absicht kämen, schienen sie mir nicht zu glauben.«

»Aber sie hatten das Wort Eurer Königin.«

Elizabeths Miene verdüsterte sich, und Morgan mußte über ihren plötzlichen Stimmungswechsel lächeln. »Ja, Madam. Aber ich glaube, es war eine kluge Entscheidung von Euch, die beiden Länder durch Eheschließungen zu verbinden. Wir haben so manchen guten Mann im Kampf an der schottischen Grenze verloren.«

»Die Führer der Highlandclans sind mir bereits vertraglich zur Treue verpflichtet«, bemerkte Elizabeth trocken.

»Ja, das ist richtig. Trotzdem flackern an der Grenze immer wieder Kämpfe auf, Majestät.«

»Ich habe den Eindruck, Morgan, daß Ihr diesen arrangierten Eheschließungen plötzlich zustimmt.« Elizabeth streckte die Hand aus und befahl Morgan, näher zu kommen. Viele Frauen im Saal beobachteten die Szene mit großem Interesse. Morgan Grey war ein gutaussehender Mann, der mehr als nur ein Frauenherz höher schlagen ließ. Und die Königin war noch unvermählt.

»Erzählt mir von dieser Schottin, die ihren Clan anführt.«

»Das ist nicht nötig, Madam. Ihr werdet sie selbst kennenlernen.« Morgan drehte sich um, und auf ein Zeichen führte sein Adjutant Alden Brenna vor die Königin.

»Majestät, darf ich Euch Brenna MacAlpin vorstellen, Oberhaupt des Clans der MacAlpin von Schottland.«

Ein Raunen ging durch die Menge.

Brenna blickte um sich und hob trotzig den Kopf.

Die Königin schien einen Moment lang überrascht, bevor sie ihre Haltung wiedergewann. »Sieht so die Anführerin eines Clans aus? In welch einem Zustand ist diese Frau!«

Brennas Wangen wurden feuerrot, aber sie hielt dem Blick der Monarchin stand.

Die Königin hob die Hand, und die Juwelen an ihren Fingern funkelten. »Schaut sie euch an. Das Haar hängt ihr ungebändigt und in wilden Locken bis auf den Rücken hinab. Ihre Kleidung ist verschmutzt. Und dieser Fleck dort auf dem Umhang – ist das nicht Blut, Morgan?«

Die Verlegenheitsröte schoß ihm ins Gesicht. »Ja, Madam.«

»Ihr Blut?«

»Meines, Madam.«

»Ihr habt sie mit Eurem Schwert bezwungen?«

»Sie griff mich mit einem Dolch an.«

Die Königin betrachtete die junge Frau genauer und zog die Augenbrauen hoch. »Sie ähnelt eher einem armseligen Waisenkind als einer Anführerin.« Sie wandte sich Morgan zu. »Ist sie wirklich das Oberhaupt der MacAlpin, Mylord Grey? Oder wollt Ihr den Hofnarren an Witz übertreffen?«

»Ich spaße nicht, Madam.«

»Warum habt Ihr sie dann wie eine Gefangene hierhergebracht?«

»Weil sie versucht hat, sich Eurem Wunsch zu widersetzen,

Madam. Lady Brenna besteht darauf, einen Mann ihrer Wahl zu heiraten.«

»Ist das wahr?« Plötzlich wechselte der Ausdruck der Königin von Verachtung zu lebhaftem Interesse.

»Ja, Madam. Ich war gezwungen, ihr bis in die Highlands zu folgen. Dort beschloß ich, daß es im Interesse Eurer Majestät sei, sie bei mir zu behalten, damit Ihr über ihr Schicksal entscheiden könnt.«

»Sie ist vor Euch davongelaufen?« Die Königin musterte die junge Frau mit wachsender Neugier. »Diese kleine Person hat es geschafft, Morgan Grey zu entkommen? Sie hat den Dolch gegen ihn erhoben und ihn verwundet?« Elizabeths Augen blitzten. »Oh, was für ein köstlicher Spaß. Der Mann, der ganze Armeen bezwang, hat Schwierigkeiten, mit einer einzigen Frau fertig zu werden. Ist das die Möglichkeit!«

Morgans Blick wurde stahlhart.

»Ihr wart also gezwungen, ihr in die gefährlichen Highlands zu folgen?« fragte Elizabeth mit einem belustigten Unterton.

Er nickte.

»Wie überaus interessant.« Die Königin beobachtete die beiden scharf. Wie auffallend sie vermieden, einander anzusehen. Es war offensichtlich, daß wilde Gefühle zwischen ihnen herrschten. »Und dann habt Ihr sie gegen ihren Willen hergebracht.« Die Königin lächelte. »Eine sehr ... kluge Entscheidung, Mylord Grey. Obwohl Mary von Schottland vermutlich nicht einverstanden wäre.«

Jetzt wandte Elizabeth sich an Brenna. »Ihr wollt also Euren Gatten selbst auswählen?«

»Das haben die MacAlpins immer getan.«

Brennas trotziger, stolzer Ton löste im Saal ein gespanntes Schweigen aus. Alle Blicke richteten sich auf die Frau, die auf dem Thronsessel saß. Trotz ihrer kleinen Statur war Elizabeth jeder Zoll eine Königin. Sie duldete in ihrer Gegenwart keine Respektlosigkeiten. Schon gar nicht von jemandem, der Bündnistreue geschworen hatte.

Brennas feste, klare Stimme hallte durch die Stille. »In meinem Land werden Frauen nicht wie Vieh gehandelt. Sie dienen auch nicht als Schmuck, mit dem die Männer sich zieren. Wir werden um unserer selbst willen geliebt und geschätzt. Und da unser Leben so tief durch die Wahl des Partners geprägt wird, hört man auf unsere Stimme.«

Die Augen der Königin blitzten, aber um ihre Lippen spielte ein Lächeln. Ein hörbares Seufzen ging durch die Menge. Elizabeths Ärger hatte sich gelegt.

Sie wandte sich den würdevollen Männern in den dunklen Roben zu, die auf der seitlichen Galerie saßen. »Ich ersuche den Rat, die Worte dieser Schottin zu beachten. Eure Königin ist nicht die einzige Frau, die sich ihren Gemahl selbst wählen möchte.«

Morgan schmunzelte, die Stimmung im Saal entspannte sich.

Die Königin wandte sich wieder an Brenna. »Was soll ich mit Euch tun, Brenna MacAlpin? Soll ich alle englischen Adligen vor Euch paradieren lassen, bis Ihr einen entdeckt, der Euer Interesse erregt?«

»Nein, Majestät. Der Engländer, der mein Herz gewinnen wird, ist noch nicht geboren.«

»Habt Ihr Euer Herz schon einem Schotten geschenkt?«

Morgan wartete gespannt. Er merkte nicht, daß er den Atem anhielt.

»Nein. Trotzdem werde ich mich nicht wie ein Kalb verschachern lassen.«

Das Lächeln der Königin schwand. »Ich rate Euch, Eure Zunge zu hüten, Brenna MacAlpin. Über Euer Schicksal entscheide ich.«

Elizabeth sah das trotzige Funkeln in Brennas Augen, bevor sie den Kopf senkte. Und obwohl sie den Mut der Schottin bewunderte, verlangte sie Respekt.

»Wie steht es mit Euch, Morgan Grey?« Ihr war nicht entgangen, wie er die Frau neben sich ansah. »Wäret Ihr bereit, die undankbare Aufgabe zu übernehmen, diese widerspenstige Lady zu heiraten?«

»Majestät. Ihr kennt meine Meinung über das unheilige Sakrament des Elends.«

Im Saal wurde gelacht.

»O ja. Ihr sagtet einmal, daß die Ehe die niederste Form der Sklaverei sei.«

Alden hätte fast laut losgelacht. Er starrte auf einen Punkt am Boden, um seinen Freund nicht ansehen zu müssen.

Elizabeth war sichtlich erregt. Sie erhob sich vom Thronsessel und ging auf Morgan zu. »Ich bin mehr als überrascht, Mylord Grey«, sagte sie leise. »Und enttäuscht, muß ich leider hinzufügen. Ihr habt den zerbrechlichen Frieden zwischen England und Schottland gefährdet, indem Ihr diese Frau eigenmächtig und gegen ihren Willen hierhergebracht habt. Ich verlange, daß Ihr für Brenna MacAlpin die Verantwortung übernehmt, bis ich jemanden gefunden habe, der bereit ist, sie zu heiraten.«

Morgans Miene verdüsterte sich. »Was ich getan habe, Majestät, tat ich in Eurem Interesse. Ich bin überzeugt, daß die Frau einen ihrer Landsleute geheiratet hätte, um Eure Pläne zu durchkreuzen. Deshalb habe ich sie mitgenommen. Ich habe nur meinem Instinkt gehorcht.«

Die Königin seufzte. »Wäret Ihr nicht solch ein liebenswerter Schurke, würde ich darauf bestehen, daß Ihr in Eurem Pflichtbewußtsein noch einen Schritt weiter geht und diese Person heiratet.« Elizabeth schenkte ihm ihr hinreißendstes Lächeln. »Obwohl ich immer dachte, daß Euer Herz mir gehört«, setzte sie scherzhaft hinzu.

Morgans Anspannung löste sich. Auch er lächelte jetzt. »Wenn ich eine Chance hätte, Euer Herz zu gewinnen, Madam, würde ich Euch meines verpfänden. Aber es wird wohl bei der Freundschaft zwischen uns bleiben. Denn Eure Leidenschaft, fürchte ich, liegt woanders.«

Die Königin blickte in sein schönes Gesicht und fühlte einen Stich. Morgan Grey war in der Tat ein Mann, der ein Feuer in ihr entzünden könnte. Gab es überhaupt eine Frau im Königreich, die seiner Ausstrahlung widerstand?

Ja, Morgan und sie waren Freunde und fühlten sich zueinander hingezogen. Aber sie wußten beide, daß er zu wild und freiheitsliebend war, um ein durch das Protokoll geregeltes strenges höfisches Leben zu ertragen, während seine Gemahlin regierte. Das zeremonielle Leben bei Hofe lag Morgan nicht, und vielleicht zog er deshalb lieber auf das Schlachtfeld.

»Es heißt, daß eine feste Hand nötig ist, um die Schotten zu gewinnen«, fuhr Elizabeth fort. »Und in ganz England gibt es keine festere Hand als Eure. Überdies besteht kein Zweifel an Eurer Loyalität, mein Freund. Aber ich fürchte, daß ich dieses selbstlose Opfer nicht von Euch verlangen kann. Heirat.« Sie lachte, als wäre es ein großartiger Witz. »Noch dazu mit dieser . . . uneleganten Ausländerin.«

»Eher würde ich es allein und unbewaffnet mit einer feindlichen Armee aufnehmen.« Morgans Stimme klang kühl. »Ich hege jedoch keinen Zweifel, Madam, daß Ihr das Problem lösen werdet. Zugegeben – es wird nicht leicht sein, die Frau zu verheiraten. Denn die Anwärter werden schnell merken, wie schwer sie zu bändigen ist. Die Frau ist hinterhältig, schlau und gerissen.« Er berührte seine Wunde. »Ganz zu schweigen von ihrem Geschick, mit dem Dolch umzugehen.«

Elizabeth lachte mit Morgan zusammen, doch sie sah auch den Zorn in Brennas Augen und konnte ihre Gefühle verstehen. Aber wie viele Frauen konnten sich den Luxus erlauben, ihr Schicksal selbst zu bestimmen? Nicht einmal sie, die zum Herrschen geboren war, hatte diese Freiheit.

»Ihr wißt, daß ich Euch nichts abschlagen kann, Morgan Grey. Ich stehe hundertfach in Eurer Schuld und werde Euch deshalb nicht zwingen, Eure Gefangene zu heiraten. Ihr habt jedoch die Verantwortung für sie. Sie ist von adliger Geburt, und ich scheue mich, sie ins Gefängnis zu sperren, bis über ihre Zukunft entschieden wird.«

»Ja. Der Tower wäre in der Tat zu grausam.«

Brenna stand wie betäubt da. Was hier geschah, war schlimmer als alles, was sie bisher erlebt hatte. Während über hundert Menschen gleichgültig zuhörten, wurde ohne Rücksicht auf ihre Gefühle über ihr Schicksal bestimmt.

Sie ballte die Hände zu Fäusten und biß sich auf die Lippe, um nicht zu weinen. Sie mußte Würde und Haltung bewahren – ganz gleich, was geschah. Sie würde stark bleiben und einen Ausweg finden. Schwäche durfte sie nicht zeigen.

Morgan sah sie an und fing ihren wütenden Blick auf. Aber er ignorierte es, denn in ihm selbst hatte sich schon genug Zorn aufgestaut. Er hatte seine Pflicht getan und die Schottin nach England gebracht. Damit war dieser Auftrag für ihn erledigt.

Er wandte sich der Königin zu. »Ich kann die Verantwortung für die Lady nicht übernehmen. Meine Aufgabe war es lediglich, sie herzubringen.«

Elizabeth musterte ihn aufmerksam und sah den Ärger in seinen Augen. »Sie ist Eure Gefangene, und Ihr seid ihr Aufseher. Wohin auch immer Ihr geht, Morgan Grey – Lady Brenna wird mit Euch gehen.«

»Und wenn ich in den Kampf ziehen muß?«

»Ihr werdet England fürs erste nicht verlassen.«

»Dann bitte ich Euch, Majestät, daß Ihr so schnell wie möglich über das Schicksal der Lady entscheidet.«

Die Königin konnte ein Lächeln nicht unterdrücken. »Alles zu seiner Zeit, Mylord.«

»Zählt mein Wort überhaupt nicht?« stieß Brenna mit erstickter Stimme hervor. »Wollt Ihr mich meiner Freiheit berauben, Majestät? Verwehrt Ihr mir, in meine Heimat zurückzukehren? Ich soll die Gefangene dieses Mannes bleiben?«

Morgan lächelte nachsichtig. »Es scheint unausweichlich, daß Ihr weiterhin in meiner . . . schützenden Obhut bleibt.«

»Ja«, sagte die Königin schnell. »Nehmt sie und macht Euch auf den Weg. Bringt sie auf einer Eurer Besitzungen unter, Morgan, bis ich eine passende Heirat arrangiert habe.«

Brenna fühlte, wie das Blut aus ihrem Kopf wich. Die Worte der Königin kamen wie aus weiter Ferne, und der Raum begann sich um sie zu drehen, immer schneller. Der Boden unter ihr schien zu schwanken. Endlich hüllte eine wohltuende Dunkelheit sie ein.

»Habt Ihr dem armen Kind während des langen Ritts nicht genug zu essen gegeben?«

Brenna fühlte etwas Kühles und Feuchtes auf der Stirn. Langsam kam sie zu sich und versuchte, die Augen zu öffnen. Aber die Anstrengung war zu groß.

Morgans tiefe Stimme war sehr nahe. »Ich habe es versucht. Aber das störrische Frauenzimmer hat kaum etwas zu sich genommen.«

»Und habt Ihr ihr gestattet, unterwegs auszuruhen, mon cher?«

»Ausruhen? Ich bin Soldat und erwarte auch von meinen Gefangenen Ausdauer.«

Jetzt erkannte Brenna auch eine vertraute Frauenstimme. Elizabeth. Sie sprach leise und sanft. »Aber jeder Mensch hat gewisse Bedürfnisse, mein Freund. Habt Ihr die Lady nicht einmal für einen Moment ganz allein gelassen?«

»Ich war dumm genug, es zu tun, Majestät. Jedoch nur einmal. Sie ist geflohen und hat versucht, zurück nach Schottland zu laufen. Wir haben wertvolle Zeit vergeudet, als wir ihr nachjagten, um sie wieder einzufangen. Ich sage Euch, die Frau braucht eine feste Hand.«

»Gebt acht, Morgan Grey«, sagte die sanfte Stimme mit dem französischen Akzent, »daß Eure feste Hand sie nicht zerbricht.«

»So leicht zerbreche ich nicht.« Brenna hatte Mühe zu sprechen. Ihr Hals war wie ausgetrocknet. Langsam öffnete sie die Augen und erblickte wie durch einen Schleier das Gesicht einer Frau. Ein schönes Gesicht mit einem vollen, lächelnden Mund und mandelförmigen, dunklen Augen.

»Ah. Ihr seid aufgewacht. Ihr wart ohnmächtig, Chérie.«

Brenna richtete sich mühsam auf. »Unmöglich. Ich war noch nie besinnungslos.« Der bloße Gedanke an eine solche Schwäche war ihr zuwider.

Die fremde Frau drückte sie sanft in die Kissen zurück. »Das mag sein, Chérie. Aber ich habe schon viele Menschen erlebt, die auf ungewohnte Umstände so heftig reagierten. Selbst die stärkste Frau muß sich den Forderungen ihres Körpers beugen.«

»Wer seid Ihr?«

»Ich bin Madeline d'Arbeville, die Herzogin von Eton. Und Ihr seid Brenna MacAlpin, nicht wahr? Die Führerin eines Clans im schottischen Grenzland.«

»Ja.« Brenna lächelte ihr dankbar zu. »Habt Dank für Eure Freundlichkeit. Wo bin ich?« Sie blickte um sich und sah sich in einem prachtvollen Himmelbett liegen.

»Ihr seid in meinen Gemächern.« Jetzt beugte die Königin sich über Brenna.

Im Bett der Königin! »Es tut mir leid, daß ich Euch diese

Unannehmlichkeit bereite. Vergebt mir meine Schwäche«, flüsterte Brenna.

Wieder versuchte sie, sich aufzusetzen. Diesmal war es Morgan, der sie zurückhielt. »Ruht noch eine Weile aus«, sagte er. Seine Stimme klang sanfter, als er beabsichtigt hatte.

»Ja, tut das.« Die Königin lächelte verschwörerisch. »Euer kleiner Schwächeanfall war eine ideale Gelegenheit für mich, den Hof zu entlassen und mich für den Rest des Tages von allen Pflichten zu befreien. Das kommt in der Tat selten vor.« Sie hakte sich bei Morgan ein. »Vielleicht leistet Ihr mir ein wenig Gesellschaft, mein Lieber. Wir haben viel zu besprechen.«

Morgan betrachtete die junge Frau im Bett und stellte erleichtert fest, daß ihre Wangen wieder Farbe bekamen. »Bleibt Ihr bei Brenna, Madeline?«

»Oui. Es wird uns Gelegenheit geben, miteinander bekannt zu werden.«

Brenna beobachtete, wie Morgan und die Königin sich in eine Nische zurückzogen. Nachdem ein Diener ihnen zwei Kelche Wein gebracht hatte, begannen sie eine leise Unterhaltung. Brenna verstand ihre Worte nicht, aber ihren angespannten Stimmen nach mußten sie etwas äußerst Wichtiges besprechen.

»Möchtet Ihr mir etwas über Euch erzählen?« fragte Madeline sanft.

Brenna schüttelte den Kopf, denn sie traute ihrer Stimme nicht.

»Nein? Dann werde ich von mir erzählen«, sagte Madeline mit ihrem charmanten französischen Akzent.

Brenna lächelte dankbar. Sie war froh, daß sie vor Morgan und der Königin für einen Moment Ruhe hatte.

»Ich bin mit Charles Crowel, dem Herzog von Eton, verheiratet. Er ist einer der besonders hochgeschätzten Getreuen der Königin.«

»Ihr seid keine Engländerin.«

»Non.« Madeline lachte leise. »Das läßt sich nicht verbergen, nicht wahr? Nicht mit diesem Akzent. Bis zu meiner Heirat war Frankreich meine Heimat.«

»Vermißt Ihr Euer Zuhause nicht?«

»Oh, natürlich. Ich reise oft nach Frankreich. Und meine geliebte Schwester und mein Bruder kommen mich häufig in England besuchen. So habe ich nur noch selten Heimweh.«

Brenna wurde still und blickte zur Königin und zu Morgan hinüber.

Madeline folgte ihrem Blick. »Ihr seid bereits Gegenstand der wildesten Vermutungen, Chérie. Wie war es möglich, daß dieser faszinierende Mann Euch gefangennahm?«

Brenna verzog verächtlich den Mund. »Daran ist nichts mysteriös. Er hat mich überwältigt und mitgenommen.«

»Und das soll nicht mysteriös sein?« Die Französin gab einer Dienerin den feuchten Umschlag und stopfte die Kissen um Brennas Kopf zurecht. »Morgan Grey macht Frauen nicht zu seinen Gefangenen. Im Gegenteil, er ist es, der vor ihnen flieht. Bis jetzt hat er sich noch von keiner Frau am Hof einfangen lassen. Und versucht haben es wahrhaftig viele.« Madeline lächelte wissend. »Selbst die Königin war sprachlos, als er Euch bei Hofe vorstellte. Und so, wie er Euch ansieht, könnte man meinen, daß er Euch begehrt.«

»Morgan Grey soll mich begehren?« Brennas Stimme zitterte. »Er will mich nur bestrafen.«

»Bestrafen? Wofür?«

»Weil ich durch meine Flucht seine Rückkehr nach England verzögert habe. Wißt Ihr nicht, warum er mich hierhergebracht hat? Ich soll mit einem Engländer verheiratet werden, damit Friede im Grenzland herrscht.«

»Ihr meint also, Morgan hat Euch der Königin übergeben, damit ein anderer Euch heiratet? Dann würde er Euch nicht so ansehen. Ich glaube, daß er Euch für sich selbst behalten will.«

Brenna starrte die Französin fassungslos an. »Das wäre entsetzlich. Einen Engländer heiraten zu müssen ist schon schrecklich genug. Aber ausgerechnet diesen – Gott bewahre mich. Morgan Grey ist ein grausamer, rücksichtsloser Mann.«

Madeline strich sanft über Brennas Hand. »Laßt Euch nicht von seinem Beinamen irreführen. Der ›Wilde der Königin‹ ist bekannt für sein Talent in der Kriegführung. Er ist ein brillanter Soldat, der schon ganze Armeen in Schrecken versetzt hat. Aber grausam oder skrupellos ist er nicht.«

»Ihr kennt ihn nicht«, flüsterte Brenna, und ein kalter Schauer überlief sie.

»Obwohl ich erst einige Jahre in diesem Land lebe, kenne ich ihn sehr gut, Chérie.« Madeline strich über das kühle Leintuch. »Er ist ein liebenswerter Gauner, der zu genießen versteht.« Sie lächelte, und in ihren Augen blitzte es auf. »O ja, Morgan Grey ist ein Mann mit großem Appetit. Aber schlecht ist er nicht. Ich würde meine Hand für ihn ins Feuer legen.«

Brenna war den Tränen nahe. Gab es an diesem Hof niemanden, der für sie Partei ergriff? War sie wirklich dazu verdammt, die Gefangene eines Mannes zu bleiben, den sie haßte? Mußte sie sich damit abfinden, für immer ihr Land, ihre Stellung und sogar ihren Namen zu verlieren?

»Ruht aus, Chérie.« Madeline strich Brenna das Haar aus der Stirn und ließ sich dann auf einem Stuhl neben dem Bett nieder. »Ich werde bei Euch bleiben, während Ihr schlaft. So werdet Ihr nicht von Fremden erschreckt werden, wenn Ihr erwacht.«

»Ich danke Euch.« Noch immer kämpfte Brenna mit den Tränen. Sie drehte sich auf die Seite und schloß die Augen. Wenig später war sie eingeschlafen.

7. KAPITEL

»Als Ihr fort wart, sind einige . . . Unfälle passiert, Morgan.«

»Was ist geschehen, Madam?« Morgan konnte seine Bestürzung kaum verbergen.

»Da war zuerst diese Geschichte mit meinem Reitknecht. Er nahm das Pferd, mit dem eigentlich ich ausreiten wollte. Aus einem unerklärlichen Grund löste sich der Sattelriemen, und der arme Kerl ist schwer gestürzt. Er hat sich böse Verletzungen zugezogen.«

Morgan runzelte die Stirn.

»Lord Windham meint, der Mann hätte uns etwas vorgemacht, weil er arbeitsscheu sei.«

»Windham ist ein Narr«, empörte Morgan sich. »Was ist sonst noch geschehen?«

»Die königliche Kutsche. Während der Fahrt hierher löste sich ein Rad. Gottlob wurde niemand verletzt. Der Kutscher behauptet, daß es ein Unfall war. Mein Diener jedoch beteuerte, daß die Kutsche vor unserer Reise zum Richmond Palace gründlich inspiziert worden sei.«

»Großer Gott! Ist noch mehr vorgefallen?«

Elizabeth schüttelte den Kopf. »Nichts. Allerdings kursieren . . . Gerüchte.«

»Und wer streut die Gerüchte aus, Madam? Könnt Ihr mir Namen nennen?«

»Nein.« Morgans Aufregung übertrug sich auf Elizabeth. »Die Namen kenne ich nicht. Ein getuscheltes Wort hier, ein rätselhafter Hinweis dort. Weiter nichts.«

Die Hände auf die Knie gestützt, beugte Morgan sich vor. »Getuschel. Hinweise. Das ist nicht genug, um überall Feinde zu wittern. Ihr habt mir nicht alles erzählt. Ich sehe Euch an, daß Ihr mehr wißt.«

Die Königin erhob sich und trat ans Fenster. Die Arme vor der Brust verschränkt, starrte sie hinaus. »Ich kann es nicht vergessen, Morgan.«

»Was könnt Ihr nicht vergessen?«

»Das Gefühl, vom Tod bedroht zu sein.« Sie erschauerte. »Schon in frühester Kindheit habe ich erfahren, daß selbst jene, die mir am nächsten hätten sein müssen, meinen Tod wünschen könnten. Mein eigener Vater erklärte mich zum Bastard, bevor er mich widerstrebend in die Thronfolge einsetzte. Meine Schwester Mary verbannte mich in den Tower und hätte ohne zu zögern meine Hinrichtung befohlen, wenn sie einen stichhaltigen Beweis gegen mich gehabt hätte.« Ihre Stimme wurde leiser. »Und dann das schreckliche Ende meiner Mutter. Ihre Hinrichtung wird mich ewig verfolgen.«

»Wir leben in einer grausamen Zeit.«

»Ja. Das ist wahr. Mein Leben lang war ich von Gefahr umgeben. Und nun beginnt es wieder zu rumoren. Irgend jemand plant einen Anschlag auf mein Leben. Ich spüre es hier.« Sie legte die Hand auf ihr Herz und wandte sich zu Morgan um.

In dem Licht, das durch das hohe Fenster hereinströmte, sah er statt der Königin nur die Frau vor sich, die um ihr Leben bangte. In ihren Augen stand Angst. Das Bild rührte ihn tief an, und er sprang auf und zog Elizabeth in die Arme.

»Ich habe keine Angst, Morgan«, murmelte sie mit erstickter Stimme, und ihre tapfere Behauptung weckte in ihm Mitgefühl und Zärtlichkeit. Er zog sie fest an sich und drückte einen Kuß auf ihre Schläfe. Es gab nur wenige im Königreich, die sich solche Freiheiten mit ihrer Königin erlauben durften. Aber Morgan und Elizabeth waren seit ihrer Kindheit Freunde, und ihre Freundschaft hatte schwere und gute Zeiten überdauert.

»Das weiß ich, Madam. Jedermann in Eurem Reich weiß, daß Ihr keine Furcht kennt.«

Er hielt sie fest, bis sie ruhiger wurde. Als sie sich wieder gefaßt hatte, blickte sie zu ihm auf und berührte leicht seine Wange. »Ich hätte Euch hier so sehr gebraucht, Morgan. Ihr dürft England nicht wieder verlassen.«

Er legte seine Hand auf die ihre. »Ich werde Euch nicht verlassen, Majestät. Nicht eher, als bis ich diesen Gerüchten auf den Grund gegangen bin. Auch diese Unfälle werde ich untersuchen. Aber Ihr müßt mir versprechen, den Palast so lange nicht zu verlassen, bis ich die Wahrheit ergründet habe.«

»Wie lange wird das dauern? Lange kann ich mich nicht in Richmond aufhalten.«

»Wenn Ihr reisen müßt, werde ich Euch begleiten.«

Sie nickte erleichtert, und er sah, wie ihre Anspannung langsam nachließ.

Ein Geräusch hinten im Raum ließ sie beide herumfahren.

Brenna warf die Decken zurück und blickte verstört um sich. Hatte sie geträumt oder die Unterhaltung wirklich mit angehört? Die Worte wirbelten in ihrem Kopf herum. Unfälle, Gerüchte, Mißtrauen. Königin Elizabeth in Gefahr . . .

Brenna sah zu Madeline d'Arbeville hinüber, die in ihrem Stuhl eingeschlafen war. Von ihr würde sie nicht erfahren, ob sie dies alles nur geträumt hatte.

Sie sah Elizabeth auf sich zukommen und musterte aufmerksam ihr Gesicht. So kühl und beherrscht sah niemand aus, dessen Leben in Gefahr war. Ein Blick auf Morgans unbewegte Miene überzeugte Brenna, daß sie sich alles nur eingebildet hatte. Diese beiden hatten zweifellos nichts Wichtigeres diskutiert als den ewigen englischen Nebel.

»Ich hoffe, Ihr habt gut geschlafen. Wie geht es Euch?«

»Es geht mir gut, Majestät.« Brenna setzte sich auf und bezwang ihr Schwindelgefühl. Es fiel ihr schwer, sich aufrecht zu halten.

Morgan sah ihre plötzliche Blässe. Er war sofort bei ihr und stützte sie. »Nicht so gut, wie Ihr vorgebt«, sagte er leise. »Vielleicht sollten wir ein oder zwei Tage hier in Richmond bleiben, bevor wir zu meinem Landsitz aufbrechen.«

Brenna starrte auf seine Hände, und sie fragte sich, ob er ihren Abscheu spürte. Was immer in ihm vorgehen mochte, er zeigte es mit keiner Regung.

»Das ist eine gute Idee«, sagte die Königin erfreut. Sie klatschte in die Hände, und augenblicklich erschien eine ihrer Kammerfrauen.

Madeline schreckte hoch und blickte verwirrt um sich. »Mon Dieu. Ist es möglich, daß ich geschlafen habe?«

»Wundert Euch das, wo Ihr doch die Nächte an den Spieltischen verbringt?« zog Elizabeth sie lachend auf. »Was sagt Ihr zu der guten Nachricht, Madeline? Morgan hat beschlossen, noch ein oder zwei Tage in Richmond zu bleiben.«

Für Brenna jedenfalls war es eine gute Nachricht. Solange sie nicht mit Morgan allein sein mußte, konnte sie sich vor ihm sicher fühlen. Was konnte er ihr im Palast der Königin schon tun? Vielleicht würde es ihr in diesen Tagen sogar gelingen, die Königin umzustimmen. Noch gab sie die Hoffnung nicht auf, in ihre Heimat zurückkehren zu können.

»Laßt die Gästegemächer herrichten!« befahl die Königin der Hofdame. Sie war wie ausgewechselt. Ein warmes Lächeln ließ ihr Gesicht weicher erscheinen. Ihre Augen leuchteten. »O Morgan, es ist so lange her. Zu lange.«

Morgan erwiderte ihr Lächeln. Er freute sich, daß die Königin ihre Sorgen für eine Weile vergaß. »Ja, Madam. Das ist wahr.«

»Wir werden das Wiedersehen mit einem Fest begehen.« Elizabeth warf einen kritischen Blick auf Brennas Kleidung. »Habt Ihr außer dieser noch andere, vielleicht ein wenig . . . elegantere Kleidung dabei?«

»Nein, Majestät.« Wieder wurde Brenna an ihr klägliches Äußeres erinnert.

»Das macht nichts.« Die Königin winkte einen Lakaien herbei. »Schickt eine Näherin, damit die Lady an unserem Fest teilnehmen kann.« Sie wandte sich an Morgan. »Ich denke, Eure Gemächer sind hergerichtet. Und solltet Ihr noch etwas brauchen – meine Diener stehen Euch zur Verfügung.«

Ein Lakai führte Brenna und Morgan über einen langen, weiten Korridor zu ihren Räumen. Eine Gruppe von Morgans Männer folgte in einigem Abstand. Wachen? Brenna konnte nicht glauben, daß Morgan sie sogar in der Residenz der Königin wie eine gemeine Verbrecherin bewachen ließ. Es war ein entwürdigender Gedanke.

Sie wurden in einen großen Raum geführt, der auf die königlichen Gärten hinausging. Durch die offenstehenden Fenster strömte der Duft von Rosen und Geißblatt herein. Gobelins mit historischen Szenen schmückten die Wände. Der Steinboden war mit kunstvoll gewebten Teppichen bedeckt. Um den riesigen Kamin herum standen Stühle und mächtige holzgeschnitzte Sessel.

Brenna stellte erleichtert fest, daß von zwei Seiten des Raums Türen abgingen. Wie sie vermutet hatte, führten sie zu je einem Schlafraum. Sie würde also allein schlafen können. Wenigstens in dieser Hinsicht wurde sie nicht wie eine Gefangene behandelt.

Der Diener zog sich zurück, und zum erstenmal seit ihrer Ankunft in England waren Brenna und Morgan allein. Um Morgans bohrendem Blick zu entgehen, begann sie in dem Raum umherzuwandern. Sie warf ihren Reiseumhang auf einen Sessel, blieb stehen und betrachtete die Darstellungen auf den Gobelins.

»Wie lange gedenkt Ihr mich als Eure Gefangene festzuhalten?« sagte sie, ohne sich umzudrehen.

»Gefangene? Mylady, Ihr seid Gast der Königin.«

Sie hörte seinen sarkastischen Unterton, und alles in ihr krampfte sich zusammen. »Nein. Ich bin eine Gefangene. Trotz der Tatsache, daß ich wie eine Fürstin im königlichen Palast logiere und keine Fesseln trage, bin ich nicht frei.«

»Wollt Ihr lieber in den Kerker geworfen werden, Mylady, bis die Königin einen Ehemann für Euch findet?«

Sie drehte sich um und sah ihm fest ins Gesicht. »Wer sagt, daß ich einen Ehemann will? Ich habe nicht den Wunsch geäußert, mich zu verehelichen.«

Er lächelte nachsichtig. »Eure Worte würden die Damen am Hof sehr überraschen. Sie haben nur einen Gedanken – wie sie sich einen reichen Ehemann angeln können. Oder einen reichen Liebhaber.« Er machte eine Pause, bevor er mit sanfter Stimme fortfuhr: »Ich glaube, es gibt hier eine ganze Anzahl Männer, die nur allzu glücklich wären, Euch zur Geliebten zu nehmen.«

Bei seinen Worten lief Brenna ein Schauer über den Rücken.

Er rührte sich nicht, sondern sah sie nur unverwandt an. Schließlich hielt sie seinen Blick nicht mehr aus. Sie wandte sich schnell um und trat ans Fenster.

Ein Boot glitt auf der Themse vorbei, und sie sah ihm schweren Herzens nach. Wenn sie doch auf diesem Schiff wäre und in die Freiheit segeln könnte. Fort von hier, weg aus den Klauen dieses Verrückten, der ihre Welt zerstört hatte.

Sie hörte seine Schritte und wußte, daß er ihr gefolgt war. Aber sie sah sich nicht um. Sie hörte nur seine leise, tiefe Stimme. Sonderbar, dieses plötzliche Prickeln, das sie überlief.

»Eine schöne Landschaft, nicht wahr?«

Sie antwortete nicht.

»Es ist ein atemberaubendes Bild, wenn die Sonne morgens aus der Themse steigt und den Himmel im Osten färbt. Auf der ganzen Welt gibt es keinen schöneren Anblick.«

»Dann habt Ihr noch nie die Cheviot-Hügel in Schottland gesehen, wenn sie unter dem blauen Himmel silbrig im Morgentau erglänzen.« Brennas Stimme zitterte, und sie merkte, daß sie den Tränen nahe war.

»Ihr werdet Euer Land wiedersehen.« Seine Stimme war so nahe, daß sie erbebte. Sie zwang sich, nicht zurückzuweichen.

»Wann?« Sehnsüchtig blickte sie dem Boot nach.

»Wenn Ihr verheiratet seid und meiner Königin Treue gelobt habt, werdet Ihr Eure Heimat oft besuchen können.«

»Was für ein großzügiges Versprechen, Mylord.« Sie drehte sich wütend um. »Ich kann es nicht abwarten, meine Leute hungern zu sehen, nachdem Ihr Engländer mir mein Land, meine Ernten und mein Vieh gestohlen habt. Wie überaus nobel von Euch, mir gelegentliche Besuche zu gestatten.«

»Kleine Närrin.« Ohne nachzudenken, faßte er sie bei den Armen, um sie zu schütteln. Doch in dem Moment, als er sie berührte, wich sein Ärger einem anderen Gefühl. Eindringlich sah er sie an. »Wir sind nicht Eure Feinde. Ein reicher englischer Aristokrat ist nicht an Eurem Land interessiert. Niemand will Euch etwas wegnehmen. Auch nicht die Königin.«

»Ach nein?« Sie warf den Kopf zurück und versuchte, sich loszumachen. Doch je mehr sie sich anstrengte, desto fester wurde Morgans Griff. Er zog sie nah zu sich heran, und sie fühlte sich ihm hilflos ausgeliefert.

Morgan fühlte ihre Erregung. Er sah, wie ihre Brust sich hob und senkte. Es reizte ihn, ihr wildes, zerzaustes Haar mit einer zarten Berührung zu glätten. Ihre zornig aufgeworfenen Lippen lockten.

Morgan war sich bewußt, daß er nicht die volle Wahrheit sprach. Brennas Land und Besitztümer brauchte er nicht, und trotzdem wollte er etwas von ihr. Jedesmal, wenn er sie ansah, wuchs sein Begehren.

»Ihr findet meine Berührung also abstoßend?« Sein Mund war nur einen Fingerbreit von ihren Lippen entfernt.

Ein heißer Schauer überlief sie, als sie den warmen Hauch seines Atems spürte. »Ja, Mylord«, flüsterte sie, aber sie versuchte nicht länger, sich seinen starken Armen zu entziehen.

»Das empfinde ich ganz anders.« Er drückte die Lippen auf ihre Schläfe und spürte, wie Brenna erbebte.

Sie zwang sich, nicht zu reagieren. Warum nur fühlten seine Lippen sich so weich auf ihrer Haut an? Sogar der Griff seiner Hände erschien ihr zart wie eine Liebkosung.

»Tut das nicht, Mylord.«

Er hob einen Moment den Kopf, und sie atmete tief ein, um wieder klar denken zu können. Doch bevor sie sich wieder in der Gewalt hatte, hob er leicht ihre Hand an die Lippen. Die hauchzarte Berührung auf ihren Fingern ließ sie von neuem erbeben.

Morgan hielt ihre Hand einen Augenblick fest. Dann strich er sanft über ihren Arm und beobachtete, wie ihre Augen sich unter der Liebkosung verdunkelten. Er ließ die Finger höher gleiten, bis er ihren Hals berührte. Sanft streichelte er ihre weiche Haut und zeichnete die feinen Linien ihres Kinns nach.

»Ihr seid eine schöne Frau, Brenna MacAlpin. Eine schöne Frau, deren Familie sich auf feste Traditionen beruft, nicht wahr?«

Er fuhr leicht mit dem Finger über ihre Lippen, und Brenna schluckte. Sie wollte antworten, aber sie brachte kein Wort heraus.

»Auch ich stamme aus einer Familie mit vielen Traditionen. Unglücklicherweise wurden wir zu gezähmten, zivilisierten Höflingen.« Er zeichnete die Linien ihres Mundes nach, bis ihre Lippen sich langsam teilten. »Es gab Zeiten, da hat ein Grey beim Anblick einer schönen Frau . . .« – sein Lächeln verkündete Gefahr – »... nicht gezögert. Er hat sie sich einfach genommen.« Er beugte sich vor und preßte die Lippen auf ihren Mund.

Bei dieser Berührung durchfuhr es Brenna wie ein heißer Blitz. Ihr war, als loderte in ihr eine Flamme auf, die ihr Blut erhitzte und sie zu versengen schien. Sein Mund war warm und fest und voller Verheißungen, daß ihr letzter Widerstand schwand. Ihre Lippen wurden weich und öffneten sich ihm. Nie hätte sie für möglich gehalten, daß bereits ein Kuß in ihr ein solches Verlangen erwecken könnte.

Eine plötzliche Brise bauschte ihre Röcke und wehte durch ihr Haar. Doch sie kühlte nicht ihre glühende Haut.

Während sein Kuß drängender wurde, strich Morgan langsam über ihren Rücken. Er zog sie noch fester an sich, und sie fühlte den festen Druck seines Körpers. Vergeblich versuchte sie, ihn von sich fortzuschieben. In ihren Händen war keine Kraft, und sie mußte sich an seine Schultern klammern, um Halt zu finden. Ihre Knie begannen zu zittern, und sie war sicher, daß ihre Beine sie nicht mehr lange tragen würden. Doch gleichzeitig verwünschte sie ihre Schwäche. Eine Schwäche, die sie noch nie zuvor erlebt hatte. Aber sie konnte sich nicht länger dagegen wehren.

Morgans Kuß wurde fordernder. Sie legte ihm die Arme um den Nacken und drängte sich so sehnsuchtsvoll an ihn, daß es sie erschreckte. Was geschah nur mit ihr? Weder zärtliche Worte noch sanfte Liebkosungen versetzten sie in diesen berauschten Zustand. Eine elementare, wilde Kraft schien sie davonzureißen.

Seine Hand preßte sich fester auf ihren Rücken, und die Berührung schien sich in ihre Haut zu brennen. Sie spürte jede Faser von Morgans Körper. Sein Herzschlag vereinte sich mit ihrem zu einem hämmernden Rhythmus.

Morgan löste sich von ihren Lippen und küßte sie auf Hals und Nacken. Sie drängte sich ihm entgegen. Das Verlangen ihres Körpers erschreckte sie, doch sie gab ihm willenlos nach. Morgans Liebkosungen weckten tief in ihrem Innern wunderbare, nie gekannte Empfindungen.

Er suchte von neuem ihre Lippen, und sie öffnete sich weich

und schmiegsam seinem Kuß. Sie wußte, daß von diesem Mann Gefahr ausging, ein finsteres und ungezähmtes Begehren, dem sie sich nicht entziehen konnte. Und dennoch – aus irgendeinem unerfindlichen Grund wollte sie alles lernen, was er sie lehren konnte.

Das Schlagen einer Tür drang wie durch einen Nebel in ihr Bewußtsein.

Morgan fluchte leise und hob den Kopf. Einen Moment lang fühlte Brenna sich seltsam verlassen. Als sie Schritte hörte, fuhr sie zusammen.

»Mylady.«

Die Kammerfrau starrte die beiden, die sich immer noch umarmten, überrascht an. Dann sah sie verlegen zu Boden. »Die Näherin, Mylady. Sie möchte Euch das Gewand für das Fest anpassen.«

Brenna sah eine bucklige alte Frau und eine Dienerin mit Stoffballen in der Tür stehen. »Ich danke Euch«, sagte sie benommen.

Die Kammerfrau entfernte sich, und die alte Frau begann, die Stoffe auszubreiten.

Brenna versuchte, sich aus Morgans Armen zu befreien, aber er ließ sie nicht los. Als er sie ansah und die Verwirrung in ihren Augen las, lächelte er. »Ich glaube, Mylady, daß Ihr meine Berührungen nicht so abstoßend findet, wie Ihr vorgebt.«

Flammende Röte überzog ihr Gesicht. Was hatte er mit ihr gemacht? Wie konnte sie sich so verlieren, daß sie vergaß, wer er war?

»Geht jetzt und laßt Euch Euer Gewand nähen. Aber denkt nicht, daß diese Sache zwischen uns erledigt ist.« Eindringlich sah er sie an.

Sie wich zurück. Plötzlich war sie wie erstarrt. Sie hatte einen unverzeihlichen Fehler begangen, den sie nicht mehr rückgängig machen konnte.

Morgan blickte ihr nach, als sie ins Zimmer flüchtete. Dann drehte er sich um und sah dem kleinen Schiff nach, bis es hinter einer Biegung des Flusses verschwand. Er stellte überrascht fest, daß seine Hände nicht ganz ruhig waren. Vielleicht hatte Brenna recht. Wären sie nicht unterbrochen worden, hätte er sie wahrscheinlich hier auf dem Boden genommen. Wild und unbeherrscht, wie sie ihn auch einschätzte.

»Ist es nicht gut, wieder in England zu sein?« Alden zog einen Stuhl vor das Feuer und machte es sich bequem.

»Ja.« Morgan stand mit einem Becher Ale in der Hand vor dem Kamin. Hinter der geschlossenen Tür zu Brennas Schlafgemach waren Frauenstimmen zu hören. Offenbar genossen die Kammerfrauen das Vergnügen, die Lady aus Schottland für das Fest anzukleiden.

»Ist es wahr, daß du diesmal eine Weile bleiben wirst?«

»So ist es. Ich mache mir Sorgen um die Sicherheit der Königin und habe versprochen, den Gerüchten von einem Komplott auf den Grund zu gehen.« Morgan sprach mit finsterer Entschlossenheit. Elizabeth war mehr als seine Königin. Sie war seine langjährige Freundin und engste Vertraute. Niemand würde ihr Leben bedrohen und ungestraft davonkommen.

Er nahm einen kräftigen Schluck. Wenn diese Sache erledigt ist, dachte er, werde ich das lästige andere Problem lösen. »Sorg dafür, daß die Wachen auf ihrem Posten sind, Alden. Sie dürfen die Lady keinen Moment aus den Augen lassen. Aber unauffällig, verstehst du?«

»Muß sie wirklich bewacht werden? Glaubst du, daß sie aus dem Schloß fliehen kann?«

»Du warst nicht mit uns in den Highlands, mein Freund.« Morgan zeigte auf die Stelle, wo Brenna ihn verletzt hatte. »Die Lady hat ihren eigenen Kopf.«

»Ja, das habe ich gehört.« Alden konnte sich ein Lächeln nicht verkneifen.

Morgan zog die Brauen hoch. »Was haben die Männer erzählt? Wenn sie über die Schottin Gerüchte verbreiten, bekommen sie es mit mir zu tun.«

»Ich wollte nur sagen, daß sie mit großem Respekt von ihr gesprochen haben«, erklärte Alden hastig. »Ich werde sofort meine Anweisungen geben.« Er stand auf und ging zur Tür.

Morgan lächelte ihm versöhnlich zu. »Wenn das hier erledigt ist, werden wir wieder in den Kampf ziehen. Möglichst weit fort.«

»Ich dachte, du seist kriegsmüde geworden.«

»Das war, bevor ich zum Kindermädchen degradiert wurde.«

»Ich verstehe.« Alden grinste und ging.

Morgan fragte sich, ob der Freund ihn wirklich verstand. Alden hatte keine Last mit dieser Frau aus Schottland. Wenn sich bloß bald ein Ehemann für Brenna MacAlpin findet, dachte Morgan ärgerlich. Dann könnte er endlich wieder sein gewohntes Leben führen.

Sein Leben. Seine Welt. Nach all den Fehlern, die er gemacht hatte, war er jetzt mit seinem Leben zufrieden. Er wünschte keine Störungen.

Die Leuchter an den Wänden verbreiteten ein sanftes Licht. Die Abenddämmerung ging in die Dunkelheit über.

Morgan trat ans geöffnete Fenster. In der Ferne leuchteten die Lichter verstreuter Dörfer. Boote zogen lautlos auf der Themse vorüber. Plötzlich verspürte er den Wunsch, auf einem dieser Boote zu sein und fortzusegeln. Eins zu sein mit dem Himmel und dem Wasser, weit fort von den politischen Intrigen am Hof.

Er hörte, wie die Tür sich öffnete und die Kammerfrauen hinaushuschten. Dann war es still, und er drehte sich langsam um ...

Der Atem stockte ihm, und dann schoß ihm ein Gedanke durch den Kopf, der ihm plötzlich alles andere als behagte. Die Königin würde keine Mühe haben, einen Ehemann für Brenna zu finden.

Sie sah hinreißend aus. Ihr Gewand aus dunkelroter Seide war nach der neuesten Mode tief ausgeschnitten. Das eng sitzende Mieder schloß sich um ihre festen, hohen Brüste und betonte ihre zierliche Taille. Der Rock war reich bestickt, ebenso wie die Ärmel. Aus kostbarer Spitze bestand der hohe Kragen.

Brennas schönes dunkles Haar war mit Bändern und Perlenschnüren geschmückt. Ihr weißer schlanker Hals schimmerte wie Alabaster.

Morgan starrte sie an, und wieder dachte er an all die Bewunderer, die sich auf dem königlichen Fest um sie scharen würden. Die Tür zum Wohngemach öffnete sich, und Alden trat ein.

Er folgte Morgans Blick, schluckte und räusperte sich. »Ihr seht wunderschön aus, Mylady.«

Morgan sagte gar nichts. Worte hätten nicht ausdrücken können, was er sah. Wie hätte er Brennas Schönheit beschreiben sollen, ihre porzellanfeine Haut, ihre tiefblauen Augen, ihr nachtschwarzes Haar?

»Danke, Sir.« Brenna lächelte Alden zu, und Morgan fühlte einen Stich in der Brust. Er hätte alles für solch ein Lächeln von ihr gegeben.

»Die Näherinnen Eurer Königin müssen magische Nadeln besitzen«, sagte Brenna. »Ich nähe auch, aber so etwas Schönes wie dies ist mir noch nie gelungen.«

Morgan nahm einen mit Wein gefüllten Pokal von einem Tablett und brachte ihn Brenna. Als ihre Finger sich leicht berührten, spürte er das Feuer zwischen ihnen. »Das Kleid wäre nichts ohne die Frau, die es trägt.«

Sie erwiderte nichts, aber Morgan entging nicht die plötzliche Röte auf ihren Wangen. Es gefiel ihm, obwohl er nicht sagen konnte, warum.

Es ist der Wein, sagte Brenna sich, als eine berauschende Wärme sie durchströmte. Nicht die Nähe dieses Mannes. Obwohl er statt seiner Soldatentracht nach der neuesten höfischen Mode gekleidet war, war der Mann derselbe. Noch immer hatte Morgan diesen wilden, gefährlichen Ausdruck im Gesicht. Sie mußte sich von ihm fernhalten.

»Ich kenne die Sitten bei Hofe nicht, Sir«, wandte sie sich an Alden. »Muß ich auf dem Fest Eurer Königin etwas Besonderes beachten?«

»Unsere Sitten unterscheiden sich nicht sehr von den Euren. Wir werden speisen und trinken und die Gesellschaft guter Freunde genießen.«

»Freunde!«

Alden überhörte den Sarkasmus in ihrem Ton. »Bald werden es auch Eure Freunde sein. Ihr müßt es nur wollen. Und noch eins – auf so einem Fest werden viele Trinksprüche auf die Königin ausgebracht. Ich rate Euch zur Vorsicht, Mylady. Bei all den Toasts könnte Euch der Wein zu Kopf steigen.«

»Danke. Ich werde Euren Rat beherzigen.« Auf einmal klang Brennas Stimme kühlt. Alden hatte sie daran erinnert, ihren Verstand beisammenzuhalten. Diese beiden Männer waren ihre Feinde. Wie alle anderen hier im Schloß. Das durfte sie nie vergessen.

»Es ist Zeit hinunterzugehen«, mahnte Alden und wandte sich zur Tür. Brenna stellte ihr Glas ab, und Morgan bot ihr widerstrebend den Arm. Die Nähe dieser Frau löste eine unbegreifliche Spannung in ihm aus. Er mußte sich dagegen wehren.

Als sie den Raum verließen, bemerkte Brenna zwei von Morgans Soldaten auf dem Flur. Sie folgten ihnen in einigem Abstand. Brennas Stimmung sank. Sogar im Palast der Königin war sie eine Gefangene.

Stimmengewirr drang zu ihnen. Die Gäste unterhielten sich und lachten. Doch als Morgan und Brenna den Festsaal betraten, wurde es plötzlich still. Alle Blicke richteten sich auf das hübsche Paar.

Dann erhob sich leises Gemurmel. All jene, die die Schottin schon vorher gesehen hatten, tauschten überraschte Blicke. Welch eine Verwandlung!

So manch ein Mann in der Menge beneidete Morgan Grey um seine schöne Gefangene. Und so manch eine Frau haßte sie auf den ersten Blick.

Morgan führte Brenna quer durch den Saal zu ihrer königlichen Gastgeberin. Brenna ignorierte die neugierigen Blicke der Gäste. Hocherhobenen Hauptes schritt sie neben Morgan her und schaute nicht nach links oder rechts.

Vor der Königin machte sie einen Hofknicks. Morgan verneigte sich und hob Elizabeths Hand an die Lippen.

»Ist das die zerlumpte Vagabundin, die Ihr mir vorgestellt habt, Morgan?«

»Ja, Majestät. Lady Brenna meinte, daß in den Nadeln Eurer Näherinnen magische Kräfte stecken müßten.«

»Magie scheint hier tatsächlich im Spiel zu sein.« Die Königin musterte Brenna nachdenklich. »Oder Hexerei.« Sie wandte sich Morgan zu und lachte. »Paßt auf, mein Freund, daß Ihr nicht verhext werdet.«

»Ihr solltet mich kennen, Majestät.«

»In der Tat, Morgan, ich kenne Euch«, erwiderte Elizabeth lachend.

Morgan führte Brenna zur Seite, und die Königin begrüßte die nächsten Gäste. Als die Zeremonie beendet war, stand Brenna im Mittelpunkt des Interesses. Jeder der Gäste wollte der geheimnisumwitterten Lady aus Schottland vorgestellt werden.

»So viele Namen und Titel«, flüsterte Brenna.

»Ja. Aber bald werden sie Euch vertraut sein. Ihr werdet viele Freunde gewinnen.«

»Es sind Eure Freunde, Mylord. Für mich sind und bleiben sie Engländer.«

Morgan reagierte nicht auf ihre Worte.

»Stellt die Lady dem Herzog von Eton vor, Morgan«, rief Elizabeth. »Er möchte die Frau kennenlernen, die seine Gattin so warm ins Herz geschlossen hat.«

Charles Crowel, Herzog von Eton und glücklicher Ehemann der charmanten Madeline, küßte Brenna die Hand. Brenna betrachtete den Mann, der eine Ausländerin geheiratet hatte. Er hatte freundliche grüne Augen, und sein gewinnendes Lächeln wärmte ihr Herz. Der Herzog war nicht nur sympathisch, sondern überaus elegant und gutaussehend. »Madeline hat mir von Euch erzählt, Mylady.« Er ließ Brennas Hand los und legte den Arm um Madelines Taille. Seine Gemahlin lächelte ihn zärtlich an.

Sie waren ein schönes Paar. Und offensichtlich glücklich. Der Gedanke erfüllte Brenna mit Schmerz. Wen immer die Königin für sie als Ehemann auswählte – sie würde niemals glücklich werden.

»Ich hoffe, Ihr werdet uns einen Besuch abstatten, sobald Ihr in England heimisch geworden seid«, sagte der Herzog.

Morgan sah Brenna an und war überrascht, wie beherrscht sie blieb. Er wußte, wie es in ihr aussah, und trotzdem antwortete sie dem Herzog mit einem höflichen Lächeln. Morgans Respekt vor dieser Schottin wuchs. Sie bewies in einer schwierigen Situation eine bewundernswerte Haltung, und niemand konnte erahnen, was in ihr vorging.

Madeline legte die Hand auf Brennas Arm. »Wenn Morgan

es gestattet, werde ich eine Gesellschaft arrangieren, Chérie. Es gibt hier so viele, die darauf brennen, Euch kennenzulernen.«

Wenn Morgan es gestattet . . .

Brenna kam sich vor wie eine Leibeigene und mußte sich auf die Zunge beißen, um keine scharfe Antwort zu geben. Ehe sie etwas erwidern konnte, wurde ihr ein anderes Paar vorgestellt. Und so ging es weiter, bis die Namen und Gesichter zu einem unentwirrbaren Durcheinander verschwammen und Brenna fast schwindelig wurde.

8. KAPITEL

Ein einzelner Mann trat vor und begrüßte die Königin. Dann drehte er sich zur Seite und wartete darauf, der Schönheit neben Morgan Grey vorgestellt zu werden.

»Ah, Lord Windham«, rief Elizabeth lebhaft aus. »Ihr habt unseren Gast aus Schottland noch nicht kennengelernt. Morgan wird Euch der Lady vorstellen.«

»Brenna MacAlpin, darf ich Euch Lord Windham, den Schatzmeister der Königin, vorstellen?«

Brenna stutzte. Morgans Stimme klang sonderbar angespannt.

»Lord Windham.« Sie blickte in kühle graue Augen, die sie an die Farbe des Himmels vor einem Sturm erinnerten. Der Mann, der sich über ihre Hand beugte, stach mit seiner prachtvollen, kostbaren Kleidung alle anderen aus. Fast königlicher als die Königin, dachte Brenna.

»Mylady.« Windham ließ ihre Hand nicht los und blickte ihr in die Augen. »Die Königin hat mir berichtet, daß Morgan Grey Euch als Kriegsbeute heimgebracht hat.«

Brenna zog ihre Hand fort. Am liebsten hätte sie dem Lord ins Gesicht geschlagen. Aber sie hob nur stolz den Kopf. »Ich bin niemandes Kriegsbeute, Mylord.«

»Ach nein?« Er lächelte. Es war das unaufrichtigste Lächeln, das Brenna je gesehen hatte. »Ihr seid also freiwillig nach England gekommen, um Euch einen Mann zum Heiraten zu suchen?« Sein boshaftes Lächeln wurde breiter. »Gibt es in Eurer Heimat so wenig brauchbare Männer, daß sogar einer wie Morgan Grey sie aussticht?«

Als Brenna schwieg, hob Windham die Stimme, so daß alle

Umstehenden ihn hören konnten. »Ich habe gehört, daß die Königin Euch verheiraten will. Und Ihr sagt, daß Ihr ohne Zwang hierhergekommen seid. Nun, dann werdet Ihr vielleicht sehr bereitwillig das Bett eines Mannes teilen.«

»Das genügt, Windham!« Morgan sprach leise, aber seine Stimme klang stahlhart. »Von einem englischen Gentleman darf die Lady wohl mehr Höflichkeit erwarten.«

»Woher wollt gerade Ihr wissen, wie ein Gentleman sich benimmt? Das ganze Land weiß über Euch und Eure Männer Bescheid, Morgan Grey. Ihr seid Barbaren und nur zufrieden, wenn Ihr auf einem Schlachtfeld Blut vergießen könnt.«

»Wenigstens bin ich kein Höfling, dessen einziges Vergnügen darin besteht, hilflose Frauen zu entehren.«

Die beiden Männer starrten sich lange feindselig an. Endlich brach die Königin das Schweigen. »Zwei Hengste dürfen nie auf dieselbe Weide gelassen werden«, sagte sie trocken.

Wieder breitete sich Schweigen aus.

Die Königin berührte leicht Lord Windhams Arm. »Habt Ihr Euch keine Begleitung mitgebracht, Mylord?«

»Nein, Majestät. Ich wußte nicht, welcher unter den vielen Bewerberinnen ich den Vorzug geben sollte. So viele Schönheiten und ein schwacher Mann. Ich war der Übermacht nicht gewachsen.«

Die Königin lachte über seinen Scherz. »Dem Hofklatsch nach würde ich meinen, daß Ihr das Stehvermögen von zehn Männern besitzt, Mylord.«

»Man sollte dem Klatsch nicht allzusehr glauben, Madam.«

»Wenn nur die Hälfte davon wahr ist, bleibt unbestritten, daß Euer Privatleben wenig Raum für andere Pflichten läßt.«

»Man muß das Vergnügen auskosten, wenn es sich bietet.« Windham musterte die Frau an Morgans Seite mit einem vielsagenden Blick. »Und manchmal kann die Pflicht eines Mannes zugleich sein Vergnügen sein.«

Brenna bemerkte, wie Morgans Züge sich anspannten. Er wollte etwas sagen, doch Alden kam ihm zuvor. »Es gibt noch viele Gäste, die Eurer Schönheit huldigen möchten, Majestät.«

Lord Windham warf ihm einen eisigen Blick zu und stelzte davon.

»Gib acht, mein Freund«, murmelte Alden. »Eines Tages könnte Lord Windham genug von deinen Spitzen haben und das Schwert gegen dich erheben.«

»Nur, wenn ich ihm den Rücken zukehre. Er ist zu feige, um mich zu einem fairen Kampf zu fordern.«

»Dann sei gewarnt. Ein Feigling ist der schlimmste aller Feinde. Denn er ist unberechenbar.«

»Mach dir meinetwegen keine Sorgen. Nicht ich, die Königin braucht Schutz.«

Der Zeremonienmeister verkündete, daß die Königin und ihre Gäste an der Festtafel erwartet würden.

Elizabeth überblickte lächelnd die Schar der festlich gekleideten Männer und Frauen, die zum innersten Kreis ihres Gefolges gehörten. Dies waren die zu Titeln und Würden gekommenen reichen Adligen, mit denen sie sich wohl fühlte. Sie alle blickten erwartungsvoll auf die Königin, voll Neugier, welcher Mann an diesem Abend die Ehre haben würde, sie zur Tafel zu geleiten.

Lord Windham beobachtete sie besonders gespannt. Wenn Elizabeth ihren bevorzugten Begleiter erkor, wäre die Schottin ohne Tischherrn. Er hatte die feste Absicht, Lady Brenna zur Tafel zu führen. Es reizte ihn, mit der schönen Schottin zu flirten und sie . . . vielleicht . . . zu verführen.

Andererseits, wenn die Königin zugunsten der Schottin auf Morgan Greys Gesellschaft verzichtete, käme nur er, Lord Windham, als ihr Begleiter in Frage. Und deshalb hatte er keine Begleiterin zu dem Fest mitgebracht. An Elizabeths Seite zu tafeln wäre mindestens so vielversprechend, wie die kleine Schottin zu umwerben. Er kam seinem Ziel, am Hof im Mittelpunkt zu stehen, immer näher.

Elizabeth zögerte einen Moment, als hätte sie sich noch nicht entschieden. »Lord Windham, Ihr werdet Eure Königin zum Bankett geleiten.«

Mit einem hämischen Blick in Morgans Richtung bot Windham der Königin den Arm und führte sie in den Festsaal. Die übrige Gesellschaft folgte.

»Morgan«, rief Elizabeth über die Schulter, »Ihr und Lady Brenna werdet bei mir an der Tafel speisen.«

Morgan Grey fluchte im stillen. Er hatte nicht das geringste Bedürfnis nach Windhams Gesellschaft, und er würde sich sehr zusammenreißen müssen, um höflich zu dem Mann zu sein. »Ja, Majestät, mit dem größten Vergnügen.«

Er bot Brenna den Arm, und sie folgten der Königin und Windham zu der Tafel an der Stirnseite des Saals.

»Die Königin und Lord Windham scheinen sehr enge Freunde zu sein«, murmelte Brenna, als Morgan ihr den Stuhl zurechtschob.

»Ja. Die Königin schätzt seine Gesellschaft sehr.«

»Und Eure, Mylord?«

»Ich habe ebenfalls ein ... enges Verhältnis zu meiner Königin.«

»Das habe ich bemerkt.«

Morgan verbarg seine Überraschung. War es Einbildung, oder hatte er tatsächlich einen eifersüchtigen Unterton in Brennas Stimme herausgehört?

Er nahm neben Brenna Platz und beobachtete, wie die festlich gekleideten Gäste sich an die anderen Tische setzten. Ihm hatte davor gegraut, einen endlos langen Abend mit diesen eitlen Pfauen und aufgeputzten Ladys zu verbringen. Doch plötzlich freute er sich auf die nächsten Stunden. Er schien der Schottin nicht so gleichgültig zu sein, wie sie tat. Und er mochte nichts lieber als ein scharfes Wortgefecht. Besonders, wenn er es mit einer klugen und schönen Frau austrug.

Eine festliche Stimmung herrschte im Palast von Richmond. Diener in Livreen servierten die Speisen. Die silbernen Platten waren mit gerösteten Spanferkeln, Fasanen, Rebhühnern und gebratenen Tauben beladen. Dampfende Pasteten wurden aufgetragen, und von dem noch warmen Brot in den Körben ging ein verlockender Duft aus. Nach jedem Gang wurden endlose Trinksprüche auf die Königin ausgebracht, auf ihre Gesundheit, auf das Wohl ihres Landes und ihres Volkes. Und nach jedem Trinkspruch wurden die Kelche und Humpen mit Wein und Ale nachgefüllt.

Brenna beobachtete, wie Elizabeth die ihr angebotenen Speisen begutachtete, kurz nickte und dann dem servierenden Diener ein Zeichen gab. Darauf trug er das Tablett zu einem würdig gekleideten Mann, der am anderen Ende des Tisches saß. »Wer ist das?« flüsterte Brenna.

»Der Vorkoster der Königin, Lord Quigley.«

Was für ein Leben, wenn eine Herrscherin jeden Moment um ihr Leben fürchten muß, dachte Brenna, als sie sah, wie der weißhaarige Mann von den verschiedenen Speisen einen Happen kostete und dann sein Einverständnis gab. Erst dann ließ Elizabeth sich servieren.

Brenna saß zwischen Morgan und Lord Windham. Den Trubel um sich herum nahm sie kaum wahr, denn der Mann an ihrer rechten Seite hielt sie völlig im Bann. Im Gegensatz zu den lärmenden Stimmen und dem schrillen Lachen ringsum sprach Morgan ruhig, fast sanft. Der Klang seiner tiefen Stimme hüllte Brenna ein wie eine Liebkosung. Vergeblich versuchte sie, seinem eindringlichen Blick auszuweichen.

»Wie kam es, daß Ihr das Oberhaupt der MacAlpins wurdet?« fragte Morgan, während ein Diener seinen Krug nachfüllte.

In Brennas Augen trat ein leidenschaftliches Feuer, das Morgan faszinierte. »Mein Vater wurde hinterrücks von einem Feigling ermordet, und meine älteste Schwester Meredith trat seine Nachfolge an.«

Morgan hörte die Bitterkeit in ihrer Stimme. »War der Feigling ein Engländer?«

»Nein. Es war einer von unseren eigenen Landsleuten. Er wollte unser Land.«

»Aha.« Morgan lächelte. »Dann sind also nicht alle Schurken im schottischen Grenzland Engländer.«

Sie fand nichts Komisches an seiner Bemerkung. »Uns reicht, was die Engländer uns angetan haben.«

Morgan war nicht in der Stimmung für eine solche Diskussion, zumal die Königin in der Nähe saß. Er lenkte die Unterhaltung auf ein anderes Thema. »Warum ist Eure Schwester nicht mehr Führerin des Clans?«

Brennas Stimme wurde weich. »Meredith hat einen Highlander geheiratet und lebt in seiner Bergfestung. Als Zweitältester fiel mir die Aufgabe zu, den Clan zu führen.«

Morgan fiel auf, wie liebevoll und bewundernd Brenna von ihrer Schwester sprach. »Haben Eure Schwester und der Mann aus den Highlands aus Liebe geheiratet?«

Sie sah ihn überrascht an. »Warum fragt Ihr?«

»Weil Ihr so froh aussaht, als Ihr über sie spracht. Macht dieser Mann Eure Schwester glücklich?«

»Ja.«

Morgan traute seinen Augen nicht. Brenna lächelte. Wieder fiel ihm auf, wie weich und zart sie aussah, wenn ihre Züge entspannt waren. »Dann hat der Schuft ihr Herz gestohlen. Das ist wahre Liebe.«

Lord Windham hatte die Unterhaltung mit angehört und lachte kurz und verächtlich auf. »Das dauert ein Jahr oder höchstens zwei«, sagte er abfällig. »Solange sie die Freuden des Bettes erforschen. Danach wird ihre Liebe sich von ihrer wahren Seite zeigen.«

Seine Worte empörten Brenna. »Ich habe die tiefe und nie endende Liebe zwischen meinen Eltern erlebt. Und dieselbe Liebe verbindet Meredith und Brice. Sie zeigt sich in der liebevollen Art, wie sie einander behandeln.«

Morgan ärgerte sich über Windhams Einmischung und steuerte das Gespräch von neuem in eine andere Richtung. »Wer war der Kerl, der Euren Vater tötete?«

Wie geschickt er das Thema wechselt, dachte Brenna. Genau dann, wenn es ihm unbehaglich wird. »Er wurde zusammen mit all jenen seines Clans begraben, die es wagten, die MacAlpins herauszufordern.«

Morgan musterte die Frau, die plötzlich in dem festen und bestimmten Ton eines Anführers sprach. Er mußte zugeben, daß Brenna MacAlpin ihn beeindruckte.

Diese Frau war jeder Zoll eine Lady, aber sie dachte wie ein Soldat. Schon zweimal hatte sie ihn überlistet. O ja, es würde Spaß machen, sich mit ihr zu duellieren. Mit Worten und ...

Mit jedem Trinkspruch wurde die Gesellschaft lockerer. Mit jedem Schluck Wein wurden die jungen Edelleute kühner, bis schließlich Lord Windham sich erhob und seinen Toast ausbrachte.

»Ich trinke auf meine bezaubernde Königin, die wundervollste Monarchin auf Englands Thron.« Er stützte sich auf den Tisch, um sein Gleichgewicht zu halten. Seine Stimme wurde lauter. »Auf ihre Augen, die reiner sind als Saphire. Auf ihren schönen Mund, der Perlen der Weisheit verströmt...« Er machte eine Pause. Überwältigt von der Brillanz seiner Worte, wischte er sich eine Träne fort.

»Er hat vergessen, meine Zähne zu erwähnen«, murmelte Elizabeth so leise, daß nur Morgan und Brenna es hörten. »Es sind meine eigenen.«

Morgan warf den Kopf zurück und lachte schallend. Brenna war von Elizabeths trockenem Humor so überrascht, daß sie sie nur anstarrte. Dann ging ein scheues Lächeln über ihr Gesicht.

»Auf ihre Zähne«, fuhr Windham fort, »die wie eine Perlenschnur...«

Morgan hob seinen Kelch, und die anderen im Saal taten es ihm nach und erstickten mit ihren Hochrufen, was immer der Lord an poetischen Gleichnissen von sich geben mochte.

Windham setzte sich, hochrot und glücklich über seinen vermeintlichen Erfolg.

Elizabeth beugte sich an Windham vorbei zu Brenna hinüber. »Wie gefällt Euch mein Fest?«

»Es ist sehr schön. Ich habe noch nie so viele elegante Ladies und Gentlemen gesehen.«

»Es freut mich, daß Ihr Euch gut unterhaltet. Aber Euren Wein habt Ihr kaum angerührt«, bemerkte Elizabeth.

»Ich wurde gewarnt, daß die vielen Trinksprüche mir gefährlich werden könnten. Ich möchte mich nicht zum Narren machen.«

»Jedenfalls wäret Ihr dann in bester Gesellschaft. Der Raum ist voller Narren. Nicht wahr, Lord Windham?«

»Ja, Majestät.« Seine Worte klangen leicht undeutlich. »Wir sind eben alle in Eure Schönheit vernarrt.«

»Versteht Ihr, warum ich ihn zu meinem Tischherrn erwählt habe?« wandte Elizabeth sich an Morgan und Brenna. »Ich liebe seine honigsüßen Komplimente.«

Morgan setzte seinen Krug ab. »Eine Frau von Eurer Stärke und Schönheit braucht keine hohlen Schmeicheleien.«

Elizabeth lachte wie ein junges Mädchen. »Selbst eine starke und intelligente Frau freut sich über hübsche Worte. Ist es nicht so, Brenna MacAlpin?«

Brenna antwortete, ohne zu zögern. »Ich würde Ehrlichkeit leeren Schmeicheleien vorziehen.«

Die Königin musterte sie überrascht. »Ihr seid in der Tat eine ungewöhnliche Frau. Aber ich glaube, daß Ihr diese kleine Schwäche auch an Euch entdecken werdet, wenn erst der richtige Mann Euch Schmeicheleien zuflüstert.«

Sie brach die Unterhaltung ab und sah zu den Musikanten hinüber. Dann erhob sie sich, und nach und nach standen alle Gäste von den Stühlen auf. »Das Mahl ist beendet«, rief sie. »Jetzt möchte ich tanzen.« Sie nahm Lord Windhams Arm und wandte sich an Brenna. »Tanzt Ihr auch?«

Brenna schüttelte den Kopf. »John Knox hält den Tanz für ein Werkzeug des Teufels. Seit seine Macht gewachsen ist, sind Tanzfeste in unserem Land verboten.«

»Ach ja. Knox.« Elizabeth lachte kurz auf. »Wie schrecklich für meine lebenslustige, romantische Nichte Mary, daß solch ein düsterer Mann Einfluß auf ihr Volk gewinnen konnte.«

Elizabeth wandte sich Morgan zu. »Morgan. Zeigt unserem . . . Gast die vergnüglichen Seiten des Lebens. Solange sie auf englischem Boden weilt, werden wir diesen Propheten der Finsternis verscheuchen und ihr die Vorzüge der englischen Gesellschaft demonstrieren.«

Die Musikanten begannen zu spielen, und die Festgesellschaft formierte sich zum Tanz. Die Königin und ihr Begleiter bildeten mit einigen anderen Paaren einen Kreis und begannen einen lebhaften Tanz.

Morgan führte Brenna zu einem Stuhl und reichte ihr einen Kelch mit Wein, bevor er sich zu ihr setzte. Als er seine langen Beine ausstreckte, ertappte Brenna sich dabei, wie sie auf seine muskulösen Schenkel starrte. Sie errötete und sah weg.

Doch den Tänzern zuzuschauen war nicht besser. Wohin Brenna auch blickte, sah sie verfängliche Bilder. Die Frauen verneigten sich so tief vor ihren Tanzpartnern, daß ihre Brüste sichtbar wurden. Und die Männer, aufgeputzt wie Pfauen in ihren prächtigen Gewändern, umfaßten ihre Damen in der

Taille, wenn die Tanzfiguren sie zueinander führten. Offenbar machte es den Damen nichts aus, so eng umarmt zu werden. Im Gegenteil – mit ihrem Gekicher und verführerischen Geflüster ermutigten sie die Männer noch. Als der Tanz zu Ende war, verbeugten sich die Herren und küßten ihren Damen die Hand. Einige der Frauen hielten ihnen die Wange zum Kuß hin. Und eine ging sogar so weit, ihrem Partner die Lippen zum Kuß zu bieten.

Brenna hatte so etwas noch nie gesehen. Sie wurde über und über rot und griff nach dem Weinkelch, um ihre Verlegenheit zu verbergen.

Ihre Reaktion faszinierte Morgan. »Ihr errötet, Mylady?«

Sie fühlte, wie ihre Wangen glühten. »Mir ist nur etwas warm, Mylord.«

»Wie wäre es mit einem Spaziergang in der Nachtluft?« In seiner warmen Stimme schwang ein Lachen mit.

»Nein.« Kaum war das Wort heraus, merkte Brenna, daß sie zu schnell geantwortet hatte. Gleich würde Morgan noch mehr zu lachen haben.

»Ich nehme an, Ihr möchtet nicht tanzen?«

»Ich kann nicht.«

»Dann werden wir hier sitzenbleiben und unseren Wein trinken.«

Er hob seinen Kelch und beobachtete, wie sie den ihren hastig leerte. Ein Diener schenkte eilfertig nach.

»Morgan, Ihr müßt tanzen!« rief die Königin.

Morgan sah Brenna auffordernd an. Sie schüttelte den Kopf und starrte auf den Boden.

»Habt Ihr Angst vor John Knox? Sagt Ihr deshalb, daß Ihr nicht tanzen könnt?« Morgan lächelte. »Ich glaube nicht, daß irgend jemand hier am Hof nach Schottland Nachricht geben wird, wie es auf diesem Fest zugeht.«

»Ich habe keine Angst vor John Knox.«

»Vielleicht vor dem Herrgott selbst? Droht Euch ewige Verdammnis, wenn Ihr tanzt?«

»Ich sagte bereits, daß Tanzen in meinen Augen keine Sünde ist.«

»Warum wollt Ihr dann nicht?«

Sie seufzte. »Weil ich es nicht kann. Außer mit meinen Schwestern und den jungen Burschen auf unseren Hochzeitsfeiern habe ich nie getanzt. Ich wäre sicher sehr ungeschickt.«

Er lächelte. »Ungeschickt? Ihr, Mylady? Das ist unmöglich. Kommt.« Er stand auf und streckte ihr die Hand hin.

Sie biß sich auf die Lippe. »Ich weiß nicht, was ich tun muß.«

»Ich werde es Euch zeigen.« Er nahm ihre Hand, und als die Musikanten eine zarte Weise anstimmten, legte er ihr die Hände um die Taille.

Das Blut rauschte in Brennas Schläfen. Eine prickelnde Wärme durchströmte sie. Sie hatte das Gefühl, als würde Morgans Berührung sich in ihre Haut einbrennen. Verwirrt wich sie seinem Blick aus.

»Ihr dürft nicht auf Eure Füße sehen«, flüsterte er und hob ihr Kinn hoch. »Folgt meinen Bewegungen. Dann geht es ganz von selbst.« Er strich ihr sanft über die Wange.

Ihre Blicke trafen sich, und Brenna erbebte. Oh, warum mußten seine Berührungen so sanft und gefühlvoll sein? Warum war dieser rauhe Krieger und gefährliche Mann ein so anmutiger Tänzer?

Sie ließ sich vom Rhythmus der Musik tragen und fühlte sich auf einmal leicht und schwerelos, als sei ihr die Kunst zu tanzen in die Wiege gelegt worden.

»Wie gut, daß John Knox Euch nicht sieht«, murmelte er, beugte sich vor und streifte mit den Lippen ihre Schläfe.

»Ich sagte schon einmal, daß Tanzen für mich keine Sünde ist.«

»Mag sein. Aber was ich denke, ist ganz entschieden eine Sünde, Mylady.«

Das Blut schoß ihr in die Wangen. So unverblümt konnte nur ein Engländer sprechen. Sie wußte nicht, was sie darauf erwidern sollte.

»Vergebt mir, Mylady.« Der Klang seiner tiefen Stimme sandte ein prickelndes Gefühl über ihren Rücken. »Ich habe nicht daran gedacht, daß eine wohlbehütete Frau wie Ihr sich an diesem frivolen Hof fehl am Platze vorkommen muß.«

Er lachte leise, und ein Schauer überlief sie. Sie wollte sich

Morgan entziehen, doch er hielt sie weiter bei den Händen und tanzte weiter.

Sogar beim Tanzen war sie seine Gefangene, aber dies war ein paradiesisches Gefängnis. Bei einer Drehung zog er sie wie zufällig an sich, und ihre Brüste wurden kurz gegen seinen Oberkörper gedrückt. Sie fühlte seinen warmen Atem über ihr Haar und ihre Schläfen streichen. Ohne es zu merken, schloß sie die Augen und gab sich ihren betörenden Empfindungen hin.

»Ihr seid eine ausgezeichnete Schülerin, Mylady«, flüsterte er.

Sie seufzte. Nicht die Schülerin – der Lehrer war ausgezeichnet. Aber sie war zu träge und zu glücklich, um es auszusprechen.

»Gibt es sonst noch etwas, was Ihr lernen möchtet, Mylady?«

Sie riß die Augen auf und sah seine dicht vor sich. »N ... nein. Ich glaube nicht, daß Ihr mich noch etwas anderes lehren könnt.«

Seine dunklen Augen lachten. »Würdet Ihr darauf einen goldenen Sovereign wetten?«

Plötzlich verabscheute sie sein spöttisches Lachen. »Ich möchte nicht mehr mit Euch tanzen, Morgan Grey.«

Ein alternder Baron näherte sich und tippte Morgan auf die Schulter.

»Es scheint, daß Eure Wünsche sofort erhört werden, Mylady.« Lächelnd gab Morgan sie frei, und ehe sie sich besinnen konnte, führte ihr neuer Tänzer sie davon. Als sie über seine Schulter blickte, sah sie Morgan mit der Königin tanzen. Elegant führten sie die komplizierten Tanzschritte aus. Es war offensichtlich, daß sie schon oft zusammen getanzt hatten. Brenna ließ die beiden nicht aus den Augen. Elizabeth sagte etwas zu Morgan, und er lachte auf. Dann neigte er den Kopf und flüsterte ihr etwas ins Ohr. Die Vertraulichkeit der Szene verwirrte Brenna.

Sie wunderte sich über ihre Reaktion. War es Eifersucht? Niemals. Sofort verwarf sie den unmöglichen Gedanken. Wie konnte sie auf einen Mann eifersüchtig sein, der ihr nichts bedeutete!

Nach wenigen Minuten tanzte Brenna mit einem anderen

Partner. Sie blickte auf und fand sich Charles Crowel, dem Herzog von Eton, gegenüber.

»Meine Madeline ist sehr von Euch eingenommen, Mylady.«

»Und ich von ihr. Ich werde nie vergessen, wie freundlich sie zu mir war.«

»Madeline ist eine zartfühlende Frau. Sie kennt das Gefühl, als Ausländerin in einem fremden Land zu leben. Aber dank der Herzlichkeit meiner Freunde fühlt sie sich jetzt in England heimisch.«

Brenna lächelte. »Ich habe gleich gespürt, daß Eure Gattin ein guter Mensch ist. Es ist gut zu wissen, daß ich wenigstens eine Freundin in England habe.«

»Meine Liebe, wir alle werden Eure Freunde sein. Ihr müßt es nur wollen.«

»Danke, Sir. Ihr seid sehr freundlich.«

»Und Ihr seid sehr schön, meine Liebe. Ich fürchte, Ihre Majestät wird sich vor Bewerbern um Eure Hand nicht retten können.«

Brenna blieb eine Antwort erspart, denn schon forderte ein anderer Tänzer sie auf. Es war Lord Windham.

»Ich habe lange auf diesen Tanz gewartet«, sagte er und beugte sich vertraulich zu ihr. Seine Nähe war Brenna zuwider. »Ihr habt allen Gentlemen am Hof den Kopf verdreht«, murmelte er. »Ist es nicht reizvoll, eine so große Auswahl zu haben?«

Brenna schlug denselben leichten Ton an. »Es wird mir schwerfallen, mich für nur einen Mann zu entscheiden.«

»Um so besser. Ich mag Frauen, die mehrere Liebhaber zufriedenstellen.«

»Ich meinte nicht . . .« Sie brach ab. Warum sollte sie diesem aufdringlichen Mann etwas zu erklären versuchen?

Windham führte sie anmutig durch die Figuren des Tanzes. Sie bewegten sich auf den Rand der Tanzfläche zu. Erst als Windham zu tanzen aufhörte, bemerkte Brenna, daß sie sich auf einer Terrasse befanden. Sie blickte verwirrt um sich. »Warum sind wir hier?«

»Warum führt ein Gentleman eine Lady von der Menge

fort?« Er lächelte, und ein eiskalter Schauer überlief sie. »Ich dachte, Ihr wärt froh, Morgan Grey zu entkommen.«

»Entkommen? Ihr wollt mir bei der Flucht vor Morgan Grey behilflich sein?«

Windham lächelte spöttisch und ging einen Schritt auf Brenna zu. Aufreizend langsam ließ er die Hand über ihren Arm gleiten.

Erschaudernd wich sie zurück. Als sie noch einen Schritt rückwärts machte, stieß sie mit dem Rücken an die Steinbrüstung der Terrasse. Windhams Lächeln wurde breiter. »Aha, Ihr spielt die Kokette, Mylady. Wie allerliebst.«

»Ich . . .« Ihre Kehle war plötzlich wie ausgetrocknet, und sie fuhr sich mit der Zunge über die Lippen. »Ich verstehe nicht, was Ihr meint.«

»Oh, Ihr versteht sehr gut.« Er kam noch näher, bis ihre Körper sich berührten. Als Windham Brennas Widerstand spürte, lachte er kalt und umfaßte ihre Schulter. »Wie reizend Ihr mich neckt, Mylady. Ihr spielt die Rolle der Unschuldigen, und ich muß sagen, es ist höchst wirkungsvoll, denn es reizt mich um so mehr.«

»Bitte, Mylord. Ich möchte jetzt zu den anderen zurückgehen.«

»Alles zu seiner Zeit.« Er umfaßte ihre Arme und preßte die Daumen in ihr Fleisch. »Ihr seid eine schöne und begehrenswerte Frau, Brenna MacAlpin. Es war großartig von Morgan Grey, Euch hierhergebracht zu haben. Eigens zu meinem Vergnügen.«

Sein Atem roch schal. Brenna erstarrte, als er sie an sich zog und den Kopf über ihr Gesicht neigte. Doch ein Geräusch hinter ihm ließ ihn herumfahren. Zwei von Morgan Greys Soldaten standen mit gezogenen Schwertern vor ihm, und hinter ihnen erblickte er Morgan Grey höchstpersönlich.

Brenna hätte sich vor Erleichterung fast in Morgans Arme geworfen. Sie ging einen Schritt auf ihn zu, aber der Ausdruck in seinen Augen ließ sie stehenbleiben.

»Findet Ihr es nicht unhöflich, das Fest vor Eurer Königin zu verlassen, Windham?«

Windhams Gesicht war wutverzerrt. »Woher nehmt Ihr Euch das Recht, mich zu stören?«

»Ich habe sehr wohl ein Recht dazu. Ihr scheint zu vergessen, daß die Lady meine Gefangene ist.«

Brenna erbleichte. Wie hatte sie vergessen können, daß die Wachen nicht zu ihrem Schutz da waren, sondern um sie an der Flucht zu hindern? Und Morgan Grey war nicht um ihre Sicherheit besorgt. Er dachte nur daran, wie er dastehen würde, wenn sie plötzlich trotz aller Vorsichtsmaßnahmen verschwände.

»Ich glaube, Ihr bildet Euch ein, daß die Lady Euer persönliches Eigentum ist.« Windham sah an Morgans verändertem Ausdruck, daß er seinen empfindlichen Punkt getroffen hatte. Er lachte schrill auf. »Aha, das ist es also. Ihr denkt, Ihr seid der einzige, der sich mit der hübschen Gefangenen vergnügen darf.« Seine Stimme überschlug sich. »Habt Ihr Euch schon überlegt, wie Ihr die Mitgift der Lady ausgeben wollt und wie Ihr ihr Land zu Eurem Vorteil aufteilen werdet?«

»Was Ihr da sagt, ist nicht einmal eine Antwort wert.« Morgan sprach leise und beherrscht. »Es ist mir gleichgültig, was Ihr denkt. Aber seid gewarnt, Windham. Die Lady ist kein Freiwild. Sie wird standesgemäß einen der Edelleute heiraten, die um ihre Hand anhalten.«

»Vielleicht haben die Lady und ich genau darüber gesprochen«, sagte Windham mit leicht schwankender Stimme. Er schob sich an den Wachen vorbei und stürmte ohne ein weiteres Wort davon.

Brenna blieb allein mit Morgan zurück. Sie konnte sich nicht erklären, warum er sie so wütend anstarrte.

9. KAPITEL

»Nehmt meinen Arm, Mylady!«

»Wollt Ihr nicht hören, was passiert ist?« Brennas Herz raste noch immer, und ihre Stimme bebte. Sie war stets allein mit ihren Problemen fertig geworden, aber jetzt drängte es sie aus einem unerklärlichen Grund, Morgan ihr Herz auszuschütten. Sie fühlte sich plötzlich schutzbedürftig und sehnte sich nach Morgans Verständnis. Sie erntete jedoch nur einen ärgerlichen Blick.

»Nein. Die Sache ist erledigt.«

Erledigt? Sein schroffer Ton verwirrte sie noch mehr. »Ihr glaubt doch nicht, daß ich freiwillig mit diesem widerwärtigen Mann hierhergegangen bin?«

»Ihr habt mehr als einmal deutlich gemacht, daß Ihr alles tun würdet, um mir zu entfliehen. Wenn Ihr in Windham einen Verbündeten gesucht habt, dann habt Ihr eine schlechte Wahl getroffen. Wir werden nicht mehr darüber reden. Aber seid gewarnt, Mylady. Noch einmal werde ich so etwas nicht dulden.«

Mit einem resignierten Seufzer legte Brenna die Hand auf Morgans Arm und ließ sich wieder in den Festsaal führen. Es war sinnlos, sich zu verteidigen. Dieser Mann würde ihr sowieso nicht glauben. Wie hatte sie auch nur einen Moment annehmen können, er stünde auf ihrer Seite?

Die Feststimmung im Saal war auf dem Höhepunkt. Elizabeth tanzte mit dem Herzog von Eton. Eine Schar von Gästen stand im Kreis um das Paar und klatschte in die Hände. Als Morgan und Brenna sich näherten, drehte Madeline sich zu ihnen um.

Sie musterte die beiden, sah Brennas gerötete Wangen und

Morgans unbewegte Miene. »Mon Dieu. Das war ungezogen von Euch beiden, so heimlich zu entwischen.« Sie lachte. »Konntet Ihr nicht wenigstens bis zum Ende des Abends warten?«

Morgan runzelte leicht die Stirn, und Brenna blickte angespannt zu dem tanzenden Paar hinüber. »Wie wunderbar sie tanzen«, sagte sie leise. »Die Königin ist eine glänzende Tänzerin, und wie elegant der Herzog sie führt.«

Madeline bemerkte das leichte Zittern in ihrer Stimme und streichelte sanft ihre Wange. »Ihr seid ja ganz durcheinander, Chérie. Dieser charmante Schuft Morgan Grey ist schuld, nicht wahr?«

Brenna fühlte Tränen in ihren Augen brennen. Sie schüttelte den Kopf und blickte schnell zur Seite.

Madeline sah, daß sie mit den Tränen kämpfte. »Ah, jetzt verstehe ich«, sagte sie warm. »Ihr seid ganz einfach müde, Chérie.«

Brenna nickte nur. Sie hielt es nicht mehr aus, wollte nur noch fort aus diesem Raum, fort von all diesen Leuten.

»Ihr müßt aber bleiben, Chérie. Denn niemand darf vor der Königin das Fest verlassen.«

Brenna unterdrückte einen Seufzer. Sie scheute sich zu fragen, wie lange das Fest noch dauern würde. Spürte Morgan denn nicht, daß sie am Rande ihrer Kräfte war? Sie stützte sich schwer auf seinen Arm, aber er schien es nicht zu bemerken.

Die Musik endete, und die Gäste applaudierten. Der Herzog von Eton führte die Königin zu ihrem Begleiter. Elizabeth und Lord Windham wünschten den Gästen eine gute Nacht und schickten sich an, den Saal zu verlassen. An der Tür verabschiedete Elizabeth sich in aller Form von Lord Windham und klatschte in die Hände. Sofort war sie von ihren Kammerfrauen und Hofdamen umringt, die die Königin in ihre Gemächer begleiteten.

Lord Windham stolzierte durch den Saal und nahm triumphierend die Glückwünsche seiner Freunde entgegen. Niemandem war entgangen, welche Aufmerksamkeit die Königin ihm erwiesen hatte. Abgesehen von der ärgerlichen Episode auf der Terrasse war der Abend ein voller Erfolg für ihn.

Die Musikanten begannen wieder zu spielen, und die meisten Gäste gingen auf die Tanzfläche zurück. Einige folgten dem Beispiel der Königin und verließen das Fest.

»Nun könnt Ihr Euch ausruhen, Chérie.« Madeline lächelte Brenna zu und hakte sich bei ihrem Mann unter. »Ich könnte noch bis in den Morgen tanzen.«

Der Herzog blickte flüchtig zur Tür, als würde er im stillen die Stunden des versäumten Schlafs zählen. Dann zog er Madeline an sich. »Dein Wunsch ist mir Befehl, Liebste.« Er wandte sich an Morgan. »Bleibt Ihr noch eine Weile?«

»Nein. Wir sehen uns morgen früh«, erwiderte Morgan kurz angebunden.

Brenna sagte gute Nacht und ging steif neben Morgan her, als sie den Saal verließen.

Auf dem Weg zu ihren Gemächern redeten sie kein Wort. Morgan hielt Brenna die Tür auf, sprach kurz mit seinen Männern und ging hinein.

Alles war für die Nacht vorbereitet. Zwei hochlehnige Stühle waren vor das Kaminfeuer im Wohnraum gerückt. Dazwischen stand ein kleiner Tisch mit einer Weinkaraffe und zwei Kelchen. Auf einem Tablett lagen Früchte und Gebäck.

Die ideale Atmosphäre für Liebende, dachte Brenna. Aber sie bewohnte diese Räume nicht mit einem Geliebten, sondern mit einem Feind. Und ihre Abneigung gegen Morgan Grey wuchs mit jeder Stunde. Sogar über Nacht ließ er sie wie einen Sträfling von seinen Soldaten bewachen.

Brenna stieß die Tür zu ihrem Schlafgemach auf. Auch hier prasselte ein Feuer im Kamin. Die Decken des großen Bettes waren zurückgeschlagen, und die frischen Leinenlaken dufteten. Ein Nachtgewand aus feinstem Linnen war darauf ausgebreitet. Brenna hatte keine Augen für den Luxus, der sie umgab. Sie sehnte sich nach der Einfachheit ihrer Burg, nach der rauhen, aber liebevollen Fürsorge der alten Morna.

Sie schickte die junge Dienerin fort, die auf ihre Rückkehr gewartet hatte, entkleidete sich und zog das Nachthemd über. Dann trat sie ans Fenster und blickte in die Nacht hinaus. Ein Gefühl grenzenloser Verlassenheit überkam sie. Voller Abscheu dachte sie an das Fest der Königin zurück. Niemals, das schwor sie sich, würde sie einen dieser dekadenten englischen Edelleute heiraten. Lieber würde sie durch die Hände ihrer Bewacher sterben, als lebenslang in einer aufgezwungenen Ehe gefangen zu sein.

»Habt Ihr noch Wünsche, Mylord?«

»Nein, Ihr könnt gehen.« Morgan entließ den Diener, ohne aufzublicken. Er mußte allein sein, mußte nachdenken, mußte Klarheit in die verworrene Situation bringen.

Er leerte seinen Kelch und starrte in die Flammen. Noch immer dachte er voller Wut an die Szene auf der Terrasse. Dabei war es vollkommen absurd, daß er irgendwelche Gefühle an diese Schottin verschwendete. Nicht einmal Wut war angebracht. Was ging ihn die Frau an? Er war nicht für sie verantwortlich. Genügte es nicht, daß er seinen Auftrag treu erfüllt hatte?

Er hatte für sein Pflichtbewußtsein teuer bezahlt. Was er hier tat, tun mußte, widersprach seiner bewußt gewählten Lebensform. Und die hieß Freiheit. Es machte ihn rasend, daß man ihm diese Frau wie eine Strohpuppe zugeworfen hatte. Besonders nachdem er entdeckt hatte, was für eine Sorte Frau sie war.

Lord Windham, ausgerechnet er! Morgan griff nach dem Weinkrug und goß sich wieder ein. Hätte sie sich mit einem anderen davongeschlichen, wäre es halb so schlimm gewesen. Vielleicht hätte er es ihr nachgesehen.

Morgan trank einen Schluck und schüttelte den Kopf. Nein. Das war eine Lüge. Selbst wenn er sie mit einem anderen überrascht hätte, wäre er wütend gewesen. Aber der Gedanke, daß sie und Windham . . .

Er trank hastig seinen Wein aus, und in einem plötzlichen Impuls schmetterte er den Kelch gegen den Kaminsims. Laut fluchend drehte er sich um und stürmte auf die Tür von Brennas Schlafgemach zu.

Das Geräusch zersplitternden Glases ließ Brenna herumfahren. Als sie die bedrohliche Gestalt in der Tür erblickte, stockte ihr der Atem. Dann drängte sie ihre Angst zurück und reckte sich. »Ihr habt nicht das Recht, in mein Zimmer zu kommen.«

»Wollt Ihr mich über meine Rechte belehren?« Er sprach beherrscht, aber in seiner Stimme schwang seine zurückgedrängte Wut mit.

»Ich befehle Euch, augenblicklich zu gehen!«

»Ihr befehlt, Mylady? Habt Ihr vergessen, daß Ihr nicht mehr in Schottland seid? Hier könnt Ihr keine Befehle erteilen, Brenna MacAlpin. Ihr habt die Königin gehört. Bis sie entschieden hat, was mit Euch wird, seid Ihr meine Gefangene« – er betonte jedes einzelne Wort –, »und ich kann mit Euch tun, was mir beliebt.«

Brenna spürte, wie ihr Mund trocken wurde. Sie schluckte. »Warum seid Ihr in mein Zimmer gekommen?«

Morgan sah sie aufmerksam an. Wie verändert ihre Stimme plötzlich klang. Hatte sie Angst? Der Gedanke gefiel ihm. Ja, sie sollte Angst vor ihm haben. Er war ein allseits gefürchteter Mann, und es war Zeit, daß sie sein wahres Wesen kennenlernte.

Bevor er ihr antwortete, betrachtete er sie einen langen Augenblick. Im Widerschein des Kaminfeuers bot sie einen hinreißenden Anblick. Ihr schwarzes Haar umgab ihr Gesicht wie eine bauschige Wolke und fiel in weichen Wellen über ihre Schultern. Das weiße Nachtgewand verlieh ihr ein unschuldiges Aussehen. Aber davon durfte er sich nicht täuschen lassen. Er hatte kein unschuldiges Kind vor sich, sondern eine Frau. Eine schöne, verführerische Frau, die es sehr gut verstand, ihre weiblichen Reize zu ihrem Vorteil zu nutzen.

Brenna MacAlpin war nicht besser als die Frauen am Hof. Als Morgan sich dies klarmachte, konnte er seine Wut nicht mehr bezähmen. Er hörte nicht auf die warnende Stimme in seinem Inneren. Ohne zu überlegen, stürmte er zu ihr und packte Brenna beim Handgelenk. »Ich bin gekommen, um Euch eine Lektion zu erteilen.«

»Nein!« Sie versuchte, sich loszureißen, aber natürlich war sie seiner Kraft nicht gewachsen.

Er zog sie unsanft an sich und hielt ihre Arme hinter ihrem Rücken fest. »Ihr habt meine Geduld auf eine harte Probe gestellt, Lady Brenna MacAlpin.« Sein Atem strich warm über ihre Wange. »Und ich bin kein geduldiger Mann. Ihr seid ein wenig zu weit gegangen.«

»Schert Euch zur Hölle, Morgan Grey!« Brenna drängte ihre aufsteigenden Tränen zurück und blickte ihm trotzig ins Gesicht. »Der Teufel soll Euch holen!«

Er warf ihr ein gefährliches Lächeln zu. »Oh, das wird er sicher tun, wenn die Zeit gekommen ist. Ich weiß schon lange, welcher Platz mir für die Ewigkeit bestimmt ist, Mylady.«

Er bog ihren Kopf weit zurück und sah ihr tief in die Augen. Eine heiße Welle des Begehrens überfiel ihn.

Sein Herzschlag beschleunigte sich, und er versuchte, sich wieder in die Gewalt zu bekommen. Das hatte er nicht gewollt. Deswegen war er bestimmt nicht hergekommen. Er hatte überhaupt keinen bestimmten Plan gehabt – außer der Absicht, seine Wut loszuwerden. Doch jetzt, da er Brenna in den Armen hielt, schien es kein Zurück zu geben.

Langsam, ganz langsam neigte er den Kopf.

Brenna wußte, welche Absicht Morgan hatte, aber sie war außerstande, ihn abzuwehren. Ihr Herz begann wild zu hämmern. Sie konnte nicht schreien, konnte nicht einmal sprechen. Hilflos, mit weit geöffneten Augen wartete sie, wartete, bis seine Lippen die ihren berührten.

Sie wehrte sich gegen die erregenden Empfindungen, die sein Kuß in ihr auslöste. Denn es war ja kein liebevoller Kuß, sondern eine Bestrafung. Nein, sie durfte keinerlei Gefühle für dieses Scheusal zulassen.

Doch sein Feuer sprang auf sie über wie eine Flamme, die trockenes Laub entzündet.

Der Kuß war roh und besitzergreifend wie der Mann. Ein Kuß voll ungezügelter Wildheit. Auch diesmal weder Zärtlichkeit noch gefühlvolle Worte. Nur dieses übermächtige Verlangen, das jeden Gedanken an Vernunft oder Anstand beiseite drängte.

Brenna gab alle Versuche des Widerstands auf, bemühte sich aber, steif und gefühllos zu wirken. Doch als Morgan die Hand über ihren Rücken gleiten ließ und sie noch enger an sich zog, stieg von neuem dieses Gefühl einer ungekannten Sehnsucht in ihr auf. Woher kamen plötzlich all diese verwirrenden Empfindungen? Wie war es möglich, daß dieser grausame Tyrann es vermochte, Gefühle in ihr freizulegen, die so lange verschüttet gewesen waren?

Langsam, fast gegen ihren Willen, legte sie die Arme um seine Taille und schmiegte sich an ihn.

Er hob für einen Moment den Kopf und betrachtete sie. Es gefiel ihm, wie sie sich Schritt für Schritt ergab. Ihre Wangen waren gerötet, ihre vollen Lippen leicht geöffnet. Ein Mund, der für ihn geschaffen zu sein schien.

Morgan strich sanft darüber hin, streichelte ihre Wange, fuhr ihr zärtlich übers Haar.

Was hatte diese Frau an sich, daß sie so zarte Gefühle in ihm weckte? Er war kein sanfter Mann. Und was immer er an Zärtlichkeit hatte geben können – es war vor Jahren abgetötet worden.

Er vermied es, Brenna in die Augen zu sehen, und heftete den Blick auf ihren Mund. Auf diesen einladenden roten Mund, der sich seinem Kuß entgegenhob.

Wieder zeichnete er mit der Fingerkuppe die geschwungenen Bögen ihrer Lippen nach. Nein, für Zärtlichkeiten war er nicht mehr zu haben. Er trug seinen Beinamen nicht ohne Grund. Er nahm sich, was er wollte.

Brenna sah zu ihm auf, erwartungsvoll, mit einer Spur von Angst im Blick. Sein Gesicht kam näher, und dann preßte er von neuem den Mund auf ihre Lippen und küßte sie wild und hungrig.

Sie drängte sich an ihn, wehrte sich nicht, als er ihre Hüften umfaßte und gegen die seinen drückte. Der harte Druck seiner Männlichkeit sandte einen heißen, lustvollen Schmerz durch ihren Körper. Leise aufstöhnend schlang sie ihm die Arme um den Nacken und gab sich seinem leidenschaftlichen Kuß hin.

Küsse waren nicht mehr genug. Morgan wollte alles von ihr, wollte ihren Geschmack, ihren Duft in sich einsaugen, sie überall fühlen und berühren. Es verlangte ihn nach dieser Frau, er wollte mit ihr verschmelzen, sie ganz in sich aufnehmen. Er wollte eins mit ihr werden. Sein Kuß wurde tief und sehnsuchtsvoll.

Brenna fühlte sich in eine Welt jenseits aller Vernunft hinübergleiten. In eine Welt besinnungsloser Lust, wo nur sie und dieser Mann existierten. Wo nichts zählte als Gefühle und Leidenschaft.

Er strich mit den Lippen über den Bogen ihrer Wange zu ihrem Kinn. Dann drückte er viele Küsse auf ihren Hals und ihren Nacken.

Aufstöhnend bog sie den Kopf zurück und schmiegte sich verlangend an Morgan. Er spürte ihre Erregung. Er wußte, daß sie bereit für ihn war.

Die heiße Berührung seiner Lippen auf ihrem Hals erfüllte Brenna mit nie gekannten Gefühlen. Heiß pulsierte das Blut durch ihre Adern. Alles um sie her schien in einem Nebel zu versinken. Sie ließ sich fallen, immer tiefer ... hörte wie aus weiter Ferne ihre eigene Stimme, rauh und kehlig. Morgans Küsse brannten auf ihrer Haut, all ihre Sinne waren geöffnet für nie gekannte Empfindungen von unbeschreiblicher Tiefe. Wieder ballte sich tief in ihrem Innern dieser qualvoll-süße Schmerz zusammen, der kaum noch zu ertragen war. Sie bog den Kopf zurück, drängte sich verlangend an Morgan. Sie wollte mehr von ihm, wollte alles ...

Doch dann spürte sie seine Hand, spürte, wie er die Bänder am Ausschnitt ihres Nachtgewandes zu lösen begann. »Was tun wir? Das hier ist Wahnsinn«, murmelte sie mit rauher Stimme.

»Ja. Wahnsinn.« Er hob den Kopf, und einen Moment lang schien er sich zu erinnern, wer sie waren und wo sie waren. Er starrte auf Brennas Mund, ließ den Blick über ihre Brüste gleiten, die sich unter ihrem rasch gehenden Atem hoben und senkten. Er wußte, daß er kein Recht hatte, dies zu tun, aber er konnte nicht anders. Langsam neigte er den Kopf und fuhr mit der Zunge über ihre Lippen. Sanft, zärtlich, verführerisch. Er spürte Brennas Erregung, spürte aber auch ihren verzweifelten Versuch, sich gegen diese Erregung zu wehren.

Keine der Frauen vor ihr hatte so süß und unschuldig gewirkt, das mußte er zugeben. Doch war sie wirklich so mädchenhaft rein, oder wußte sie sich nur hervorragend zu verstellen? Im Augenblick war es ihm gleichgültig. Jetzt wollte er nichts als diesen wundervollen Mund küssen.

Brenna fühlte und erlebte alles mit einer unglaublichen Klarheit. Den herben, männlichen Duft seiner Haut, den warmen Hauch seines Atems, die Kraft seiner starken Hände, den Duft des schmelzenden Bienenwachses, der den Raum erfüllte und sich mit dem Geruch des glimmenden Holzes im Kamin vermischte, den vereinten Rhythmus ihrer Herzschläge. Es war ein verwirrendes und überwältigendes Gefühl, das von ihr Besitz ergriff.

Morgan fühlte sich wie in einer Falle. Diese leidenschaftliche Begegnung hatte er weder geplant noch gewollt. Wenn er mit seinem Eindringen überhaupt etwas erreichen wollte, dann hatte er dieser Frau höchstens zeigen wollen, wer er war, aber nicht, was er brauchte.

Noch nie hatte er jemanden mit einer so verzweifelten Sehnsucht begehrt wie diese Frau. Was hatte sie nur mit ihm gemacht, daß er ihr keinen Widerstand entgegensetzen konnte? Wie hatte er es so weit kommen lassen können? Sie hatte von seinen Sinnen und von seinem Denken, hatte von seiner ganzen Person Besitz ergriffen, und er ahnte, daß sie ihn nicht mehr loslassen würde. Er dachte kaum noch an etwas anderes als an sie.

Aber sie war nicht die Richtige für ihn.

Denn er war ein Soldat der englischen Königin und hatte gegen ihre Landsleute, ihre Verwandten und Clanleute gekämpft. Sie war eine Schottin, die alles, was englisch war, ablehnte und haßte.

Außerdem war sie für einen Draufgänger wie ihn zu unschuldig und unerfahren. Sie war eine Jungfrau – jetzt wußte er es mit Sicherheit. Es wurde ihm klar, als er sie von neuem küßte und ihre Erregung und gleichzeitig so etwas wie Scheu spürte.

Eine Jungfrau. Brenna MacAlpin war unberührt, und ohne Zweifel würde sie von dem Mann, der ihr die Unschuld nahm, erwarten, daß er sie heiratete. Heiraten ...

Plötzlich, wie aus dem Nichts, tauchte der Gedanke auf. Brenna MacAlpin war die Art Frau, die einem solche Ideen eingab. Kinder, Familienglück und ewige Liebe. O ja, eine Ehe mit Brenna wäre ein Abenteuer wie kein anderes.

Morgan riß sich von seinen Gedanken los und zwang sich zur

Vernunft. War er von allen guten Geistern verlassen? Wie kam er nur auf all diesen Unsinn?

Warum dachte er gleich ans Heiraten, nur weil er in einem Moment unkontrollierter Gefühle zu weit gegangen war? Er hatte diese Frau in seiner Unbeherrschtheit überrumpelt und mitgerissen.

Oder sie ihn?

Noch immer hielt er sie in den Armen. Er konnte sich einfach nicht von ihr lösen. Noch ein Kuß. Noch einmal den Duft ihrer Haut einatmen. Noch eine Berührung ...

Morgan streifte mit dem Mund ihre Lippen und sog zum letztenmal ihre Süße ein. Dann gab er sie frei.

Beide waren von dem, was sie eben erlebt hatten, von der Intensität ihrer Gefühle überwältigt. Und beide waren zu stolz, es zuzugeben.

Brenna trat benommen einen Schritt zurück. Sie hatte das Gefühl, als würde der Boden unter ihr nachgeben. Ihr Herz raste, ihre Knie waren weich, ihr ganzer Körper vibrierte. Es kostete sie Mühe, ihre aufgewühlten Gefühle hinter einer kühlen Fassade zu verbergen. Regungslos, mit stolz erhobenem Kopf, stand sie vor Morgan.

Er beobachtete sie angespannt und fragte sich, was in ihr vorgehen mochte. Fragte sich, ob die vergangenen Minuten in ihr dieselben Spuren hinterlassen hatten wie in ihm. Ihr Gesichtsausdruck war jedoch unergründlich.

Welch eine Ironie! Er war gekommen, um sie durchzuschütteln und ihr zu zeigen, wo die Grenzen waren. Statt dessen hatte er seine Grenzen überschritten und sich soeben fast an sie verloren. Obwohl er sich geschworen hatte, daß das nie wieder geschehen würde.

»Ich habe beschlossen, daß wir morgen nach Greystone Abbey aufbrechen«, sagte er barsch.

»Greystone Abbey?«

»Mein Landsitz in Richmond. Dort seid Ihr unerreichbar für Leute, die versucht sein könnten, Euch bei der Flucht nach Schottland zu helfen. In meinem Haus werdet Ihr nichts ohne meine ausdrückliche Erlaubnis tun. Und meine Soldaten werden Euch auf Schritt und Tritt begleiten.«

»Und ...« Brenna hatte nicht gewußt, daß ihr das Sprechen so schwerfallen würde. Sie schluckte und nahm einen neuen Anlauf. »Und wenn ich ein Bad nehmen möchte, Mylord?« Sie machte eine kleine Pause, und als sie fortfuhr, hatte sie sich vollkommen in der Gewalt. »Werdet Ihr den Anstand besitzen und mich wenigstens dann allein lassen?«

Seine Augen blitzten auf. »Solange ich nicht anders entscheide, wird Euch nicht einmal dieses Privileg gewährt werden.« Er hob ihr Kinn hoch, so daß sie gezwungen war, ihm in die Augen zu blicken. »Vielleicht werde ich mir selbst das Vergnügen gönnen, ein wachsames Auge auf Euch zu werfen, während Ihr badet.«

Sie schlug seine Hand fort und blitzte ihn wütend an.

Seine Augen wurden schmal, und sein Mund zog sich zu einer harten, dünnen Linie zusammen. »Ihr werdet nicht allein sein, Mylady. Keinen einzigen Moment. Habt Ihr das endlich begriffen?«

»Ich habe begriffen, daß Ihr eine eiskalte, gefühllose Bestie seid.«

Seine Hand schoß so schnell vor, daß ihr keine Zeit blieb, zurückzuweichen. Er faßte sie beim Arm und zog sie zu sich heran, bis sein Mund nur noch eine Handbreit von ihrem entfernt war. »Ich bin weder kalt noch gefühllos, Mylady, wie wir beide sehr gut wissen. Aber ich werde mich hüten, mich Euretwegen zum Narren zu machen. Ich bin überzeugt, daß Ihr jedes Mittel benutzen werdet, um Eurem Schicksal zu entgehen und nach Schottland zurückzukehren.«

»Schottland.« Ihre Stimme brach ab, und Morgan sah, wie ihre Augen sich mit Tränen füllten. »Ja. Ich werde alles versuchen und nicht eher ruhen, bis ich wieder nach Hause zurückkehren darf.«

»Euer Zuhause wird hier in England sein.« Er wandte sich um, denn er wollte sich nicht von ihrem Schmerz rühren lassen. »So hat es die Königin beschlossen, und Ihr werdet Euch ihrem Willen beugen. Und ich werde dafür sorgen, daß Ihr nicht noch einmal mit einem Gentleman von Windhams Sorte zu fliehen versucht.«

Plötzlich hielt Morgan es nicht mehr in ihrer Nähe aus. Hastig verließ er das Gemach, und gleich darauf hörte er nebenan ein scharrendes Geräusch, als würde ein schwerer Gegenstand vor die Tür geschoben.

Das verflixte Weibsbild! Sie verbarrikadierte sich, damit er nicht mehr zu ihr hineingehen konnte. Morgan stieß einen Fluch aus. Wäre er nicht so müde gewesen, hätte er die Tür mit Gewalt geöffnet und die Barrikade zur Seite gefegt, daß es gekracht hätte.

Er ging in sein Schlafgemach hinüber und entkleidete sich. Morgen früh würde er der Schottin eine wirklich strenge Lektion erteilen.

10. KAPITEL

Brenna stand am Erkerfenster und beobachtete, wie die Hügel im Osten sich im ersten Licht rosig zu färben begannen. Unter ihren Augen lagen dunkle Schatten. Die ganze Nacht hatte sie sich ruhelos herumgewälzt, verfolgt von den Dämonen ihrer Alpträume.

Sie starrte auf das schwarze Wasser der Themse und fragte sich, was der Tag ihr an neuen Demütigungen bringen würde. Von draußen drangen die ersten Morgengeräusche herein. Diener huschten geschäftig die Gänge entlang, und im Schloß begann ein neuer Tag – ein Tag wie alle anderen ...

Brenna fuhr herum, als sie nebenan Schritte hörte. Gut, daß sie den schweren Eichenstuhl vor die Tür geschoben hatte. Noch einmal würde Morgan Grey nicht ungefragt bei ihr eindringen.

Im nächsten Moment durchbrach ein krachendes Geräusch die Stille. Der Armstuhl kippte vornüber und polterte quer durch den Raum, dann wurde die Tür aufgestoßen.

Mit gespreizten Beinen, die Hände in die Hüften gestemmt, stand Morgan im Türrahmen. Sein Oberkörper war nackt, das dunkle Haar zerzaust, und auf seinen Wangen lag ein dunkler Schatten, da er sich noch nicht rasiert hatte.

Morgan war mit demselben Gedanken erwacht, mit dem er eingeschlafen war. Er mußte diese Frau in ihre Schranken weisen.

»Wenn Ihr Euch noch ein einziges Mal in Eurem Schlafgemach verbarrikadiert, werden wir zusammen in einem Raum schlafen, damit ich Euch im Auge behalten kann.«

Sie schob trotzig das Kinn vor und schwieg.

»Im übrigen hattet Ihr dazu keinen Grund«, fuhr er fort.

»Ich glaube doch.« Sie zwang sich, seinem Blick standzuhalten. Noch nie hatte sie einen Mann gesehen, der gerade aus dem Bett kam. Und obwohl Morgans arrogante Pose und sein herrischer Ton sie maßlos aufbrachten, fand sie sein ungepflegtes Äußeres merkwürdig anziehend. Anziehend? Wie kam sie auf einen so abwegigen Gedanken? Morgan Grey besaß nicht den geringsten Anstand. Nur ein ungehobelter Rüpel zeigte sich in so unziemlicher Weise vor einer Lady.

Er ließ den Blick an ihr hinabgleiten. Sie hatte sich hastig einen Umhang um die Schultern gelegt, und beinahe hätte er über ihre Schamhaftigkeit gelacht. Ob sie glaubte, daß ein Stück Stoff ihre Schönheit verdecken konnte? Hatte sie vergessen, daß sie gestern abend ganz anders vor ihm erschienen war? In Gedanken sah er sie noch vor sich, als durch den dünnen Stoff des Nachtgewandes jede Rundung ihres Körpers auszumachen war. Er glaubte noch jetzt, die Süße ihrer Lippen zu schmecken, die weichen Rundungen ihrer Hüften zu fühlen und den Druck ihrer festen Brüste zu spüren.

Wieder diese Gedanken, dieselben, die ihm eine schlaflose Nacht bereitet hatten.

Er riß den Blick von ihr los und sah den umgestürzten Armstuhl. Froh, etwas zu tun zu haben, richtete er das Möbelstück auf.

Brenna beobachtete fasziniert das Muskelspiel auf seinem Rücken. Als er sich umdrehte, starrte sie ihn noch immer wie gebannt an. Seine breite, muskulöse Brust war mit dunklem Haar bedeckt, das sich zum Hosenbund hin verschmälerte.

Brenna schob es auf ihre Wut, daß ihre Wangen zu glühen begannen. »Würdet Ihr jetzt bitte hinausgehen, Mylord, damit ich mit der Morgentoilette beginnen kann?«

»Und wenn ich nicht gehe?«

Sie sah ihn einen Moment lang an, kehrte ihm dann den Rükken zu, als würde er nicht existieren, und goß Wasser in die Schüssel auf dem Toilettentisch. »Wenn Ihr darauf besteht, die Rolle des Gefangenenaufsehers zu spielen – bitte sehr.«

Morgan lehnte sich gegen die Tür und sah zu, wie sie sich die Hände und das Gesicht wusch. Noch nie hatte er eine Frau gesehen, die sich so anmutig bewegte. Sie nahm ein Tuch und tupfte sich das Wasser vom Gesicht, und er stellte sich vor, daß er es wäre, der jeden einzelnen Tropfen von ihren Wangen und Lippen leckte. Schon der Gedanke an diese spielerische Zärtlichkeit erregte ihn.

Sonnenstrahlen fielen ins Zimmer und tauchten Brenna in goldenes Licht. Sie begann, ihr Haar zur Seite und über die Schulter nach vorn zu kämmen, so daß es ihr wie eine schwarze Kaskade über die Brust fiel. Morgan folgte gebannt jeder Bewegung, und er mußte an sich halten und seine ganze Willenskraft aufbringen, um ihr nicht den Kamm aus der Hand zu nehmen und selbst fortzufahren.

Es klopfte an der Tür, und eine Kammerfrau trat ein, um Brenna frische Kleidung zu bringen. Angesichts der intimen Szene senkte sie verlegen den Blick. »Verzeiht mir, Mylord«, stammelte sie, während sie sich zurückzog. »Ich komme wieder, wenn die Lady mich ruft.«

»Nein.« Als Morgan Brennas Gesichtsausdruck sah, hätte er fast laut aufgelacht. Sie wußte sehr gut, daß dies sich in Windeseile im Palast herumsprechen würde. »Bleib und hilf der Lady. Es ist Zeit, daß wir uns ankleiden.« Seine Worte gaben ihm einen teuflischen Gedanken ein. Vor den Augen der Kammerfrau durchquerte er den Raum, umfaßte Brennas Kinn und hob ihr Gesicht zu sich empor. Ihr warnender Blick ließ ihn einen winzigen Moment zögern, bevor er ihr einen Kuß auf die Lippen hauchte. »Haltet Euch nicht zu lange mit der Morgentoilette auf. Wir werden innerhalb der nächsten Stunde nach Greystone Abbey aufbrechen, damit wir rechtzeitig dort eintreffen.«

Brenna war zu überrascht, um zu antworten. Dies war das erste Mal, daß er sie mit einer Spur von Zärtlichkeit geküßt hatte. Wahrscheinlich völlig unbeabsichtigt, denn was konnte Zärtlichkeit ihm schon bedeuten? Trotzdem hatte dieser sanfte Kuß seine Wirkung. Eine prickelnde Wärme durchströmte Brennas Körper und ließ die Erinnerung an die vergangene Nacht in ihr aufsteigen. Sie zwang sich, das Gefühl zu ignorieren. Denn natürlich wußte sie, weshalb Morgan dieses kleine Schauspiel aufgeführt hatte. Er hatte seinen Spaß daran, sie vor anderen zu demütigen. Er wollte ihr und allen anderen ihre Machtlosigkeit zeigen.

Als er zur Tür ging, umklammerte sie wütend den Kamm. Es fehlte nicht viel, und sie hätte ihn ihm an den Kopf geworfen.

»Kommt. Die Pferde stehen bereit.«

Morgan trug sein gewohntes Schwarz. Doch die düstere Wirkung wurde durch ein rotes Cape gemildert, das er lässig über eine Schulter geworfen hatte.

Er bot Brenna den Arm, und als sie die Hand leicht auf seinen Ärmel legte, spürte sie darunter die Muskeln und sah ihn in Gedanken mit nacktem Oberkörper vor sich. Ein Bild, das nicht leicht zu vertreiben war. Brenna fühlte, wie ihr das Blut in die Wangen schoß.

Morgans Wachen folgten ihnen auf dem Fuß, als sie die Gänge entlanggingen und den Palast verließen. Im Hof warteten die Stallknechte mit den Pferden. Außerdem stand eine Kutsche bereit. »Die Königin hat eine ihrer Kutschen zur Verfügung gestellt«, erklärte Morgan. »Oder möchtet Ihr lieber eins ihrer rassigen Pferde reiten? Greystone Abbey liegt mehrere Reitstunden von hier entfernt.«

»Ich ziehe es vor zu reiten, Mylord. In einer Kutsche fühle ich mich zu beengt.«

Ihre Entscheidung gefiel ihm. »Mir ist die Freiheit auf dem Pferderücken ebenfalls lieber als die Enge einer Kutsche. Aber denkt nicht«, fügte er schroff hinzu, »daß Ihr in Eure Freiheit reiten werdet. Meine Leute und ich werden wachsam sein.«

Er half ihr in den Sattel, bevor er selbst aufs Pferd stieg. »Sir Oswald«, rief er dem königlichen Stallmeister zu, »richtet Ihrer Majestät unseren Dank für ihre Gastfreundschaft aus. Und bestellt ihr, daß ich morgen früh zurückkomme.«

»Warum sagt Ihr es ihr nicht selbst?«

Morgan drehte sich um und erblickte die Königin inmitten ihrer Hofdamen und Edelleute. »Ich dachte, Ihr würdet Euch noch von dem Fest ausruhen, Majestät«, sagte er lachend, »und ich wollte Euch nicht stören.«

»Mich stört, daß Ihr mich verlaßt, Morgan. Ich hatte gehofft, Ihr würdet etwas länger in Richmond Palace bleiben.«

»Ich war zu lange von zu Hause fort, Madam. Es ist Zeit, daß ich nach dem Rechten sehe.«

»Kann ich mich darauf verlassen, daß Ihr morgen wiederkommt?«

»Gewiß, Majestät. Allerdings würde ich mich glücklich schätzen, wenn Ihr mich mit Eurem Besuch beehren würdet. Vielleicht für einen Tag zur Jagd?«

Elizabeths Augen leuchteten auf. »Ihr seid und Ihr bleibt ein Schuft, Morgan. Wie gut Ihr meine Schwächen kennt! Nichts täte ich lieber, als einen Tag in den Wäldern von Greystone Abbey zu jagen.«

Morgan lächelte ihr zu. »Wann immer Ihr wollt, Madam.«

Die Königin wandte sich an Brenna, deren Pferd von zwei Wachen gehalten wurde. »Gott sei mit Euch, Brenna MacAlpin. Möge Euer Schicksal bald entschieden sein.«

Brenna neigte den Kopf. »Ich danke Euch, Majestät.«

Lord Windham drängte sich durch die Menge, bis er vor Brennas Pferd stand. »Schade, daß Ihr abreisen müßt, nachdem wir uns gerade erst kennengelernt haben. Natürlich . . .«, setzte er laut genug hinzu, daß Morgan es hören konnte, »könnte ich es einrichten, die Königin auf dem Jagdausflug zu begleiten.« Ein spöttisches Lächeln umspielte seine Lippen. »Dann könnten wir fortsetzen, was letzte Nacht so rüde unterbrochen wurde.«

Ohne ihn eines Blickes zu würdigen, straffte Brenna die Zügel und drückte ihrem Pferd die Hacken in die Flanken. Während sie langsam auf das Tor zuritt, fing sie Morgans finsteren Blick auf.

Der kleine Trupp setzte sich in Bewegung, und die Königin und ihr Gefolge riefen und winkten, bis er verschwunden war.

Morgan ritt neben Brenna her und betrachtete sie von der Seite. Der Wind spielte in ihrem Haar. In dem flirrenden Sonnenlicht erschien sie ihm fast noch schöner als im schmeichelnden Schein der Kerzen. »Nun, Mylady, woran denkt Ihr?« fragte er in spöttischem Ton. «Brütet Ihr bereits neue Fluchtpläne aus?«

Sie warf ihm einen kurzen Blick zu. Es lag auf der Hand, daß er sie provozieren wollte und Streit suchte. Aber sie gönnte ihm nicht die Genugtuung und ignorierte die Herausforderung. »Erzählt mir von Greystone Abbey, Mylord«, sagte sie ruhig.

Er sah sie überrascht an, unsicher, was sie mit ihrer Frage bezweckte. Sie wirkte auf einmal so sanft und friedfertig. Hatte sie sich in ihr Schicksal ergeben? Nach kurzem Zögern begann er zu erzählen. »Meine Familie lebt dort seit Generationen. Elizabeths Vater, König Heinrich, erbaute seinen Palast in der Nähe, so daß er sich mit meinem Vater treffen konnte, wann immer er seinen Rat brauchte.«

Brenna bemerkte das Leuchten in seinen Augen, als er von seinem Zuhause sprach. Sie unterdrückte ihren jäh hervorbrechenden Schmerz und blieb ruhig. Wenn sie das Gespräch fortsetzten, würde er ihr vielleicht nachfühlen können, wieviel ihr ihr Zuhause in Schottland bedeutete. »Und nun hat Elizabeth Euch in der Nähe, für den Fall, daß sie Euren Rat oder . . . Trost braucht«, hörte sie sich sagen.

»Richtig.« Seine Stimme klang belustigt. »Stört Euch das, Mylady?«

Brenna wußte nicht, warum, aber sie fühlte sich ertappt. »Mich stören? Was geht es mich an, wen die Königin von England als ihren Ratgeber erwählt? Oder als ihren Geliebten?«

Oh, die Wortgefechte mit ihr machten Spaß. Morgan konnte sich das Lachen kaum noch verkneifen. »Ja, in der Tat, was geht es Euch an?« wiederholte er mit todernster Miene. Es schien unglaublich, und dennoch hatte er den Eindruck, daß Brenna MacAlpin eifersüchtig war . . .

Auf der Kuppe eines Hügels zügelte Morgan sein Pferd. »Dort, Mylady.« Er zeigte in die Ferne. »Auf dem Hügel dort hinten liegt Greystone Abbey.«

Brenna blickte über die grüne Hügellandschaft und sah ein von hohen Bäumen umgebenes, aus grauem Stein erbautes Schloß. Auf den Zinnen wehte Morgan Greys Standarte – ein Zeichen, daß er erwartet wurde.

Sie ritten weiter und erreichten ein verschlafenes kleines Dorf. Die Dorfbewohner kamen aus ihren Häusern und begrüßten ihren Herrn mit ehrfurchtsvollem Respekt. Brenna musterte die Gesichter und war mehr als überrascht. Sie hatte gehört, daß die englische Königin in Saus und Braus lebte, während ihre Untertanen hungerten. Doch diese Leute sahen zufrieden und gut genährt aus. Noch mehr erstaunte es Brenna, wie sehr sie den Herrn von Greystone Abbey zu verehren schienen.

Sie ließen das Dorf hinter sich und gelangten über eine breite Allee zum Schloß. Diener eilten herbei und halfen Morgan und seinen Männern aus dem Sattel. Morgan hob Brenna vom Pferd. Heiß durchzuckte es sie bei der Berührung, und sie zwang sich, das Gefühl zu ignorieren.

»Willkommen, Mylord. Es ist schön, daß Ihr wieder daheim seid.«

»Habt Dank, Mistress Leems.« Morgan lächelte der drallen Frau zu, die im Eingang stand und sich die Hände an ihrer Schürze abwischte. »Weiß Richard, daß wir angekommen sind?«

»Ja, Mylord. Seit der Bote die gute Nachricht überbracht hat, hat er ständig nach Euch Ausschau gehalten. Er sitzt schon seit Sonnenaufgang am Fenster.«

Morgan nahm Brennas Arm und führte sie zum Haus. »Mistress Leems, dies ist Brenna MacAlpin, sie wird eine Zeitlang unser . . . Gast sein.«

Die Haushälterin verneigte sich. »Willkommen, Mylady.«

»Habt Dank, Mistress Leems.«

Bevor die Frauen weitere Höflichkeiten austauschen konnten, schob Morgan Brenna ins Haus. Seine Ungeduld war ihm anzusehen. Sie gingen einen langen Flur entlang, bis Morgan vor einer Eichentür stehenblieb und sie öffnete. Ein Mann saß in einem Stuhl am Fenster und drehte sich um, als sie eintraten.

»Morgan!« rief er, und seine dunklen Augen strahlten. »Diesmal warst du zu lange fort.«

»Ja, das ist wahr.« Morgan durchquerte rasch den Raum und umarmte den Mann mit dem graugesträhnten Haar. »Ich war viel länger fort, als ich beabsichtigt hatte. Es ist gut, wieder daheim zu sein.«

»Haben diese schottischen Barbaren dich in einen Kampf verwickelt? Oder konntest du ihren Weibsbildern nicht widerstehen? Einen anderen Grund für dein langes Fernbleiben kann ich mir nicht vorstellen.«

»Hüte deine Zunge! Wir haben eine Lady zu Gast.«

Der Mann sah zur Tür und erblickte Brenna. »Bei allen Heiligen! Erzähl mir nicht, daß du dir eine Braut mitgebracht hast.«

»Du solltest mich besser kennen, Richard. Sie ist die Schottin, die Elizabeth mit einem Engländer verheiraten will.«

»Und warum ist sie hier?«

Morgan berichtete, und der andere Mann brach in schallendes Lachen aus. »Du für sie verantwortlich? Soll das heißen, daß sie deine Gefangene ist?« Er drehte den Kopf zu Brenna. »Komm näher, Mädchen, hierher ans Fenster, damit ich dich bei Licht betrachten kann.«

Brenna warf ärgerlich den Kopf zurück. Was bildete dieser ungeschliffene Kerl sich ein, der sich nicht einmal von seinem Stuhl erhob, um sie zu begrüßen? Wer war er, daß er sich solche Manieren herausnahm?

»Brenna MacAlpin«, sagte Morgan in ungewohnt sanftem Ton, »ich möchte Euch meinen Bruder vorstellen, Lord Richard Grey.«

Sein Bruder? Ja, jetzt sah sie die Ähnlichkeit. Sie hatten die gleichen dunklen Augen und das gleiche leichte Lächeln. Brenna trat näher, und Richard Grey ergriff ihre ausgestreckte Hand. Als er sie zum Handkuß an die Lippen führte, fiel Brennas Blick auf die Felldecke auf seinen Knien. Sie war zur Seite gerutscht und enthüllte seine verkrüppelten Beine.

Brenna bedauerte ihr vorschnelles Urteil. Dieser gutaussehende Mann konnte sich nicht zu ihrer Begrüßung erheben, weil er an den Stuhl gefesselt war.

»Mylord.«

»Richard«, verbesserte Morgans Bruder. »Ich halte nichts von Förmlichkeiten.« Er betrachtete Brenna wohlwollend. »Ihr seid ein hübsches Ding. Und Ihr wollt heiraten, höre ich?«

»Von ›wollen‹ kann keine Rede sein«, gab sie zurück. »Ich soll mich für den Frieden opfern.«

»Oh.« Seine Augen lachten. »Das Leben ist unfair, nicht wahr, Mylady? Ihr müßt Eure Freiheit aufgeben und ich . . .« Er zog die Decke wieder über seinen Schoß. »Alles, was ich zu bieten hatte, waren meine Beine.«

»Wie . . . wie ist es passiert, Mylord?«

»Ein Wagen hat sie zerschmettert, als ich verwundet auf dem Schlachtfeld von Norwich lag. Aber dafür, daß wir einen Aufstand niedergeschlagen haben, war das ein geringer Preis.«

»Ein geringer Preis? Seid Ihr gar nicht verbittert?«

»O doch. Manchmal könnte ich wahnsinnig werden, wenn ich über mein Schicksal nachdenke. Dann kommt mir alles so ungerecht vor. Aber ich habe gelernt, daß Bitterkeit Gift für die Seele ist. Man muß die Wunden heilen lassen, statt sie stets von neuem aufzureißen.« Richard lachte trocken. »Ich habe versucht, meinem Bruder etwas von meiner Weisheit zu vermitteln. Ohne Erfolg allerdings.«

Er fing Morgans Blick auf und wechselte schnell das Thema. »Mistress Leems scheucht seit heute früh die Küchenmägde herum, um dein Begrüßungsmahl vorzubereiten. Alle sind froh, daß du wieder in Greystone Abbey bist.«

»Und ich am allermeisten. Es tut gut, wieder an diesem friedlichen Ort zu sein. Jedesmal, wenn ich fort bin, vermisse ich ihn.«

»Ja. An das Gefühl kann ich mich noch gut erinnern.«

Für einen Moment fielen die Männer in Schweigen. Dann legte Morgan seinem Bruder die Hand auf die Schulter. »Wir unterhalten uns später. Zuerst muß ich mich um unseren Gast kümmern.«

Als Brenna Morgan zur Tür folgte, fing sie Richards warmes Lächeln auf. »Bleibt nicht zu lange fort, Lady Brenna. Es ist eine Ewigkeit her, daß Greystone Abbey sich einer solchen Schönheit rühmen konnte.«

Brenna lächelte ihm zu, bevor sie hinter Morgan den Raum verließ.

»Ist Richard sehr viel älter als Ihr, Mylord?« frage sie, als sie neben ihm die Treppe hinaufging.

»Er ist ein Jahr jünger.«

»Jünger? Aber er hat schon graue Haare.«

»Richard hat ohne sich zu schonen gelebt. Gott sei Dank. Denn jetzt besteht seine Welt nur noch aus seinem Gemach und dem Ausblick aus dem Fenster.«

Brenna wurde nachdenklich. War es dies, was Morgan Grey

so trieb und ihm seinen zweifelhaften Ruf verschaffte? Die Angst, daß es von einem Moment zum anderen zu Ende sein könnte?

»Ich hoffe, daß Ihr Euch hier wohl fühlen werdet«, sagte er, als er ihr die Gästegemächer im zweiten Geschoß zeigte.

Sie sah sich in den reichmöblierten Räumen um und blickte aus dem geöffneten Fenster. Auf den lieblichen grünen Hügeln grasten Schafe und Kühe. Überall Zeichen von Morgans Reichtum. Trotzdem schien er davon unberührt zu sein. Die Leute im Dorf hatten ihn eher als einen Freund denn als Herrn begrüßt.

Brenna ging in den Schlafraum hinüber, wo eine Dienerin das Bett herrichtete. »Ihr habt alles zu meiner Bequemlichkeit getan, Mylord«, sagte sie, »bestimmt werde ich mich hier wohl fühlen.« Sie trat an das Erkerfenster, und als sie unten die Wachen erblickte, bemerkte Morgan ihren enttäuschten Gesichtsausdruck.

»Falls Ihr noch immer Fluchtgedanken haben solltet, Mylady, seid gewarnt!« Er stieß die Tür zum Nebenraum auf, und sie sah sein rotes Cape auf dem Bett liegen. »Meine Räume liegen neben Euren. Und die Türen haben weder Schloß noch Riegel.«

Eine Dienstmagd blieb in der Tür stehen und wartete darauf, hereingerufen zu werden. Sie trug einen Krug Wasser und Leinentücher über dem Arm.

»Macht Euch frisch«, sagte Morgan dann. »Mistress Leems wird bald zur Mittagsmahlzeit rufen.«

Brenna saß vor dem Spiegel, während die junge Dienstmagd ihr Haar richtete und elfenbeinweiße Seidenbänder in ihre Locken flocht. Das enge Mieder des lavendelfarbenen Gewands betonte ihre hohen, festen Brüste. Die mit Rosen und Perlen bestickten Ärmel bauschten sich weit von der Schulter zum Ellenbogen und verliefen dann eng bis zum Handgelenk. Von der schmalen Taille fiel der Rock weit hinab, und unter dem bestickten Saum schauten die Spitzen zierlicher Schuhe hervor.

»Ihr seht wunderschön aus, Mylady.« Die Dienerin trat zurück, um ihr Werk zu begutachten.

»Danke, Rosamunde. Wie lange dienst du bereits Lord Grey?«

Die junge Frau lächelte scheu. »Ich bin schon als Kind in seinen Dienst getreten. Mit neun Jahren – im selben Alter, in dem meine Mutter im Palast als Küchenmagd begann.«

»Ist es nicht ungewöhnlich für das Kind einer Küchenmagd, in einem so feinen Haus wie diesem Zofe zu werden?«

»Ja. Als junges Mädchen hat meine Mutter der Prinzessin Elizabeth einen großen Dienst erwiesen. Dafür hat die Königin sich später erkenntlich gezeigt.«

»Was für einen Dienst?«

»Sie brachte der Prinzessin Essen und eine warme Decke, als sie im Tower eingesperrt war. Und Lord Grey hat die Sachen besorgt.«

»Im Tower? Die Königin saß in ihrem eigenen Land im Gefängnis?« Brenna wurde sich bewußt, wie wenig sie über das Leben der englischen Herrscherin wußte.

»Ihre Halbschwester Mary ließ sie in den Tower werfen, da sie sie eines Komplotts verdächtigte. Zwei Monate war die junge Prinzessin in dem schrecklichen Verlies eingesperrt, bis die Königin sich überzeugen ließ, daß ihr Verdacht unbegründet war.«

»Eure Mutter hat ihr Leben für die Prinzessin riskiert, nicht wahr?«

»Ja, und Lord Grey hat sie gewarnt, daß man sie hängen würde, wenn man dahinterkäme. Aber sie hätte alles getan, um der Prinzessin Qualen zu ersparen. Als Elizabeth den Thron bestieg, machte sie meine Mutter zur Kammerzofe.«

Brenna versuchte, sich die stolze, herrische Königin von England als Gefangene im Tower von London vorzustellen. Ein furchterregender Gedanke, der einen anderen Gedanken nach sich zog. Zweifellos erinnerte sich die Königin an das schreckliche Gefühl von Hilflosigkeit, und vielleicht hatte sie Sympathie für jemanden, der ein ähnliches Schicksal erlitt. Brenna faßte Hoffnung. Könnte es sein, daß sie in der Königin eine Verbündete hatte?

»Habe ich etwas vergessen, Mylady?« fragte Rosamunde, als sie Brennas veränderten Ausdruck sah. »Was kann ich noch für Euch tun?«

Brenna lächelte ihr zu. »Nichts, als meinen Dank annehmen,

Rosamunde. Es scheint, als hättet Ihr die Selbstlosigkeit und den großmütigen Geist Eurer Mutter geerbt.«

»Danke, Mylady. Mylord Grey läßt Euch ausrichten, daß er und sein Bruder unten auf Euch warten.«

Brenna warf einen letzten Blick in den Spiegel und stand auf. Einen Moment lang zögerte sie. »Arbeitest du gern für Lord Grey?« fragte sie dann.

»O ja, Mylady. Er ist ein freundlicher und großzügiger Herr. Und die Leute im Dorf behandelt er gerecht.«

Mit nachdenklicher Miene verließ Brenna ihr Gemach und ging die Treppe hinab. Obwohl sie keinen Laut hörte, wußte sie, daß die Wachen ihr folgten.

11. KAPITEL

Brenna ging dem Stimmengemurmel nach und blieb vor einem Raum stehen, in dem so viele Bücher standen, daß man die Wände nicht mehr sehen konnte. Ein mit Folianten beladener Tisch beherrschte den Raum. Vor dem flackernden Kaminfeuer saßen die beiden Männer und unterhielten sich leise.

»Norfolk strebt nach dem Thron und außer ihm die schottische Königin.«

»Und wen von beiden hast du im Verdacht?«

»Norfolk. Er hat an den höchsten Stellen seine Freunde.«

»Du glaubst also wirklich an eine Verschwörung?«

Morgan stieß einen Seufzer aus. »Ich bin mir nicht sicher. Aber ich glaube nicht an Zufälle.«

Beide Männer blickten gleichzeitig auf und sahen Brenna an der Tür stehen. »Kommt herein, Mylady«, rief Richard.

»Ich möchte Euch nicht stören.«

»Unsinn. Kommt herein und trinkt Wein mit uns.«

»Gern, Mylord.« Richards Freundlichkeit tat Brenna wohl. Welch ein Unterschied zu Morgans schroffer, unzugänglicher Art.

Richard reichte ihr einen gefüllten Kelch. »Hat die Königin schon einen Tag für die Verlobung festgesetzt?« fragte er.

»Nein. Sie will warten, bis ein Edelmann um meine Hand anhält. Natürlich will sie mich so schnell wie möglich verheiraten, damit die Sache erledigt ist. Sie will mich loswerden, genau wie Euer Bruder.«

Richard warf Morgan einen Blick zu. »So, so, er will Euch loswerden. Nun, ich bin sicher, daß es an Bewerbern nicht mangeln wird.«

»Ich hoffe, Ihr irrt Euch, Richard. Denn ich lege keinen Wert darauf, die Frau eines Engländers zu werden.«

Er lachte. »Wäre das wirklich so schlimm?«

»Ja!«

Er lachte noch lauter, als hätte sie einen köstlichen Witz gemacht.

Die Haushälterin erschien an der Tür. »Die Mahlzeit ist bereitet, Mylords.«

»Danke, Mistress Leems.« Morgan stellte seinen Krug ab und schob den Stuhl seines Bruders nach vorn. Der Stuhl rollte.

»Ein Stuhl auf Rädern!« staunte Brenna. »Was für eine wunderbare Erfindung.«

»Sie stammt von Morgan. Er hatte die Idee, und ein Wagenmacher hat sie ausgeführt. Ohne dieses Wunderding wäre ich an mein Zimmer gefesselt.«

»Es sei denn, ich würde dich auf dem Rücken tragen, kleiner Bruder.« Brenna stimmte in das Lachen der Brüder ein, als sie zum Speiseraum hinübergingen.

Dort war die Stimmung genauso entspannt und fröhlich. Mistress Leems war in ihrem Element, die Dienerinnen begrüßten Morgan und hießen ihn willkommen, und er hatte für alle ein freundliches Wort. Wieder war Brenna überrascht, wie beliebt er war.

Wie in den anderen Räumen des Schlosses waren auch hier die Wände mit dunklem Holz vertäfelt. Im Kamin brannten dicke Holzscheite. Die Dienerinnen trugen Platten mit gebratenem Hammel und Geflügel auf. Krüge mit Ale und Wein standen auf der Tafel.

Als Brenna Platz genommen hatte, bedienten sich auch Morgan und Richard. Was ihren Appetit anging, standen sie sich in nichts nach. Sie aßen mit Hingabe und verschwendeten keine Zeit auf eine Unterhaltung.

»Ich habe Eure Kochkunst vermißt, Mistress Leems«, rief Morgan, nachdem er den letzten Bissen mit einem Schluck Ale hinuntergespült hatte. »Jetzt bin ich wirklich wieder zu Hause.«

Die Haushälterin strahlte vor Stolz und wies die Dienerinnen an, die Platten abzuräumen und die Krüge nachzufüllen. Brenna stocherte in ihrem Essen.

»Schmeckt es Euch nicht, Mylady?« fragte Richard besorgt.

»Die Lady hat keinen Appetit.« Morgan stürzte sein Ale hinunter. »Wer Mistress Leems' Küche verschmäht, muß krank sein. Seid Ihr unwohl, Mylady?«

»Nein. Wie Euer Bruder schon sagte, habe ich keinen Appetit.« Nicht auf englische Speisen und erst recht nicht auf englische Manieren, fügte sie in Gedanken hinzu.

Richard lächelte ihr zu. »Vielleicht sind Euch unsere Speisen fremd? Sagt Mistress Leems, was sie heute abend für Euch zubereiten soll. Eine tapfere Kriegerin wie Ihr muß essen, wenn sie bei Kräften bleiben will.« Er grinste. »Wie wollt Ihr Euch sonst gegen englische Barbaren verteidigen, die Euch über die schottische Heide nachjagen?«

Brenna blickte überrascht auf und sah, wie es um Morgans Mundwinkel zuckte. Offensichtlich hatte er seinen Bruder in alles eingeweiht, und Richards ironischer Spott schien ihn nicht zu stören.

»Es muß ziemlich verwirrend sein, einer Frau im Kampf gegenüberzustehen«, fuhr Richard fort.

»Ja«, pflichtete Morgan ihm augenzwinkernd bei. »Man weiß nicht, ob man sie mit Gewalt oder mit ... anderen Mitteln entwaffnen soll ...«

Brenna errötete, als sie an das Handgemenge mit Morgan dachte. Sie wechselte schnell das Thema und stellte eine Frage, die sie schon lange beschäftigte. »Wie kommt es, Richard, daß Morgan und Ihr Soldaten geworden seid? Ist solch eine Wahl für Männer von Adel und Wohlstand nicht ungewöhnlich?«

»Das ist richtig. Aber Morgan und ich schlossen als junge Männer einen Pakt«, erklärte Richard. Er genoß die Unterhaltung mit dieser bezaubernden jungen Frau. Im Gegensatz zu den Frauen am Hof schien sie sich ernsthaft für die Menschen um sich her zu interessieren. Sie war nicht nur atemberaubend schön, sondern auch klug – eine seltene Kombination. »Wir sind seit unserer Jugend mit Elizabeth befreundet, und als sie den Thron bestieg, stellten wir uns in ihren Dienst.«

»Aber warum als Soldaten?«

»Weil wir das Abenteuer dem faden Leben am Hof vorzogen, wo es keine aufregenderen Herausforderungen für Männer gibt als gelegentliche Wetten über einen mutmaßlichen Heiratskandidaten für die Königin.«

»Gibt es denn so viele Anwärter?«

Richard lachte. »Soll ich sie Euch alle aufzählen? Die Liste der Bewerber ist ellenlang, angefangen bei den Königen von Spanien und Schweden bis hin zu etlichen englischen Adligen. Immerhin herrscht Elizabeth über das mächtigste Königreich der Welt.«

»Warum hat sie noch nicht geheiratet, wenn so viele Männer um sie werben?«

»Weil sie selbst über ihr Geschick entscheiden will. Elizabeth will keinen Mann, den sie nicht liebt. Obwohl ihre Berater sie ständig bedrängen.«

»Wie gut ich sie verstehe«, seufzte Brenna. Wieder keimte Hoffnung in ihr auf, daß sie in der Königin eine verständnisvolle Gleichgesinnte hatte.

Es klopfte an der Tür, und Rosamunde trat ein, gefolgt von zwei jungen Dienerinnen. »Mylady«, sagte sie herzlich und nahm den Mädchen die Kleider ab, die sie über den Armen trugen. »Dies sind die Gewänder, die Mistress Leems auf Lord Greys Wunsch hin beschafft hat. Ihr müßt damit vorliebnehmen, bis unsere Näherin etwas Besseres für Euch angefertigt hat.«

Brenna lächelte Richard dankbar zu. »Habt Dank für Eure Freundlichkeit, Mylord.«

»Ihr dankt dem falschen Lord Grey. Es war mein Bruder, der sich Gedanken über Eure Garderobe gemacht hat.«

Brenna errötete und wandte sich Morgan zu. »Danke, Mylord.«

Ein Lächeln flackerte in Morgans Augen auf, aber seine Miene blieb unbewegt. »Keine Ursache, Mylady.«

Brenna stand am Fenster und blickte zu den fernen nebelverhangenen Hügeln. Viele Tagesritte entfernt lag die schottische Grenze. Ob es möglich war, unbemerkt von den Wachen im Schutz der Dunkelheit zu fliehen? Und was wäre dann? Würde sich ein mitfühlender Bauer finden, der sie vor ihren Verfolgern versteckte? Eine unsinnige Hoffnung. Sicher würde die Königin einen Preis auf ihren Kopf aussetzen, und niemand wäre so dumm, sich aus Mitgefühl einen Batzen Gold entgehen zu lassen.

»Schon wieder Fluchtgedanken, Mylady?«

Sie fuhr herum und sah Morgan an der Tür stehen. Das Blut schoß ihr in den Kopf. Konnte der Mann ihre Gedanken lesen?

Er schnallte sich sein Schwert um, und jetzt sah Brenna, daß er seine Reitkleidung trug. »Schmiedet Pläne, soviel Ihr wollt. Ein Fluchtversuch, und Ihr werdet Eure Strafe bekommen. Meine Männer haben ihre Anweisungen.«

Sie stürmte hinter ihm her, als er hinausging. »Lieber sterbe ich von einem englischen Schwert, als daß ich mich einem englischen Hund beuge!« zischte sie verächtlich.

Er drehte sich um und packte sie grob am Arm. »Kein Wort mehr, Frau! Wenn ich nur Eure Stimme höre, packt mich der Zorn.«

»Und mich bei Eurem Anblick, Mylord Grey!« schoß sie zurück. »Laßt mich frei! Das ist die einzige Lösung!«

Morgan drückte sie gegen die harte Täfelung. Diese Frau machte ihn rasend. »Anscheinend gibt es nur einen Weg, Euch zum Schweigen zu bringen.« Ohne zu überlegen, senkte er den Kopf und küßte sie brutal. Bei der Berührung ihrer Lippen durchschoß ihn ein lodernder Blitz. Ein Blitz, der ihn zu versengen drohte.

Er hatte nicht nachgedacht. Er hätte sie nicht berühren dürfen. Aber jetzt war es für Überlegungen zu spät.

Wie betäubt spürte Brenna dem erregenden Gefühl nach, das plötzlich ihre Wut verdrängte. Der eiserne Griff an ihrer Schulter lockerte sich und wurde zu einer liebkosenden Berührung. Auch der Kuß war plötzlich sanft und weich.

Es war dunkel im Gang des Schlosses. Aber selbst in der schwärzesten Nacht hätte Brenna diese Lippen, diese Berührung erkannt. Seit Morgans erstem Kuß hatten sich ihr die Form seines Mundes, der Duft seiner Haut, die Berührungen seiner Hände tief eingeprägt. Mit geschlossenen Augen würde sie ihn überall erkennen.

Morgan war überrascht, wie weich sie in seinen Armen wurde und wie selbstvergessen sie sich seinem Kuß hingab. Er spürte, daß sie sich zwang, ihr Begehren zurückzudrängen. Und er fühlte die Leidenschaft, die hinter ihrer Unschuld verborgen war.

Wie sehr drängte es ihn, ihr Verlangen zu steigern, bis ihre Selbstbeherrschung in sich zusammenfiel und sie sich ihm willig ergab. Er wollte sie. Keine Lüge und kein Leugnen konnte diese simple Tatsache ändern. Er begehrte diese Frau, wie er noch nie eine Frau begehrt hatte.

Er ließ die Hand sinken und trat einen Schritt zurück.

Brenna holte tief Luft. Hatte er es gespürt? Empfand er dasselbe wie sie, wenn sie sich küßten? Oder war nur sie von dem, was zwischen ihnen geschah, so maßlos verwirrt und beunruhigt?

Sie sah ihn an, aber seine unbewegte Miene verriet nicht, was er fühlte oder dachte.

»Ich bin heute abend zurück«, sagte er schroff. »Und ich rate Euch, nicht auf dumme Gedanken zu kommen.«

»Habt Ihr nicht Lust, mich in den Garten zu begleiten, Mylady?« Richard hatte Mitleid mit Brenna, die sich die meiste Zeit in ihrem Zimmer verkroch, seit sein Bruder täglich zum Palast nach Richmond ritt.

Richard hatte auch eine merkwürdige Spannung zwischen den beiden bemerkt. Irgend etwas war zwischen den beiden. Sieger und Gefangene? Es mußte mehr als das sein ...

Brenna lächelte zum erstenmal seit Tagen. »Ich begleite Euch gern, Mylord.« Sie durchquerte an Richards Seite die Halle nach draußen, während ein Diener seinen Stuhl schob.

Der Garten hatte genau wie das Haus den Charme vergangener Zeiten. Zwischen einst gepflegten und jetzt wild wuchernden Zierhecken lagen vernachlässigte Rosenbeete.

Brenna blieb auf dem moosbewachsenen Steinweg stehen und sog den Duft einer Rosenblüte ein. »Eure Rosen brauchen Pflege, Mylord.«

»Ja. Wie alles andere auf Greystone Abbey.« Richard bedeutete dem Diener, sie allein zu lassen. Er pflückte eine Rose und hob sie ans Gesicht. »Der Garten war die große Leidenschaft unserer Mutter. Er konnte sich mit den Rosengärten der Königin messen. Aber seit ihrem Tod kümmert sich niemand mehr darum.«

»Ein Jammer. Dieser Garten könnte so schön sein.«

»Wenn ich könnte, würde ich ihn pflegen. Aber . . .« Richard brach ab und blickte zum Haus. »Auch das Schloß ist vernachlässigt. Es braucht eben die Hand einer Frau.« Er wurde nachdenklich. »Vielleicht brauchen wir sie alle.«

»Erzählt mir von Eurer Mutter, Mylord.«

»Sie war die Tochter eines schottischen Adligen.« Richard lachte über Brennas ungläubige Miene. »Das überrascht Euch, nicht wahr?«

»Es überrascht mich sehr.« Brennas Züge belebten sich. »Wie kam es, daß Euer Vater eine Ausländerin zur Frau nahm?«

Richard schmunzelte. »Wir Greys haben nie auf Tradition gehalten. Mein Vater verliebte sich in ein schottisches Mädchen, als er für König Heinrich auf einer Mission in Schottland war. Er hielt um die Hand seiner Angebeteten an, und nachdem die Familie des Mädchens abgelehnt hatte, erreichte er mit anderen Mitteln sein Ziel.«

»Mit Gewalt vermutlich«, bemerkte Brenna bitter.

»Gewalt war nicht nötig, sondern Überzeugungskraft.« Richard erzählte mit sichtlichem Vergnügen, wie sein Vater nachts ins Zimmer der schönen Schottin geklettert war, um sie für sich zu gewinnen. »Sie entbrannte in Liebe zu ihm, und am nächsten Morgen war es geschehen. Ihr Vater konnte nicht anders, als in die Heirat einwilligen. Kein Schotte hätte eine Frau geheiratet, die ihr Bett bereits mit einem Engländer geteilt hatte.«

Brenna sah Richard mit großen Augen an. »Und Eure Mutter hat nie ihren hastigen Entschluß bereut?«

»Bereut? Nein, Mädchen. Es gab kein glücklicheres Paar als meine Eltern. Sie haben sich innig geliebt, bis der Tod sie trennte.«

Brenna wurde nachdenklich. Sie mußte an ihre Schwester Meredith denken, die ihr Herz einem Barbaren aus dem Hochland geschenkt hatte. Wie entsetzt war sie damals gewesen! Aber es ließ sich nicht leugnen, daß Meredith und Brice Campbell sich bedingungslos liebten. Unwillkürlich wanderten ihre

Gedanken zu Morgan Grey. Und sie ertappte sich dabei, daß sie sich auf seine Rückkehr freute.

Nein, unmöglich. Sie freute sich nur auf die abendlichen scharfen Wortgefechte und kostete schon jetzt den Triumph aus, Morgan wie so oft einen schmerzlichen Hieb zu versetzen. Er hatte es verdient.

Brenna strich über die altrosa Seide des perlenbestickten Abendgewands. »Es ist wunderschön, Rosamunde. Wie vollbringt Ihr nur das Wunder, mich fast jeden Tag mit einem neuen Kleid zu überraschen?«

Die junge Frau lachte vergnügt. »Hinter dem Wunder steckt Mylord Grey, Mylady.«

»Welcher Lord Grey? Richard oder Morgan?«

»Lord Morgan Grey, Mylady. Er hat die Näherinnen angewiesen, all Euren Wünschen nachzukommen. Und da Ihr viel zu sehr eine Lady seid, um je um etwas zu bitten, tue ich es an Eurer Stelle.«

Brenna wunderte sich über Morgans Großzügigkeit. Und aus einem unerklärlichen Grund freute sie sich darüber. »Ich brauche nicht so viele kostbare Kleider. Ein schlichtes Gewand für den Tag genügt.«

»Mylady, Ihr verwendet viel zuviel Zeit auf den Haushalt und denkt nicht genug an Euch selbst. Eine so vornehme Lady wie Ihr braucht sich nicht um Küchenangelegenheiten und Hausarbeiten zu kümmern. Bald werdet Ihr die Frau eines reichen Edelmannes sein. Da solltet Ihr lieber an feine Kleider als an die Verschönerung von Greystone Abbey denken.«

Rosamundes Worte versetzten Brenna einen Stich, aber sie verscheuchte schnell den schmerzlichen Gedanken. Rosamunde hatte recht. Was ging sie dieses vernachlässigte alte Anwesen an? Was kümmerten sie seine Bewohner? Waren sie nicht schließlich und endlich verhaßte Engländer?

»Ich habe bemerkt, daß Mistress Leems all die Arbeiten nicht allein schafft. Mir scheint, daß sie über meine Hilfe sehr froh ist.«

»O ja. Das hat sie schon überall erzählt. Sie meint, daß sie ohne Euch gar nicht mehr auskommt.«

Brenna tat, als hätte sie das Lob nicht gehört. »Ich bin nur froh, daß ich etwas zu tun habe. So vergeht die Zeit schneller.« Sie stand auf, nachdem Rosamunde das letzte Seidenband in ihr Haar geflochten und das Mieder ihres Kleides geschlossen hatte. »Danke, Rosamunde. Wenn Ihr bei mir seid, muß ich immer an meine Kinderfrau Morna denken. Sie ist jetzt alt und schon etwas gebrechlich, aber noch immer umgibt sie mich mit derselben Fürsorge wie früher. Morna ist ein Schatz, genau wie Ihr.«

Die junge Dienerin war einen Moment lang überwältigt. Noch nie hatte jemand ihr für ihre Dienste gedankt. Für die Adligen war es selbstverständlich, bedient und umsorgt zu werden. »Danke, Mylady«, murmelte sie gerührt. »Ich ... ich bin auch Eure Freundin, wenn Ihr meine Freundschaft annehmen wollt ...«

»Dafür bin ich Euch dankbar, Rosamunde. Eine Freundin kann ich brauchen.«

Beide Frauen blickten auf, als sie von draußen Schritte hörten. Rosamunde öffnete die Tür und stieß beinahe mit Morgan zusammen. Er blieb im Eingang stehen und heftete den Blick auf die Erscheinung in dem Seidengewand. »Mir scheint, daß die Näherinnen aus dem Dorf ihren Lohn wert sind.«

Brenna wußte, daß seine Worte ein Kompliment sein sollten, und das Blut schoß ihr in die Wangen. Sie durchquerte den Raum und ergriff Morgans ausgestreckte Hand. »Ihr seid zu großzügig, Mylord. Ich brauche diese feinen Kleider nicht.«

»Da Ihr durch meine Schuld keine Kleider besitzt, bin ich für Eure Garderobe verantwortlich. Es ist das mindeste, was ich tun kann, nicht wahr?«

Sie blickte ihn überrascht von der Seite an, als er sie die Treppe hinabführte. »Mistress Leems kann sich vor Lob über Eure Tüchtigkeit im Haushalt nicht fassen.«

Auf dem Weg zum Speiseraum fiel Morgan auf, wie hell die Steinböden der Flure glänzten. Auch die rußgeschwärzten Paneele des Speiseraums waren gescheuert und die stumpfen und zerkratzten Holztische frisch poliert. Aus dem gereinigten Kamin quoll kein beißender Rauch mehr in den Raum.

Es schien Morgan, als wäre Greystone Abbey aus einem tiefen Schlaf erwacht. Er hatte respektvolle und bewundernde Bemerkungen über die Lady aus Schottland fallen hören. Offenbar führte sie ein strenges Regiment, doch sie ordnete nichts an, was sie nicht auch selbst getan hätte. Brenna hatte überall tatkräftig mitgearbeitet.

»Habt Ihr Euren Haushalt in Schottland genauso gewissenhaft betreut, Mylady?«

»Ja.« Der Gedanke an ihr Zuhause schmerzte. »Meine Schwestern verabscheuten Frauenarbeit und übten sich lieber mit Vaters Männern im Waffenhandwerk.«

»Ihr habt bewiesen, daß Ihr auch mit einem Dolch umgehen könnt, Mylady.«

Brenna verzog keine Miene. »Ja. Und hätte ich einen Degen, dann könnte ich Euch beweisen, daß ich so manchem Eurer Soldaten überlegen wäre. Außer Brotbacken, Sticken und Nähen habe ich auch das Fechten gelernt. All das gehörte zu unserer Erziehung.«

»Hör dir das an, Bruder. Eine seltene Kombination.« Richard saß schon am Tisch und lächelte Brenna zu. »Wenn sich das herumspricht, werden Eure Heiratschancen sprunghaft wachsen.«

Brenna senkte errötend den Kopf und sah Morgans ärgerlichen Ausdruck nicht. Richard aber musterte ihn aufmerksam und zog seine Schlüsse. So, so, dachte er, Morgan ist also nicht so erpicht darauf, die Lady loszuwerden, wie er vorgibt. Er nahm sich vor, seinen starrköpfigen Bruder von jetzt an etwas genauer zu beobachten.

Als das Abendessen serviert wurde, begannen die Brüder mit der gewohnten Hingabe zu essen. Über ihren Teller gebeugt, beobachtete Brenna sie gespannt.

»Was habt Ihr mit diesem Rehbraten gemacht, Mistress Leems?« rief Morgan und wischte sich den Mund.

»Ich habe das Wild diesmal anders zubereitet, Mylord. Schmeckt es Euch nicht?«

»Im Gegenteil. So gut ist es Euch noch nie gelungen.«

Die Haushälterin warf Brenna einen scheuen Blick zu. »Die Lady hat mir beschrieben, wie sie bei sich zu Hause das Wild zubereitet. Ich habe ihr Rezept ausprobiert.«

Morgan sah Brenna von der Seite an und aß weiter.

»Auch das Brot schmeckt anders. Besser«, stellte Richard fest.

»Das Brot hat Lady Brenna gebacken. Sie hat der Köchin auch gezeigt, wie man diese dicke süße Sahne herstellt.«

»Vorzüglich!« Richard kostete eine andere Speise. »Und was ist das?«

»Ein mit Brandy getränkter Pudding. Schmeckt er Euch, Mylord?«

»Das kann man wohl sagen.« Richard ließ sich seinen Teller nachfüllen und genoß jeden Bissen. »Warum habt Ihr das bisher noch nie zubereitet, Mistress Leems?«

Die Haushälterin lächelte verlegen. »Es ist ein Rezept von Lady Brenna, Mylord.«

»Diese Köstlichkeit ist also auch Euer Verdienst?« wandte Richard sich an Brenna.

»Es war das Lieblingsgericht meines Vaters.«

»Das kann ich verstehen.« Richard bediente sich zum drittenmal, und auch Morgan füllte sich seinen Teller von neuem. »Gibt es irgend etwas, was Ihr nicht könnt, Mädchen?«

Brenna konnte ihre Freude nicht verbergen. »Es freut mich, daß Ihr die Mahlzeit so genossen habt, Richard.«

»Und du, Morgan?« Richard blickte über den Tisch. »Mir scheint, daß du enorme Mengen verdrückt hast.«

»Wenn ich noch Platz hätte, würde ich noch mehr essen.« Er drehte sich zu Brenna um. »Ich glaube, es hat mir noch nie so gut geschmeckt.«

Brenna verließ den Speisesaal in einem Hochgefühl. Sie konnte sich nicht erklären, warum und seit wann ihr so wichtig war, was dieser Engländer dachte. Tatsache war, daß sie während der ganzen Mahlzeit den Atem angehalten und gehofft hatte, daß Morgan sich über die Veränderungen des Speisezettels nicht ärgern würde.

Vor der Tür zur Bibliothek hielt Morgan Richards Rollstuhl an. »Wie ist es – noch ein Ale und eine Partie Schach, Richard?«

Richard unterdrückte ein Gähnen. »Ich denke, ich ziehe mich zurück, Morgan. Lady Brenna hat mich heute stundenlang im Garten beschäftigt. Ich mußte das Pflanzen der Bäume überwachen.«

Morgan glaubte, nicht richtig zu hören. »Ihr habt Bäume pflanzen lassen, Mylady?«

Brenna entnahm seinem Ton, daß sie ihre Grenzen überschritten hatte. »Verzeiht, Mylord. Aber einige der alten Bäume waren krank und mußten gefällt werden. Und ich dachte . . .« Sie wurde über und über rot. »Ich fürchte, ich hatte nicht das Recht . . .«

»Solange Richard einverstanden ist, habt Ihr jedes Recht, etwas zu verändern. Wo habt ihr die Bäume gepflanzt?« fragte er seinen Bruder.

»Bei dem alten Springbrunnen. Sie werden Mutters Rosengarten Schatten spenden.«

Morgan verbarg seine Freude hinter einer ausdruckslosen Maske. »Ich werde mir euer Werk morgen früh ansehen.«

Als ein Diener vorbeikam, sagte Richard Brenna und Morgan gute Nacht und ließ sich zu seinem Gemach schieben. »Bis morgen«, rief er Brenna zu. »Ich bin gespannt auf Euer Programm.«

»Kommt, Mylady.« Morgan nahm Brenna beim Arm. »Ich begleite Euch auf Euer Zimmer.« Während sie hinaufgingen, berichtete er, daß die Königin an einem der nächsten Tage zur Jagd käme. »Sie wird Madeline und Charles mitbringen. Ich dachte mir, daß Ihr Euch freuen würdet, sie zu sehen.«

Brenna strahlte. »Madeline kommt nach Greystone Abbey? Wie schön!«

Sie hatten die Tür zu Brennas Zimmer erreicht. »Wenn ich gewußt hätte, daß Madelines Besuch Euch so glücklich machen würde, dann hätte ich sie schon viel früher zu uns eingeladen.« Morgan strich Brenna sanft über die Wange.

Die Berührung kam so unerwartet, daß Brenna schwindelig wurde. Morgan blickte ihr minutenlang in die Augen, und sie spürte, daß er die küssen würde.

Ihr Herzschlag schien auszusetzen. Sie wartete, schloß im Vorgefühl des Kusses halb die Augen.

Morgan widerstand der Versuchung. Diesmal hörte er auf die leise Warnung in seinem Inneren. Es war äußerst gefährlich, diese Frau zu küssen. Denn bei jedem Kuß war er durchs Feuer gegangen, um sich nicht zum Äußersten hinreißen zu lassen.

Er betrachtete ihre weichen, verführerischen Lippen, las die Aufforderung in ihren Augen und ... wich zurück. Wenn er sie jetzt küssen würde, erginge es ihm wie all die Male vorher. Wieder würde er eine ganze Nacht ohne Schlaf verbringen. Es war schon schwer genug zu ertragen, daß sie im Raum neben dem seinen schlief.

»Schlaft gut, Mylady.« Mit diesen Worten drehte er sich um und ging schnell fort.

12. KAPITEL

»Warum ist noch immer nichts geschehen?«

Es war kurz vor Sonnenaufgang. In der Ferne ragten die Türme des Richmond Palace aus dem Nebel. Zwei dunkle Gestalten standen am Waldrand und sprachen in gedämpftem Ton miteinander.

»Ich habe es versucht.«

»Ja. Und Ihr habt versagt.«

»Die Königin ist nie allein. Und seit Morgan Grey aus Schottland zurück ist, hält er sich ständig in ihrer Nähe auf. Sie weigert sich, auch nur einen Schritt ohne ihn zu tun.«

»Dann beseitigt ihn!« Die Stimme klang scharf und ärgerlich. »Ich bezahle Euch nicht für Ausflüchte. Es muß getan werden, und zwar bald! Sonst verliere ich die Gunst derer, die es auf den Thron abgesehen haben. Wenn Ihr es nicht erledigen könnt, dann werde ich jemand anderen finden.«

»Ihr scheint zu denken, daß mir das Risiko zu hoch ist. Das ist nicht wahr – ich habe bereits sehr viel aufs Spiel gesetzt. Aber wir müssen vorsichtig sein und einen Ort und Zeitpunkt wählen, wo es keine Zeugen geben wird.«

»Habt Ihr einen Plan?«

»Ja.« Der Mann lachte kalt. »Die Königin plant einen Jagdausflug nach Greystone Abbey, Morgan Greys Landsitz nicht weit von Richmond. Der Besitz liegt sehr einsam.«

Der andere Mann rieb sich die Hände. »Dann scheint das der richtige Ort für einen ... Unfall zu sein. Aber ...«, zögerte er plötzlich, »woher wißt Ihr, daß die Königin Euch mitnehmen wird?«

»Das überlaßt nur mir.«

»Ihr scheint Euch Eurer Sache sehr sicher zu sein, mein Lieber. Ich hoffe, Euch ist klar, was auf dem Spiel steht. Es geht um unsere Zukunft, um die Zukunft Englands. Ihr müßt bereit sein, jeden zu töten, der unserem Plan in die Quere kommt.«

»Ich bin mir der Lage durchaus bewußt, alter Freund. Ihr braucht nichts zu befürchten. Und was meine Bereitschaft zum ... Töten betrifft ...« Das böse Lachen des Mannes sandte dem anderen einen eisigen Schauer über den Rücken. »Es wird mir ein Vergnügen sein.«

Die beiden Männer reichten sich die Hände, bevor sie auf getrennten Wegen davongingen. Wenig später hatte der Nebel sie verschluckt.

»O Morgan«, rief die Königin, als sie aus ihrer Kutsche stieg, »nach Greystone Abbey zu kommen ist jedesmal wie eine Rückkehr in die Kindheit.«

Morgan ergriff ihre Hand und führte sie an der Reihe der Diener vorbei, die es nicht abwarten konnten, ihre Königin zu begrüßen. Elizabeth lächelte und hatte für jeden ein paar freundliche Worte.

Brenna stand im Hintergrund und beobachtete die Szene. Ihr fiel auf, wie sehr diese einfachen Leute ihrer Monarchin zugetan waren.

Elizabeth kam mit großem Gefolge. Ungefähr zehn Damen des Hofes und ebenso viele Edelleute stiegen aus den Kutschen.

»Chérie.« Kaum hatte Madeline Brenna erblickt, lief sie mit ausgebreiteten Armen auf sie zu und umarmte sie. Dann hielt sie sie ein wenig von sich ab und musterte sie. »Wie geht es Euch, Chérie? Wie haltet Ihr es an diesem einsamen Ort aus?«

»Es geht mir gut, wie Ihr seht.«

Madeline betrachtete sie forschend. Ja, in der Tat. Brenna schien etwas voller geworden zu sein, und ihre Wangen hatten Farbe bekommen. Kein Vergleich mit dem abgekämpften und bleichen Mädchen im Richmond Palace.

»Und Ihr, mon cher?« Die Herzogin drehte sich zu Morgan und küßte ihn auf die Wange. »Habt Ihr beiden Waffenstillstand geschlossen?«

»Zumindest für die Dauer Eures Besuchs.«

»Vorsicht, alter Freund«, sagte Charles lachend, »meine Frau bringt es fertig und verlängert ihren Besuch auf Wochen, um den Frieden zwischen ihren beiden Freunden sicherzustellen.«

Morgan stimmte in sein Lachen ein.

Ein junger Mann und eine hübsche junge Frau gesellten sich zu der Gruppe. »Das hier sind mein Bruder und meine Schwester aus Paris«, sagte Madeline. »Sie kamen vor ein paar Tagen völlig überraschend zu Besuch, und die Königin bestand darauf, daß wir sie nach Greystone Abbey mitnahmen.«

»Ich bin froh, daß Ihr es getan habt«, versicherte Morgan ihr. »Ihr hättet Brenna das Herz gebrochen, wenn Ihr Euren Besuch abgesagt hättet.«

Seine Worte überraschten Madeline. War es möglich, daß Morgan Grey sich um die Gefühle seiner Gefangenen sorgte? Sie winkte ihre Schwester und ihren Bruder heran. »Brenna MacAlpin. Morgan Grey. Ich möchte meinen Bruder Claude und meine kleine Schwester Adrienne vorstellen.«

»Mylady.« Claude, ein weltmännischer, selbstsicherer junger Mann, blickte Brenna einen langen Moment an, bevor er sich über ihre Hand neigte. »Es freut mich, Eure Bekanntschaft zu machen.« Er schien sich seines guten Aussehens bewußt zu sein und hatte offensichtlich Übung darin, die Damen zu bezaubern.

Morgan beobachtete den blondgelockten eleganten Gast mit den geschliffenen Manieren, der Brenna ein wenig zu interessiert musterte. Irgend etwas störte ihn. War es möglich, daß er auf diesen unreifen Jüngling eifersüchtig war? Er schob den kindischen Gedanken schnell beiseite. Eifersucht war ein Gefühl, das er nicht kannte. Doch dann erinnerte er sich an den liebedienernden Hamish MacPherson und an Brennas übertriebene Freundlichkeit und seine heftige Reaktion darauf ...

»Ich hatte Bedenken, Madeline und Charles hierher zu begleiten, da ich fürchtete, unser Besuch könne ungelegen sein. Schließlich sind wir Fremde in Eurem Land.« Claude drückte Morgan die Hand und blickte kurz zu Brenna hinüber. »Doch nun, da ich Lady Brenna kennengelernt habe, bin ich froh, daß Madeline uns überredet hat. Ich danke Euch für Eure Gastfreundschaft.«

»Mein Haus ist für die Königin offen und für alle, die in ihrer

Gesellschaft sind«, erwiderte Morgan, doch in seiner Stimme lag nicht die gewohnte Wärme.

»Madeline hat mir erzählt, daß Ihr Eure Schwester öfter besucht. Und sie sagte, daß es ihr das Heimweh nimmt.«

Adrienne lächelte Brenna zu. »Ihr sprecht einen mir fremden Dialekt, Mylady. Seid Ihr Engländerin?«

»Nein. Ich stamme aus Schottland.«

Adriennes Lächeln vertiefte sich. »Es erleichtert mich sehr, daß ich nicht die einzige Ausländerin in diesem vornehmen Haus bin.«

»Als Madelines Schwester«, entgegnete Morgan und neigte sich galant über ihre Hand, »seid Ihr genau wie sie eine willkommene Freundin.«

»Ich danke Euch, Mylord. Ihr seid sehr freundlich.«

Morgan antwortete mit einem herzlichen Lächeln. Madelines jüngere Schwester war eine aparte Erscheinung. Sie war klein und zierlich und hatte rotbraunes Haar. Ihr grünes Seidenkleid hatte dieselbe Farbe wie die winzigen Sprenkel in ihren bernsteinfarbenen Augen. Ein lieblicher mädchenhafter Charme belebte ihre makellose Schönheit.

Morgan ließ den Blick über seine Gäste schweifen, und plötzlich kniff er die Augen kurz zusammen. Es war das einzige Zeichen seiner Wut über den unwillkommenen Gast.

Lord Windham stolzierte auf die Gruppe zu und schien nur Brenna zu sehen. Er hob ihre Hand an den Mund, preßte seine feuchten Lippen auf ihre Haut und zerquetschte fast ihre Finger. »Ihr seht bezaubernd aus, Mylady.« Sein lüsterner Blick sandte ihr einen kalten Schauer über den Rücken.

Windham blickte um sich. »Welch eine Freude«, rief er überschwenglich aus. »Die Gesellschaft so vieler schöner Frauen beflügelt mich für die Jagd.«

»Darf ich Euch erinnern, Lord Windham, daß wir vierbeinige Kreaturen jagen werden?« entgegnete die Königin lachend.

»Gewiß, Majestät. Aber die Jagd wird um so vergnüglicher, wenn einige hübschere Wesen dabei sind. Meint Ihr nicht auch, Grey?«

Morgan maß Windham nur mit einem kühlen Blick. »Wenn

Ihr erlaubt, Madam«, wandte er sich dann an die Königin, »werde ich Euch jetzt ins Haus führen.«

Wütend über Morgans Brüskierung, bot Windham Brenna den Arm. Sie tat, als bemerkte sie es nicht und hakte sich bei Madeline ein. »Kommt, Madeline, Ihr möchtet Euch sicher von der Fahrt ausruhen.«

Während die beiden Frauen die Halle betraten, fühlte Brenna sich von Windhams anzüglichen Blicken verfolgt. Warum hatte die Königin ihn mitgebracht? Sie wußte doch, daß Morgan den Mann haßte.

Lord Windham betrachtete bewundernd die Gobelins an den Wänden der Eingangshalle. Andächtig schritt er über die weichen Teppiche auf dem Steinboden. »Dies also ist Greystone Abbey. Ich frage mich, warum Grey in diesem schönen Haus niemals Feste gibt.«

»Vielleicht, weil mein Bruder Rücksicht auf mein Bedürfnis nach Ruhe nimmt«, kam es vom anderen Ende der Halle.

»Bruder?« Einige Gäste sahen sich erstaunt an.

Das Gemurmel verstummte, als ein Mann in einem fahrbaren Stuhl von einem Diener durch die Halle geschoben wurde. Er verneigte sich vor der Königin. »Willkommen, Majestät.«

Elizabeth begrüßte ihren Jugendfreund und wandte sich dann den Damen und Herren zu. »Dies ist Lord Richard Grey, Morgans Bruder.«

Brenna bemerkte die verlegenen Gesichter. Niemand sagte etwas, und einige Damen blickten hilflos zur Seite, um den Mann im Stuhl nicht anzustarren. Brennas Beschützerinstinkt erwachte. Sie ging auf Richard zu und legte ihm die Hand auf die Schulter.

Morgan konnte seine Freude über ihre warme Geste kaum verbergen. Als gehörte sie zur Familie, dachte er. Dann brach er das beklemmende Schweigen. »Richard, wir haben Gäste aus Frankreich. Madeline kennst du, und dies hier sind . . .«

Madeline faßte ihre Geschwister am Arm und trat einen Schritt vor. ». . . mein Bruder Claude und meine Schwester Adrienne. Sie sprechen beide Englisch, Mylord.«

Claude und Richard begrüßten sich, und als Richard Adriennes Hand ergriff, fühlte er sich wie von einem Blitz durchzuckt. Seit Ewigkeiten hatte er dies nicht mehr gespürt – sinnliche Erregung. Von dem fast schon vergessenen Gefühl überrascht, betrachtete Richard die junge Frau lange. Sie strahlte soviel Anmut und Jugend aus, eine so hinreißende unschuldige Weiblichkeit, daß sie wie ein Sonnenstrahl wirkte, der plötzlich einen dunklen Raum erhellte.

Während Richard Adriennes Hand hielt, dachte er daran, wie leicht er mit seinem Charme, seinem Lächeln und spöttischem Witz früher die Frauen bezaubert hatte. Früher, als er noch gehen, tanzen und reiten konnte und die Zukunft verheißungsvoll vor ihm lag.

Der Teil seines Lebens lag hinter ihm. Seine Chancen bei Frauen waren so tot wie diese leblosen Beine, die ihn nicht mehr tragen konnten.

Er hob betont flüchtig Adriennes Hand an die Lippen. »Willkommen auf Greystone Abbey.«

»Merci.« Sie hielt den Blick gesenkt, doch durch den Kranz ihrer schwarzen Wimpern beobachtete sie Richard. Die leichte Berührung seiner Lippen löste ein angenehmes Prickeln aus. Doch sie verdrängte rasch das Gefühl. Es war offensichtlich, daß er nichts empfunden hatte.

Brenna bemerkte, wie Adriennes Wangen sich röteten. Sie sah auch den Blick, den die beiden tauschten. Lächelnd schaute sie zur Seite.

»Ihr möchtet Euch sicher nach der Kutschfahrt erfrischen, Madam«, sagte Morgan und bot der Königin den Arm. »Darf ich Euch zu den Gästegemächern führen?«

Madeline hakte sich bei Brenna ein, und sie gingen in das obere Geschoß hinauf. Die anderen folgten, während Richard allein zurückblieb und ihnen nachblickte.

Auf zwei Etagen war ein ganzer Flügel des Schlosses für die Gäste gerichtet. Auf den teppichbelegten Gängen standen riesige Gefäße mit Blumen. Dienerinnen eilten geschäftig hin und her.

Madeline blickte im Vorbeigehen in die Gemächer und sah sich immer wieder bewundernd um. »Euer Haus ist wundervoll, mon cher«, sagte sie zu Morgan, »so warm und so gastlich.«

»Ja, Greystone Abbey ist schön«, stimmte die Königin zu. »Aber so gepflegt und einladend habe ich die Räume nicht in Erinnerung. Alles ist so liebevoll und mit viel Geschmack hergerichtet.«

»Danke, Madam. Aber das Lob gebührt Brenna. Sie hat die Dienerschaft angetrieben, bis Greystone Abbey des königlichen Besuchs würdig war.«

Brenna errötete vor Freude. Um ihre Verlegenheit zu überspielen, sagte sie schnell: »Vielleicht möchtet Ihr jetzt Eure Räume sehen, Majestät.«

Ein Feuer prasselte einladend in dem königlichen Schlafgemach. Weiche Felldecken lagen auf dem breiten Bett, über dem ein Baldachin gespannt war. Wertvolle Teppiche aus dem fernen Orient lagen auf dem Boden, und zu beiden Seiten des Kamins standen hohe Krüge mit Rosen, deren Duft den ganzen Raum erfüllte.

»Für Eure Hofdamen ist Raum genug«, sagte Brenna und zeigte auf die Türen, die zu kleineren Kammern führten.

Die Königin sah sich um und schenkte Brenna einen anerkennenden Blick. »Ich bin begeistert.«

Brenna wußte das Lob zu schätzen. Eine Königin, die nur an das Beste gewöhnt war, war gewiß nicht leicht zu beeindrucken.

»Vielleicht sollten wir alle Euch um eine Gefangene dieser Güte ersuchen, Majestät. Mein Haus könnte ebenfalls die Pflege der Lady gebrauchen.« Windhams Stimme trieb Brenna die Zornesröte ins Gesicht.

Morgan bemerkte ihre Wut und Verlegenheit und kam ihr zu Hilfe. »Wenn Ihr Euch erfrischt und ausgeruht habt, treffen wir uns unten im Großen Salon. Und falls Ihr Wünsche habt, meine Diener stehen zur Verfügung.«

»Eure Arbeit war nicht vergebens, Mylady«, sagte Morgan, als sie hinuntergingen. »Ihr habt selbst gesehen, wie beeindruckt alle waren.«

»Ja. Ich wollte, daß vor allem Madeline sich gern an den Besuch erinnert.«

Morgan genoß den sanften Klang ihrer Stimme. Es geschah

selten genug, daß sie ohne Boshaftigkeit miteinander sprachen. »Habt Ihr Euch auch um Eure Gäste zu Hause so bemüht?«

Zu Hause. Ein scharfer Schmerz durchfuhr sie. Würde es immer so bleiben, für den Rest ihres Lebens? »Ja. Wir hatten oft Gäste. Unsere Türen standen für alle offen. Die Burg war immer von Lachen erfüllt.«

Er öffnete die Tür zum Großen Salon und glaubte, den Duft von Wildblumen wahrzunehmen, als Brenna dicht an ihm vorbeiging. »Ich bitte Euch, Mylady, macht mir die Freude und betrachtet Greystone Abbey als Euer Heim. Und genießt die Zeit, in der Eure Freundin Madeline bei uns weilt.«

Brenna drehte sich zu ihm um. »Ist dies eine Gnadenfrist, Mylord, bevor die Königin mich zu lebenslangem Freiheitsentzug verurteilt?«

»Oh, diese Frau!« Ohne sich zu besinnen, faßte Morgan sie grob am Arm. Doch in dem Moment, da er sie berührte, wußte er, daß das ein Fehler war. Das Blut brannte wie Feuer in seinen Adern, und alles in ihm drängte danach, Brenna in die Arme zu ziehen und zu küssen.

»Muß jedes Gespräch zwischen uns zu einem Machtkampf werden?« zischte er wütend. Sein Griff wurde fester. »Könnt Ihr nicht einen Moment vergessen, daß Ihr Schottin seid und ich Engländer bin? Können wir uns nicht wie zwei normale Menschen benehmen, die die Gesellschaft liebenswerter Gäste genießen?« Als sie vor Schmerz leise aufstöhnte, wurde ihm klar, daß er ihr weh tat. Sofort lockerte er den Griff und strich ganz bewußt mit dem Daumen über ihre Haut, ließ ihn sanft über die schmerzende Stelle kreisen.

Brenna zwang sich, den süßen Schmerz tief in ihrem Inneren nicht zu beachten. Warum hatte eine Berührung dieses Mannes eine so verheerende Wirkung? Warum reagierte ihr Körper sogar jetzt, da sie ihn hätte umbringen können, so heftig auf seine Nähe?

»Ich soll vergessen, daß ich Eure Gefangene bin, Mylord?«

Er starrte ihr in die Augen und konnte dem Verlangen, sie zu küssen, nur mit größter Willensanstrengung widerstehen. Und er fragte sich, wer von ihnen beiden eigentlich gefangen war – und von wem.

»Ich werde nach Mistress Leems schicken lassen. Unsere Gäste werden ihre Hilfe brauchen.« Hastig wandte er sich ab und ging.

Das Klirren von feinem Kristall und leises Stimmengemurmel erfüllten den Großen Salon. Als die Königin eintrat, verstummten die Gespräche, und alle Augen richteten sich auf die strahlende Erscheinung in dem mit Goldfäden durchwirkten Seidengewand. Ornamente aus Gold und Silber waren in die Ärmel und in das Mieder gearbeitet. Elizabeth trug ein Kollier aus Dutzenden von diamantgefaßten Rubinen und dazu passende Ohrringe.

Alle im Raum verneigten sich, als sie sich am Kamin niederließ.

Mistress Leems reichte Lord Quigley einen Kelch mit Wein und einen Silberteller mit Gebäck. Er kostete und gab beides an einen Diener weiter, der es der Königin servierte. Nach dem ersten Bissen hob sie überrascht die Augenbrauen. »Diese Brötchen sind vorzüglich, Mistress Leems. Die besten, die ich je gekostet habe. Seid so gut und verratet meinem Koch Euer Geheimnis.«

Die Haushälterin lächelte. »Es ist ein Rezept von Lady Brenna, Majestät.«

»Oh.« Elizabeth warf Brenna einen anerkennenden Blick zu. »Vielleicht auch diese köstliche Fruchtkonfitüre?«

Brenna nickte, und Elizabeth verspeiste voller Genuß das frische Buttergebäck. Zufrieden seufzend wandte die Königin sich Richard zu, der neben ihr saß. »Wie ich es genieße, hier zu sein. Ich habe mich so sehr auf die Ruhe und den Frieden von Greystone Abbey gefreut.«

»Das Gefühl kenne ich, Majestät. Ich war immer lieber hier als in unserem Haus in London. Es ist ein Ort der Besinnung.«

Sie betrachtete ihn nachdenklich. »Manchmal beneide ich Euch, Richard.«

Sie beneidete ihn. Wußte die Königin, was sie da sagte? Richard hätte fast laut losgelacht.

»Ich bin niemals allein. Immer sind Leute um mich herum, die etwas von mir wollen. Nie kann ich meine Gedanken sammeln. Alleinsein ist ein Luxus, den ein Herrscher sich nicht leisten kann.«

Elizabeth trank einen Schluck und lachte. »Seht Ihr, Brenna MacAlpin, auch eine Königin hat ihre Bürde zu tragen. Wir beide wissen, daß das Leben nicht gerecht ist, nicht wahr?«

Brenna mußte wohl oder übel lächeln. »Als Kind habe ich mir oft ausgemalt, wie es wäre, als Königin meines Landes geboren zu sein. Inzwischen habe ich gelernt, daß das Leben sich überall gleicht. Ob in einem Palast oder in einer Hütte – es gibt Geburt und Tod, Liebe und Haß, Freude und Leid und ... Pflichten, die man erfüllen muß. Ganz gleich, wie zuwider sie einem sind.«

»Ihr seid sehr weise für Euer Alter, Brenna MacAlpin.« Die Königin lächelte sonderbar. »Übrigens habe ich Herausforderungen immer angenommen.« Sie wandte sich Madeline zu. »Ist es nicht schön, daß Ihr Eure Geschwister bei Euch habt?«

Adrienne saß züchtig neben ihrem Bruder. Brenna war nicht entgangen, daß sie immer wieder zu Richard hinüberblickte. Doch jedesmal, wenn er sie ansah, errötete sie und starrte auf den Boden.

»Ja, Majestät. Ich vermisse sie oft und sehr. Wir sind eine große und glückliche Familie.« Madeline fuhr ihrem Bruder zärtlich über die blonden Locken.

»Familie.« Elizabeths Stimme klang sanft und ein wenig traurig. »Ich habe keine Familie mehr. Es war mein sehnlichster Wunsch, daß Edward von seiner Krankheit genesen würde.«

Und ihr Leben wäre ganz anders verlaufen, dachte Brenna. Der junge Kronprinz war mit sechzehn Jahren an Tuberkulose gestorben.

»Ich liebte meinen Halbbruder. So wie Ihr und Richard ihn liebtet, Morgan.«

»Ja, Madam.« Morgan legte tröstend die Hand auf die der Königin. »Wir haben ihm das Reiten beigebracht. Euch auch – wißt Ihr noch?«

Sie lachte. »Wie könnte ich das je vergessen? Ihr wart sehr ungeduldige Lehrer. Und es hat Euch völlig ungerührt gelassen, als ich auf meinen königlichen Hin ...« Sie brach unvermittelt ab. Für einen Moment hatte sie vergessen, daß sie Zuhörer hatten. »Ich drohte, Euch beide auspeitschen zu lassen. Erinnert Ihr Euch?«

Morgan und Richard brachen in Gelächter aus. »O ja. Wir haben uns stundenlang im Weinkeller versteckt. Als wir so betrunken waren, daß wir keine Angst mehr vor der Bestrafung hatten, krochen wir wieder ans Tageslicht.«

»Ihr habt den königlichen Wein getrunken?« Elizabeth zog tadelnd die Augenbrauen hoch, doch dann lachte sie los. »Manchmal wundert es mich«, sagte sie und wischte sich die Tränen aus den Augen, »daß Ihr Eure Jungenstreiche überlebt habt und erwachsene Männer geworden seid.«

»Manchmal wundert es uns auch, Majestät.«

»Wißt Ihr noch, wie ich Euch beide mit allen Mitteln dazu bringen wollte, meine Minister zu werden?«

Richard lachte schallend. »Ihr habt gebeten und gebettelt, gedroht und mit Versprechungen gewinkt...«

»Aber wir wollten ein Leben voller Abenteuer.«

»Ja.« Die Königin sah ihre beiden Freunde liebevoll an. »Das langweilige und steife Leben am Hof war nicht Eure Sache.«

Lord Windham beobachtete die Gruppe und kochte vor Wut. Wie sehr er Morgan und Richard Grey um ihre enge Freundschaft mit der Königin beneidete.

»Erzählt von Eurer Kindheit in Schottland, Brenna. Sicher war sie ganz anders als unsere.«

Die Königin schreckte Brenna aus ihren Gedanken hoch. Gerade hatte sie sich Morgan als Jungen vorgestellt, der mit Richard und der Prinzessin Streiche ausheckte. Und gerade hatte sie bei sich festgestellt, daß sie sich zum erstenmal seit ihrer Ankunft in England vollkommen entspannt fühlte. Lag es an Elizabeths überwältigender Freundlichkeit? Oder daran, daß sie in diesem Augenblick in Morgan Grey einen Menschen und nicht ihren Gefängnisaufseher sehen konnte?

»Meine Kindheit? Oh, ich glaube nicht, daß sie viel anders als Eure war. Ich lernte reiten, kaum daß ich laufen konnte.«

»Und wie war es mit den weiblichen Fertigkeiten?« fragte Madeline.

»Meine Mutter war oft am Verzweifeln darüber, daß ihre Töchter nichts vom Nähen und Kochen wissen wollten. Wir beteten unseren Vater an und wollten so leben wie er.« Brenna lächelte schmerzlich. »Doch nach dem Tod meiner Mutter fielen mir die Pflichten der Hausherrin zu. Ich habe die damit verbundenen weiblichen Fertigkeiten erworben und gelernt, einem großen Haushalt vorzustehen, aber offen gestanden ist die Jagd noch immer meine größte Leidenschaft.«

Claude betrachtete Brenna mit einem Ausdruck grenzenloser Bewunderung. »Der Mann, der Euch heiraten wird, kann sich glücklich schätzen, denn in Euch sind die Tugenden einer Lady und eines ritterlichen Kriegers vereint.«

Die etwas gestelzte Sprache des jungen Franzosen und seine Versuche, Brennas Interesse zu erregen, brachten Morgan gegen ihn auf. Anscheinend fühlten sich alle Jünglinge, die noch nicht trocken hinter den Ohren waren, von der schönen Brenna angezogen. Morgan wollte Claude mit einer scharfen Antwort in seine Schranken weisen, aber plötzlich ertönte vom anderen Ende des Raums Lord Windhams Stimme.

»Ich bin zu der Überzeugung gekommen, daß diese Schottin in der Tat eine geeignete Gattin für einen englischen Edelmann wäre. Sie ist hübsch anzusehen, hat einen gewissen Charme und ist in der Lage, einen herrschaftlichen Haushalt zu führen.«

Brenna fing seinen anzüglichen Blick auf, und ihre Augen wurden dunkel vor Wut. Der Mann sah sie an und redete über sie wie über ein Stück Vieh.

»Habt Ihr ihre Aufsässigkeit vergessen, Windham?« Die Königin lehnte sich zurück und fühlte sich offenbar prächtig unterhalten.

Wie konnte ich mich auch nur eine Minute lang sicher fühlen! warf Brenna sich vor.

»Nein, Majestät. Aber ich weiß, daß eine Frau genauso gezähmt werden muß wie ein störrisches Pferd. Eine feste Hand, die Zügel kurz und ...« Er lächelte hämisch. »... eine Peitsche, wenn alles andere nicht hilft.«

Brenna erschauerte. Sie wußte, daß dieser widerwärtige Mensch meinte, was er sagte. Und Windham schien ernsthaft zu erwägen ... Nein! Schon der Gedanke versetzte Brenna in panische Angst. Hilfesuchend blickte sie zu Morgan hinüber.

Er sah das Entsetzen in ihren Augen und ballte die Fäuste. Eine Peitsche, ja, aber für Windham. Er hatte Lust, sich den Kerl vorzunehmen, bis er um Gnade flehen würde.

Richard blickte zwischen seinem Bruder und Brenna hin und her und überlegte, was er tun konnte. Irgendwie mußte es ihm gelingen, die Katastrophe abzuwenden. Windham und Brenna – nicht auszudenken ...

»Was gibt es Neues in der hohen Politik, Majestät? Morgan ist so selten zu Hause, daß ich nicht mehr erfahre, was in der Welt vor sich geht.«

Elizabeth zögerte einen Moment, bevor sie ihre Antwort mit Bedacht formulierte. »Laßt mich nachdenken, mein Freund. In der hohen Politik bewegt sich zur Zeit nicht viel. Aber unsere schottischen Nachbarn haben sich gemeldet. Man hat mich unterrichtet, daß eine Abordnung aus den Highlands um eine Audienz in London ersucht hat.«

Fast hätte Brenna einen Jubelruf ausgestoßen. Brice Campbell und seine Krieger würden sie von hier fortholen, dessen war sie jetzt sicher. Und Megan, ihre geliebte Megan, lebte und war in Sicherheit.

»Wie ich gehört habe, wollen sie eine Botschaft von Mary, der Königin von Schottland, überbringen. Sie bittet mich im Namen des Clanführers Brice Campbell, die Schwester seiner Frau freizulassen.«

Alle blickten auf Brenna, deren Augen angesichts dieser Neuigkeiten plötzlich strahlten.

»Ich habe durch einen Boten ausrichten lassen, ich könne die Abordnung im Moment nicht empfangen. Weiter versicherte ich den Schotten, daß die Frau in guten Händen sei.« Elizabeth stand auf. »Morgan und Richard, ich werde mich jetzt zurückziehen. Der Abend wird lang, und ich möchte vor dem Dinner eine oder zwei Stunden schlafen.«

Keiner der Gäste rührte sich. Noch immer sahen alle zu Brenna hinüber, die wie erstarrt mit gesenktem Blick dasaß.

Morgan brach das beklemmende Schweigen. »Dann wünsche ich Euch angenehme Ruhe, Madam.«

Als Elizabeth und ihr Gefolge den Raum verlassen hatten, flüchtete Brenna in ihr Zimmer. Ruhelos wanderte sie auf und ab und kämpfte mit ihrer Verzweiflung. Nicht nur, daß sie sich von diesem friedlichen Ort hatte einlullen lassen. Auch auf ihre letzte Hoffnung, ihre Landsleute, konnte sie nicht rechnen.

Königin Elizabeth könnte von einem Moment zum anderen ihr Schicksal besiegeln. Irgendein Engländer würde sie heiraten. Irgendeiner, selbst ein Verrückter. Er brauchte nur um ihre Hand anzuhalten.

Lord Windhams unverschämte und anzügliche Worte klangen Brenna noch immer in den Ohren. Nichts fürchtete sie mehr, als ihm zur Frau gegeben zu werden.

13. KAPITEL

»Ich sage dir, er wird um sie anhalten. Tu etwas!« beschwor Richard seinen Bruder.

»Und was soll ich deiner Meinung nach tun?«

»Muß ich es dir wirklich sagen? Morgan, ich habe Augen im Kopf. Ich habe beobachtet, wie du Brenna ansiehst . . .«

Morgan starrte aus dem Fenster in die Dunkelheit. »Ich kann sie nicht heiraten.«

Richard ballte die Hände. »Wenn ich könnte, würde ich jetzt wie früher mit dir ringen und so lange mit dir kämpfen, bis du zur Vernunft kämst.«

»Und du würdest genausowenig ausrichten wie damals, als wir Jungen waren.«

»Ja, du warst schon immer der sturste, starrsinnigste Esel in ganz England!«

Für gewöhnlich hätte Morgan über solche Worte gegrinst. Jetzt aber warf er seinem Bruder nur einen mürrischen Blick zu, drehte ihm dann den Rücken zu und ging zur Tür.

In seiner Wut griff Richard nach dem Kristallkelch auf dem Tisch neben sich und zielte in Morgans Richtung. Das Glas zersplitterte eine Handbreit über dessen Schulter an der Wand.

»Von uns beiden bist du der Krüppel!« rief Richard. »Nach all den Jahren hast du deine Wunden noch immer nicht heilen lassen.«

Mit unbewegter Miene schüttelte Morgan die Kristallsplitter von seiner Schulter, öffnete die Tür und ging hinaus.

Die Königin betrat an Morgans Arm den Speisesaal. Sie unterhielten sich leise. Ihre Mienen waren ernst.

»Das Dinner ist angerichtet, Majestät«, verkündete Mistress Leems und knickste.

Elizabeth begrüßte mit einem kurzen Nicken die sich verneigenden Gäste. »Ich bin schon neugierig, mit welchen Köstlichkeiten Ihr uns heute abend überrascht, Mistress Leems.«

»Die Lady hat mir beim Zusammenstellen des Menüs geholfen, Majestät.«

Elizabeth lächelte Brenna zu, die neben Madeline stand. »Dann werden wir alle Gelegenheit haben, Eure Kochkünste zu bewundern, nicht wahr, Brenna?« sagte sie herzlich.

Brenna hatte kein Ohr für ihre Freundlichkeit. Sie sah nur Windham, der quer durch den Raum auf sie zukam. Alles in ihr zog sich vor Abscheu zusammen. Claude rettete sie gerade noch rechtzeitig, indem er ihr den Arm bot. »Darf ich Euch zur Tafel geleiten, Mylady?«

»Danke.« Sie spürte Windhams ärgerlichen Blick im Rükken, als sie am Arm des jungen Franzosen zur Tafel schritt. Von ihrem Platz aus sah sie, daß Windham sich die arme Madeline als Tischdame erkor. Adrienne folgte den beiden langsam. Als sie Richard erblickte, der von einem Diener geschoben wurde, verlangsamte sie ihre Schritte, bis sie neben ihm herging.

Richard sah zu der schönen jungen Französin hoch und blickte gleich wieder fort. Er litt darunter, daß er nicht ritterlich an ihrer Seite gehen konnte. Jedesmal, wenn er glaubte, er hätte sich mit seinem Schicksal versöhnt, kam etwas, das ihn zurückwarf. Etwas oder . . . jemand.

»Ihr habt ein sehr schönes Heim, Mylord«, sagte Adrienne sanft.

»Danke. Eigentlich gehört es meinem Bruder, denn er ist der Älteste.«

»Aber Ihr lebt hier.«

»Ja. Das Leben in London ist mir zu anstrengend.«

»Ich habe meine Schwester vor einiger Zeit in London besucht.«

»Und? Hat es Euch gefallen?«

»Es ist wie Paris. Wie Ihr sagtet, sehr anstrengend. Hier aber ist es friedlich und heiter. Man hat Zeit zum Denken, man kann atmen, fühlen.«

»Ja. Atmen. Die Luft hier ist süßer als irgendwo sonst auf der Welt.«

Adrienne lächelte schüchtern. »Das ist wahr. Der Duft der Rosen dringt bis zu meinem Zimmer herauf. Sie sind wunderschön.«

»Liebt Ihr Rosen?«

»Oui. Sie sind meine Lieblingsblumen.«

Er sah zur ihr auf und hielt ihren Blick fest. Ein weiches Lächeln trat in seine Augen. »Dann muß ich Euch den Rosengarten meiner Mutter zeigen.«

»Darüber würde ich mich sehr freuen.«

»Morgen«, flüsterte er, als sie nebeneinander Platz nahmen. »Nach der ersten Mahlzeit.«

Sie nickte und blickte dann auf, denn Morgan brachte einen Toast auf die Königin aus.

Richard konnte seine Aufregung kaum verbergen. Er fühlte sich wie ein Fechtschüler vor der Prüfung.

»So gut habe ich lange nicht gespeist, Mistress Leems.« Die Königin lehnte sich zufrieden zurück. »Und jetzt wird getanzt, nicht wahr, Morgan?«

»Bis in die Nacht, Madam«, versprach Morgan lachend. »Ihr seid hier, um Euch zu vergnügen und Eure Pflichten und Sorgen für eine Weile zu vergessen.« Er stand auf und bot Elizabeth den Arm. Von den anderen gefolgt, gingen sie in den Festsaal, wo Elizabeths Musikanten warteten und auf ihr Zeichen zu spielen begannen.

Morgan und die Königin eröffneten den Tanz, und Madeline und ihr Gemahl, der Herzog von Eton, folgten. Als die Tanzfläche sich füllte, forderte Claude seine Schwester auf, doch Adrienne lehnte ab.

»Du willst nicht tanzen?« fragte er überrascht. »Das hat es noch nie gegeben. Was ist mit dir?«

»Ich möchte lieber zusehen«, sagte sie mit weicher Stimme und setzte sich auf den freien Stuhl neben Richard. Als würde der Mann neben ihr nicht existieren, starrte sie unverwandt auf die Tanzfläche. Richards Augen leuchteten.

Claude blickte suchend um sich, bis er endlich Brenna entdeckte, die sich aus Angst vor Windhams Zudringlichkeiten im Hintergrund hielt. »Möchtet Ihr tanzen, Mylady?«

Nach kurzem Zögern nickte sie, und nach den ersten unsicheren Schritten wurde sie vom Rhythmus der Musik erfaßt und fand Freude an den komplizierten Tanzschritten. Wie auf dem Fest der Königin wechselte sie von einem Tänzer zum nächsten, und dann, ohne aufzusehen, wußte sie, wer ihre Hände nahm.

Sie bewegte sich wie im Traum, in völligem Einklang mit dem Mann, der sie führte.

»Ihr habt es nicht vergessen.« Warm strich sein Atem über ihre Schläfe, als Morgan sich zu ihr neigte.

»Ich habe nichts vergessen, Mylord.« Nicht die Anmut seiner Bewegungen, nicht die erregende Berührung seiner Schenkel und auch nicht den hämmernden Rhythmus ihres Herzschlags, wenn er sie bei einer Drehung an sich zog. Warum mußte er Engländer sein? Warum waren sie einander nicht zu einer anderen Zeit und an einem anderen Ort begegnet? Dann würde ich ihn lieben, dachte sie.

Lieben.

Erschrocken sah sie zu ihm auf, als fürchtete sie, er könne ihre Gedanken lesen.

»Was ist, Mylady?«

Sie brachte keinen Ton heraus. Ihre Kehle war wie ausgetrocknet.

»Fehlt Euch etwas, Mylady?« Bestürzt sah er, daß sie mit den Tränen kämpfte. »Sprecht. Sagt mir, was Euch so unglücklich macht.«

Du bist es. Du bist der Grund für meinen Schmerz, für meine Ängste und meine verwirrenden Träume. Und du weißt es nicht. Du weißt nicht, welch eine Macht du über mich hast.

Sie merkte nicht, daß ihr Blick weich wurde. Es war der Blick einer Frau, die liebte. Ihre Lippen öffneten sich, einladend und bereit . . .

»Ich weiß es nicht, Mylord. Manchmal fühle ich mich so verloren und allein.«

»Das seid Ihr nicht, gewiß nicht.« Er zog sie kurz an sich und drückte fest ihre Hand. In diesem Moment hatte er nur einen Wunsch – sie für immer zu beschützen.

Für immer. Welch ein kindischer Traum. Morgan hatte ihn seit langem aus seinem Leben verdrängt. Trotzdem. Obwohl er es besser wußte, sehnte er sich nach dem Unmöglichen. Für immer.

Die Musik endete für beide viel zu früh. Wortlos standen sie einander gegenüber, hielten sich bei den Händen, mochten nicht auseinandergehen. Eine langsame, getragene Weise erklang ...

»Würdet Ihr mir die Ehre erweisen, Mylady?« Brenna fühlte eine Hand auf ihrem Arm. Ihr wurde eiskalt. »Ich glaube, ich brauche einen Augenblick, um wieder zu Atem zu kommen, Mylord.«

Windham ließ sie nicht los. »Dazu ist später noch reichlich Zeit.« Er nahm ihre Hand und zog sie davon.

Windhams Nähe, sein lüsterner Blick, der heiße Druck seiner Hände weckten furchtbare Erinnerungen in Brenna. Und Angst.

»Kommen Euch bei diesem Tanz nicht süße Erinnerungen, Brenna?« Er starrte auf ihren Ausschnitt und lächelte widerwärtig.

Sie bog den Kopf zur Seite.

»Ihr seid unvergleichlich, Mylady. Es ist reizend, wie Ihr die züchtige Unschuld spielt. Aber ich spüre Euer Begehren, und ich begehre Euch.«

Seine Dreistigkeit raubte ihr die Sprache. Mit schreckgeweiteten Augen starrte sie ihn an.

»Ich sehe es Euch an, Lady Brenna. Ihr würdet genau wie ich ein intimes Beisammensein diesem Trubel vorziehen. Ich denke, in Greys gastlichem Haus gibt es genug Räume, wo man vor neugierigen Blicken sicher ist.«

Das Blut gefror ihr in den Adern. Schon die Vorstellung, mit Windham allein zu sein, verursachte ihr Übelkeit. Sie wußte, daß sie seine Nähe keine Minute länger ertragen würde. »Bitte entschuldigt mich, Lord Windham. Ich muß mich von der Anstrengung des Tanzes einen Augenblick ausruhen.« Sie machte sich los und wich zurück. Windham versuchte, sie zu halten, aber sie hatte sich schon umgedreht, verließ eilig die Tanzfläche und suchte an Morgans Seite Schutz. Windham folgte ihr. Als er besitzergreifend den Arm nach ihr ausstreckte, stellte Morgan sich dicht neben sie.

Windham bemerkte die beschützerische Geste und lächelte boshaft. Aha, Morgan Grey gönnte ihm die Lady nicht und schwang sich zu ihrem ritterlichen Beschützer auf. Windham reckte im Vorgefühl seines unmittelbar bevorstehenden Triumphs die Schultern. Es würde ein Genuß sein, Morgan Grey in seine Schranken zu weisen.

»Majestät.« Windhams schneidende Stimme übertönte die Musik und ließ jeden im Raum aufhorchen. »Ich erbitte Eure Aufmerksamkeit in einer sehr ... delikaten Angelegenheit.«

Die Königin zog verwundert die Augenbrauen hoch. »Kann diese Angelegenheit nicht bei Hofe entschieden werden?« sagte sie etwas gereizt.

»Nein, Majestät. Ihr habt selbst den Wunsch geäußert, sie so bald wie möglich zu regeln.«

»Worum geht es, Lord Windham?«

»Ich bitte Euch um die Erlaubnis, Lady Brenna MacAlpin zu heiraten.«

Jeder im Saal schien den Atem anzuhalten. Brenna stand wie angewurzelt da. Sie krampfte die Hände ineinander, bis die Knöchel weiß hervortraten. Das durfte nicht sein! Lieber Gott, bitte, nicht dieser Mann. Nicht dieser Teufel Windham! Liebe konnte es nicht sein, was ihn zu seinem Antrag getrieben hatte. Es war etwas Dunkles, Erschreckendes. Etwas, das sie nicht benennen konnte.

Außer daß er die Augenbrauen unmerklich zusammenzog, zeigte Morgan keine Gefühlsregung. Er betrachtete Windham und bemerkte seinen triumphierenden Ausdruck. O ja, es würde ihm gefallen, Brenna in seinen Besitz einzureihen wie eine Jagdtrophäe. Seit seiner Jugend hatte er immer das Beste gewollt, das schnellste Pferd, das größte Haus, die eleganteste Kleidung, die schönste Frau. Fast alle seine Besitztümer hatte er mit unehrenhaften Mitteln erworben. Und wenn sein Interesse für eine Sache erlahmte, dann warf er sie fort oder tauschte sie gegen etwas noch Wertvolleres ein.

Als die Königin nichts erwiderte, reckte Windham sich zu seiner vollen Größe empor und hob arrogant den Kopf. »Wie Ihr ganz richtig sagtet, Majestät, wäre der Starrsinn der Lady für die meisten Männer ein Problem. Nicht für mich. Ich kann die Frau bändigen und bin zu der edlen Tat bereit, sie zu heiraten.«

Brenna fühlte, wie ihr das Blut aus dem Kopf wich. Am ganzen Körper zitternd, starrte sie die Königin mit einem flehenden Blick an. Als Elizabeth den Mund zum Sprechen öffnete, begann der Boden unter Brennas Füßen zu schwanken.

»Wie edelmütig von Euch, Lord Windham, Euch einer so großen Herausforderung zu stellen«, sagte sie sanft, doch mit spürbarem Sarkasmus. »Wenn doch alle meine Untertanen so ritterlich wären.«

Brenna schloß die Augen und betete, stark zu bleiben. Diesmal würde sie nicht in Ohnmacht fallen, sondern aufrecht wie ein wahrer Schotte ihre Bestrafung empfangen.

»Unglücklicherweise«, fuhr die Königin fort, »kommt Euer Antrag zu spät.« Sie machte eine Pause und genoß den dramatischen Effekt. »Morgan Grey hat bereits um die Hand der Lady angehalten.«

Unter den Gästen erhob sich ein leises Gemurmel. »Den Tag für die offizielle Verlobung werde ich noch festsetzen«, erklärte die Königin, und plötzlich redeten alle aufgeregt durcheinander. Hochrufe und Glückwünsche ertönten.

Brenna hörte nur ein Wort. Verlobung. Und nicht Lord Windham, sondern Morgan Grey würde ihr Gatte werden. Ihre Gefühle waren gemischt. Auf der einen Seite Erleichterung und andererseits eine unbändige Wut darüber, daß so über ihr Leben entschieden wurde, ohne daß man sie fragte.

Ein anderes Gefühl tief in ihrem Inneren versuchte sie zu leugnen. Doch es war da. Der Gedanke, daß Morgan Grey sie heiraten wollte, erregte sie. Engländer oder nicht, er hatte ihre Sinne zum Leben erweckt wie kein anderer Mann vor ihm.

Morgan stand ruhig da und beobachtete sie. Sie errötete und senkte den Blick.

»Eine Hochzeit! Chérie, wie wundervoll.« Madeline nahm Brenna in die Arme und küßte sie auf beide Wangen. Dann wandte sie sich lachend zu Morgan um. »Ihr seid ein Schuft, wie konntet Ihr uns diese Neuigkeit vorenthalten? Warum haben wir es nicht schon am Nachmittag erfahren? Wann werdet ihr beide heiraten?«

»Sobald ich eine Angelegenheit für die Königin erledigt habe«, erwiderte Morgan ernst.

Richard zog ihn zu sich herunter und umarmte ihn. »Seit wann hast du Geheimnisse vor mir, Bruder? Du hast mir kein Wort gesagt.«

»Ich hätte es getan, wenn Zeit gewesen wäre«, murmelte Morgan, »es gibt Dinge, die sich schneller entscheiden, als man denkt.«

»Glücklich siehst du nicht gerade aus. Alle anderen freuen sich mehr als du selbst. Lächle, Morgan. Man könnte meinen, daß du eine Beerdigung planst.«

Morgan verzog den Mund zu einem gequälten Lächeln. Brenna sah es. Während sie von allen Seiten beglückwünscht wurde, konnte sie die Tränen kaum zurückhalten. So also endeten ihre Mädchenträume von einer großen, romantischen Liebe, von einer prächtigen Hochzeit mit ihren Schwestern als Brautjungfern und einer großen Feier, an der ihr ganzer Clan teilnahm. Was für kindische, närrische Träume, denen sie sich hingegeben hatte ...

Der Verlierer Lord Windham konnte seine Wut nur mühsam beherrschen. Er streifte Morgan mit einem betont gleichgültigen Blick, bevor er auf Brenna zuging und sich über ihre Hand neigte. »Meine Glückwünsche, Mylady. Ich bin sicher, Ihr werdet es verwinden, mit beschädigtem Gepäck in den Hafen der Ehe einzulaufen.«

»Mit beschädigtem Gepäck?« fragte sie verwirrt. »Was meint Ihr damit?«

»Wißt Ihr es denn nicht?« Windham verzog den Mund zu einem hämischen Lächeln. »Euer Zukünftiger war schon einmal verheiratet.« Er beobachtete Brenna und weidete sich an ihrem schockierten Gesichtsausdruck. »Eine arrangierte Verbindung, Mylady, genau wie diese. Ehe als Geschäftsvertrag. So etwas ist in gewissen Kreisen üblich.« Nach einem triumphierenden Seitenblick auf Morgan fuhr Windham fort: »So wie beim letzten Mal gewinnt Grey auch jetzt ein hübsches Stück Land dazu. Und Ihr, Mylady, erwerbt einen englischen Gemahl. Ein Geschäft auf Gegenseitigkeit, daß Euch beiden Vorteile bringt. Ein paar Monate Anstandsfrist, und dann werdet Ihr frei für neue Eroberungen sein.« Sein Lächeln wurde breiter. »Ihr versteht, was ich meine . . .«

Ja, Brenna verstand Windhams Andeutung. Sie wurde kreidebleich.

Windham wandte sich Morgan zu, der seine Wut mit keiner Regung zeigte. »Meine Glückwünsche, Grey. Ich hoffe für Euch, daß die Lady wenigstens bis zur Hochzeit treu sein wird.«

Ein unbehagliches Schweigen breitete sich im Raum aus. »Genug, Windham!« rief die Königin. Sie befahl ihren Musikanten, eine zarte Weise zu spielen. »Dieser Tanz ist unserem Brautpaar gewidmet. Morgan, tanzt mit Eurer Verlobten!«

Brenna wäre am liebsten im Boden versunken. Der Befehl der Königin klang nach allem, was geschehen war, wie Hohn in ihren Ohren. »Mylord, ich kann nicht«, flüsterte sie, als Morgan sie bei der Hand nahm. »Ich fürchte, all dies hat mich zu sehr . . . überwältigt.«

Morgan verneigte sich kurz vor ihr und drehte sie sanft im Kreis. Er lächelte, obwohl er Windham am liebsten den Hals umgedreht hätte. Der Kerl hatte ihm nicht einmal Zeit gelassen, Brenna alles in Ruhe zu erklären. Und nun diese peinliche Situation.

»Bitte, Mylord. Ich fühle mich sehr schwach. Gleich werde ich ohnmächtig.«

»Ihr werdet mit mir tanzen«, flüsterte er dicht an ihrer Schläfe. »Und Ihr werdet dem Protokoll gehorchen. Ihr wißt, daß Ihr Euch nicht vor der Königin zurückziehen dürft. Wenn wir allein sind, werden wir über alles reden. Habt Ihr mich verstanden?«

Allein. Ihr Herz begann zu rasen. »Also gut«, murmelte sie zwischen zusammengepreßten Zähnen. »Ich werde das Spiel mitspielen, Morgan Grey. Bis wir allein sind.«

Er drückte die Lippen auf ihre Schläfen, und augenblicklich spürte sie das Feuer heißer Erregung. »Und was dann, Mylady?«

»Dann . . .« Die kurze, wie unabsichtliche Berührung seiner Schenkel ließ sie erbeben. »Dann werde ich Euch zeigen, wie eine Schottin kämpft.«

Er lächelte auf sie hinab. Dieses charmante, verführerische Lächeln – welche Frau wäre nicht dahingeschmolzen? »Und ich, Mylady, werde Euch zeigen, wie ein Engländer liebt.«

Brenna stand fröstelnd vor dem Kamin und kreuzte die Arme vor der Brust. Nachdem der Festtrubel vorbei war, fühlte sie sich erschöpft und niedergeschlagen. Wie würde sie das Leben in dieser dekadenten, verdorbenen Gesellschaft ertragen, an der Seite eines Mannes, der sie aus reiner Berechnung heiratete?

Morgan reichte ihr einen Kelch mit Wein. »Trinkt einen Schluck. Es wird Euch aufwärmen.« Er begann, im Raum auf und ab zu wandern. Dann lehnte er sich gegen den Fenstersims und starrte in die Flammen. »Es tut mir leid, daß Ihr dieses unwürdige Schauspiel ertragen mußtet, Mylady. Wenn es nach mir gegangen wäre, wäre es anders verlaufen.«

Brenna sagte nichts, und Morgan sprach weiter. »Und was meine erste Ehe betrifft – nun, für Euch war es sicher ein Schock . . .«

»Irgendwann werde ich vielleicht so abgestumpft sein, daß mich in diesem sittenlosen Land nichts mehr schockieren kann«, entgegnete Brenna bitter.

Morgan hielt ihren Blick fest. »Windham hat gelogen«, sagte er gepreßt. »Ich wurde in dieser Ehe nur benutzt.« Er machte eine Pause. »Sie dauerte übrigens kein Jahr.«

»Wie . . . was . . .« Brenna verstummte. Eine Ehescheidung war für sie unvorstellbar. In Schottland war eine Ehe untrennbar, aber in England hatte Elizabeths Vater, König Heinrich, die Scheidung eingeführt, damit er seine Gemahlinnen nach Belieben wechseln konnte.

»Die Frau starb.«

Der gequälte Ausdruck in seinen Augen weckte Brennas Mitleid. »Das tut mir leid, Mylord. Ihr trauert noch immer, nicht wahr?«

Sein Mund wurde zu einer dünnen, harten Linie. »Habt Dank für Euer Mitgefühl, aber Ihr verwechselt Trauer mit Bitterkeit. Wie kann ich um eine Frau trauern, die mir nie gehört hat?«

»Was sagt Ihr da, Mylord?«

»Die Lady liebte einen anderen. Mich hat sie nur benutzt, um ihren Geliebten eifersüchtig zu machen. Und um seinem Kind einen Namen zu geben.«

»Ein Kind! Ihr habt ein Kind, Mylord?«

»Nein.« Morgan trank hastig und schenkte seinen Kelch wieder voll. »Das Kind starb, bevor es geboren war.«

Überwältigt von Mitgefühl, berührte Brenna seinen Arm. »Das tut mir sehr leid, Mylord.«

Ihre Berührung war wie Feuer. Morgan zog den Arm fort. »Ich will Euer Mitleid nicht.«

Sie beobachtete, wie er den Weinkelch zum zweitenmal leerte. Eine lähmende Hilflosigkeit ergriff sie. Sie wollte etwas sagen, war aber zu keinem Wort fähig. Endlich faßte sie Mut. »Warum . . .« Sie schluckte und begann von neuem. »Wenn Ihr so enttäuscht und verbittert seid, Mylord, warum habt Ihr dann um meine Hand angehalten? Ich erinnere mich, wie entschieden Ihr Euch anfangs gewehrt habt . . .«

Ja, warum? Dieselbe Frage hatte Morgan sich auch schon gestellt. Sein Gesicht wurde zu einer undeutbaren Maske. »Ich fühle mich für Euch verantwortlich, denn schließlich habe ich Euch nach England gebracht. Als mir klar wurde, daß Windham Euch zur Frau haben wollte, habe ich mit der Königin gesprochen. Ich hätte nie geduldet, daß Ihr unter Windhams grausamer Tyrannei hättet leiden müssen.« Er lachte leise. »Ich nehme meine Verantwortung ernst.«

»Eure Verantwortung?« Bis jetzt hatte Brenna sich beherrscht, aber nun ging sie mit der Wut einer verwundeten Löwin auf Morgan los. »Einen Mann, der mich aus Pflichtgefühl heiraten will, will ich nicht.«

»Wollt Ihr damit sagen, daß ich Euch an Windham abtreten soll?«

»Nein!« zischte sie. »Das Problem läßt sich viel einfacher lösen. Laßt mich nach Hause zurückkehren.«

Als müsse er einem Kind etwas erklären, sagte er übertrieben geduldig: »Die Königin hat verfügt . . .«

»Zum Teufel mit der Königin! Und zum Teufel mit Euch, Morgan Grey!« Sie nahm den Kelch und schmetterte ihn gegen den Kamin.

Ehe sie zurückweichen konnte, war Morgan bei ihr und faßte sie bei den Schultern. Die Spur eines Lächelns erschien in seinen Augen. »Aha. Es ist also doch so, wie ich vermutete. Die eisige Jungfer verbirgt ein hitziges Temperament hinter der kühlen Fassade.«

»Ich sagte, daß ich Euch zeigen würde, wie eine wahre Schottin kämpft.« Sie versuchte, ihn wegzuschieben, aber seine Hände waren zu kräftig.

Er lächelte und zog sie eng an sich. »Und ich habe versprochen, Euch zu zeigen, wie ein Engländer liebt.«

Morgan erstickte Brennas Protest mit einem stürmischen Kuß. Ihr Körper begann zu glühen, und als der Kuß drängender wurde, war sie verloren. Ein heißes Sehnen stieg in ihr auf und schien jede Überlegung auszuschalten.

Doch noch immer wehrte sie sich. Sie trommelte mit den Fäusten auf seine Schultern. Er reagierte nicht und hielt sie fest, als wäre sie ein kleines Kind.

»Hat Euch je ein Schotte so geküßt?« murmelte er und fuhr mit der Zunge an den Linien ihrer Lippen entlang, bis sie erbebte.

»Hat je ein Schotte so Eure Sinne erregt?« Er teilte ihre Lippen und erforschte die Süße ihres Mundes.

Brenna keuchte und wollte sich entziehen – er war zu stark. »Zum Teufel mit Euch«, flüsterte sie mit rauher Stimme.

»Oh, ich bin schon jetzt verdammt in alle Ewigkeit«, murmelte er, küßte sie wieder und vergrub die Hände in ihrem seidigen Haar.

Sie wehrte sich noch immer, aber ihr Widerstand wurde schwächer, als er sich von neuem über sie beugte und sie mit einer Leidenschaft küßte, die ihr den Atem nahm. Leise stöhnte sie auf, und er wußte, daß er gewonnen hatte.

Mit einem wissenden Lächeln schloß er sie in die Arme und ließ dann die Hände langsam nach vorn gleiten. Nur ganz leicht strich er über ihre Brüste und fühlte, wie die Spitzen sofort hart wurden. Seine Erregung wuchs. »Ich bin verdammt dazu, etwas zu ersehnen, was ich nie besitzen werde.«

Er fühlte, wie sie erbebte. Sein Verlangen wurde übermächtig. »Hat je ein Schotte Euch so berührt?«

»Hört auf! Ihr müßt aufhören!«

»Ja. Ich werde aufhören.« Er neigte sich über sie, bis er fast ihre Lippen berührte. Diesmal wich sie nicht zurück und versuchte nicht, sich seinem Kuß zu entziehen. »Ich werde aufhören, wenn Ihr mir sagt, daß Ihr meinen Anblick und meine Küsse nicht ertragen könnt.« Er senkte den Mund auf ihre Lippen, und ohne zu zögern, drängte sie sich ihm entgegen.

Ihre Lippen öffneten sich seinem Kuß. Zuerst zögernd, dann immer kühner erwiderte sie die Liebkosungen seiner Zunge, bis sie ihn tief und leidenschaftlich küßte.

Morgan bemerkte sehr wohl, wie sie die Arme um seinen Nacken legte und sich an ihn preßte. Sein Plan war aufgegangen. Er hatte Brenna beweisen wollen, daß sie trotz ihrer Wut, trotz ihres hartnäckigen Widerstands auf ihn reagieren würde. Es war ihm gelungen.

Daß er selbst ihrem Zauber verfallen würde, war nicht eingeplant gewesen. Genau das, was er all die Jahre mit Erfolg vermieden hatte, war ihm jetzt widerfahren. Brenna hatte ihn erobert und nicht er sie. Er begehrte sie, er wollte sie, er konnte nicht ohne sie sein.

»Sag mir, Brenna, hat je ein Schotte dein Blut so in Wallung gebracht?« Er küßte sie, bis sie nach Luft rang, aber noch immer konnte er nicht den Mund von ihrem lösen. Dicht an ihren Lippen murmelte er leise: »Hat je ein Schotte dein Herz so zum Rasen gebracht?« Er legte ihr die Hand auf die Brust und spürte ihren hämmernden Herzschlag.

Mit der Zunge liebkoste er ihre Ohren, bevor er wieder ihre Lippen suchte. Sie stöhnte leise, und er fuhr ihr mit der Hand durchs Haar, bog ihren Kopf nach hinten und strich mit den Lippen über ihren Hals bis zu der Wölbung ihrer Brust. Durch den Stoff ihres Kleides konnte er fühlen, wie die Knospe ihrer Brust sich hart aufrichtete. Es zeigte ihm, wie sehr er sie erregte. Ja, sie begehrte ihn, so wie er sie begehrte.

Welch eine Macht er über sie hatte. Brenna haßte ihn, weil er so überlegen blieb, während sie nah daran war, den Verstand zu verlieren. Und er wußte es, er genoß es sogar, daß seine Liebkosungen sie schwach machten.

Sie haßte sich selbst dafür, daß sie dieser qualvoll-süßen

Sehnsucht in ihrem Inneren nachgab. Daß sie sich diesem Gefühl, das ihren Verstand außer Kraft setzte, lustvoll hingab. Sie haßte diese Schwäche, die von ihrem ganzen Wesen Besitz ergriffen hatte.

In enger Umarmung ließen sie sich auf den Boden sinken. »Sag mir, daß du dies nicht willst«, forderte Morgan sie heraus. »Sag es, und ich werde sofort gehen.«

Brenna hob den Kopf und sah ihn an. – In ihren Augen schwammen Tränen. Die Gefühle, die in ihr brannten, waren so neu und überwältigend, daß sie ihr angst machten. Sie wollte diesen Mann, wollte ihn mehr als irgend etwas auf der Welt. Noch nie hatte sie sich so wild und so frei gefühlt. Fast erschrak sie vor sich selbst. Ihr war, als hätte sie sich in eine andere Frau verwandelt.

»Sag es!« befahl Morgan.

»Ich ...« Ihr Mund war so trocken, daß sie nicht sprechen konnte. Sie schluckte und versuchte es noch einmal, aber kein Wort kam heraus. Was sollte sie auch sagen? Verlangend drängte sie sich an ihn und schloß die Augen.

Sie ergab sich. Der Gedanke steigerte Morgans Begehren ins Grenzenlose. Er würde seinen Stolz begraben. Er würde bitten und betteln, um Brenna zu bekommen. Wenn er sie nicht anders gewinnen konnte ...

»Ihr könnt es noch so sehr ableugnen, Mylady. Aber Euer Körper verrät die Wahrheit.«

Sie sah ihn an, verlangend, hilflos, flehend. Und plötzlich stürzten ihr die Tränen aus den Augen, und die Worte sprudelten aus ihr heraus. »Ich habe Angst. Ich war noch nie mit einem Mann zusammen.«

Eine Jungfrau. Als hätte er es nicht gewußt. Morgan schloß sekundenlang die Augen und zwang sich, ruhig zu atmen. Plötzlich verabscheute er sich selbst. Er hatte dieses süße, unschuldige Mädchen mit seiner Begierde verrückt gemacht. Und fast hätte er sie hier auf dem kalten Boden genommen wie eine Dirne in einer Taverne.

Er ließ die Arme sinken.

Brenna suchte seinen Blick. Das Leuchten war aus seinen Augen verschwunden. Seine Miene war plötzlich abweisend.

Ein Gefühl der Niederlage kroch in Brenna hoch. Morgan wollte sie nicht. Sie fühlte sich auf einmal kalt und leblos, nachdem sie eben noch wie trunken vor Lust gewesen war. In Morgans Armen war sie zum Leben erweckt worden, mit ihm hatte sie sich glücklich wie noch nie zuvor gefühlt. Und ohne ihn – das spürte sie – würde sie dieses Glücksgefühl nie wieder erleben.

Morgan mißverstand ihr Schweigen. »Vergebt mir, Brenna.« Er hob die Hand und wischte ihre Tränen fort. »Wenn ich mit Euch zusammen bin, vergesse ich mich. Ich habe noch nie versucht, eine Frau gewaltsam zu nehmen. Mit Euch bin ich zu weit gegangen. Dazu hatte ich kein Recht.«

Sie wollte ihm sagen, daß sie das gleiche Verlangen empfand wie er. Aber sie fand nicht die Worte. All dies war so neu und verwirrend.

Er stand auf und half ihr hoch. »Gute Nacht, Mylady. Mein Benehmen war unverzeihlich. Ich hoffe, Ihr seht es mir nach.«

Sie sah ihn an, versuchte, ihm mit ihrem Blick ihre Gefühle mitzuteilen.

Er nahm sie bei der Hand und führte sie zu ihrem Zimmer. »Schlaft gut, Brenna.«

14. KAPITEL

Brenna kämpfte mit den Tränen. Sie würde nicht wegen Morgan Grey weinen. Er war ihre Tränen nicht wert. Er liebte sie nicht. Wahrscheinlich ist er überhaupt nicht zur Liebe fähig, dachte sie, während sie versuchte, sich auszukleiden.

Wo war überhaupt Rosamunde? Hatten die Zofen sich verschworen und ließen sich absichtlich nicht blicken, damit Morgan Grey ihr beim Auskleiden half? Jetzt fiel Brenna ein, daß sie nicht einmal die Wachen im Flur gesehen hatte. Als sie sich in ihrem Gemach umsah, entdeckte sie weitere Veränderungen. Auf dem Bett war ein Nachtgewand aus feinstem Linnen ausgebreitet, und auf einem Tischchen stand eine Schale mit frischen, betörend duftenden Rosenblättern. Brennas Ärger wuchs. Man hatte alles für die Liebenden hergerichtet.

Liebende. Morgan Grey liebte niemanden außer sich selbst. Seine über Jahre angestaute Verbitterung ließ in seinem Herzen keinen Raum für Liebe.

Brenna zog sich rasch aus, schlüpfte in das Nachthemd und kroch unter die warme Decke. Als sie in die Flammen des Kamins starrte, dachte sie an das verzehrende Feuer, das Morgan in ihr entzündet hatte. Wie hatte das nur geschehen können? Warum hatte sie dem Engländer geglaubt, so weit zu gehen, daß sie sich fast vergessen hätte?

Bis jetzt hatte sie sich für stark genug gehalten, um allem zu widerstehen. Doch Morgan Grey brauchte sie nur zu berühren, und dies sinnlich-schmerzhafte Sehnen erfaßte ihren Körper. Und ihre Seele.

Welch eine Ironie, daß sie ihren aufgezwungenen zukünftigen Ehemann liebte. Tiefer und leidenschaftlicher, als sie es sich in ihren romantischen Mädchenträumen vorgestellt hatte. Morgan Grey aber liebte sie nicht. Enttäuscht, verbittert und unfähig zur Liebe, würde er sie nur benutzen. Skrupellos benutzen, um sie dann fallenzulassen.

Brenna blickte in die Flammen, bis ihr die Lider schwer wurden. Mein Leben wird ohne Liebe sein, war ihr letzter Gedanke, bevor sie einschlief.

Plötzlich schreckte sie aus dem Schlaf hoch. Hatte sie ein Geräusch gehört oder nur geträumt? Sie konnte nichts sehen, denn das Feuer war heruntergebrannt. Der Raum lag fast völlig im Dunkeln.

Sie lag ganz still und horchte. Vor dem Fenster raschelten die Blätter. Der Schrei einer Eule ertönte.

Da war das Geräusch wieder. Es hörte sich an, als würde eine Tür geöffnet. Brenna erstarrte. War es die Tür zu ihrem Gemach?

Sie setzte sich auf, versuchte, die Dunkelheit zu durchdringen. »Morgan«, flüsterte sie, »seid Ihr es?«

Einen langen Moment blieb es still, dann eine Bewegung.

»Morgan.« Brenna hob ärgerlich die Stimme. »Ich weiß, daß Ihr da seid.«

»Voll sehnsüchtiger Erwartung, süße Brenna?« Der Geruch von Ale war dicht über ihr.

»Wer seid . . .«

»Ein Geliebter oder zwei – was macht das schon, Mylady? Wollt Ihr mir nicht Platz in Eurem Bett machen?«

Im ersten Moment war sie vor Angst wie gelähmt. Dann versuchte sie, sich wegzudrehen, aber eine starke Hand hielt sie fest. Ehe sie schreien konnte, preßte ihr der Eindringling die Hand auf den Mund. Sie fühlte die Klinge eines Messers an ihrem Hals.

»Ihr werdet das tun, was ich Euch sage. Habt Ihr verstanden?«

Sie gab einen erstickten Laut von sich und nickte schwach.

»Gut. Das ist sehr vernünftig, Mylady.«

Sie hörte ein leises, boshaftes Lachen, und ein eisiger Schauer überlief sie. Dies war ein Verrückter, der sich nicht scheuen würde, sie zu töten.

»Zieht das Nachthemd aus!«

»Bitte . . .«, brachte sie mühsam hervor.

»Habt Ihr meinen ersten Befehl vergessen? Dann muß ich Euch wohl erinnern.«

Sie fühlte einen scharfen Schmerz und dann etwas Warmes auf ihrem Arm. Es dauerte einen Moment, bis sie begriff, daß ihr Peiniger sie mit dem Messer verletzt hatte. In ihrer verzweifelten Wut schlug sie die Zähne in seinen Arm und biß zu, daß er vor Schmerz aufheulte und sie losließ.

Daraufhin schlug er sie ins Gesicht, und noch einmal, so daß ihr Kopf von einer Seite zur anderen flog. »Und jetzt, Mylady, werde ich Euch die nächste Lektion erteilen.« Mit einem schrillen Lachen warf er sich auf Brenna und schlitzte ihr Nachthemd auf.

Sie biß, kratzte, trat mit den Füßen, tastete in der Dunkelheit nach einer Waffe. Während ihr Angreifer sie unter wütenden Flüchen zu zähmen versuchte, ergriff sie den Leuchter auf dem Nachttisch und schlug zu. Ihr Gegner stöhnte laut auf.

»Du kleines Biest, das wirst du mir büßen!« Der Kerl entwand ihr den Leuchter, der polternd auf den Boden fiel. Er beugte sich über sie, und als er sie küssen wollte, begann sie von neuem zu kämpfen.

Sein heißer, übelriechender Atem war ekelerregend. »Nein!« schrie sie. »Eher will ich sterben.«

»Gut. Dann sollt Ihr Euren Willen haben«, keuchte er.

Sie sah, wie die dunkle Gestalt sich aufrichtete und den Arm hob. Mit einer schnellen Drehung rollte sie zur Seite, und das Messer steckte dicht neben ihrem Kopf im Kissen. Blitzschnell ließ sie sich aus dem Bett gleiten und rannte zur Tür. Doch bevor sie sie öffnen konnte, wurde sie zurückgerissen. Eine Hand schloß sich um ihre Kehle. Nach Luft ringend, packte sie mit beiden Händen den Arm ihres Angreifers und versuchte, sich loszureißen.

Sie kämpfte mit der Kraft der Verzweiflung, aber der Würgegriff ihres Gegners schwächte sie. Ihre Kräfte ließen nach. Flimmernde Lichter tanzten vor ihren Augen, ihr Kopf dröhnte, und in ihren Ohren gellte ein schriller, anhaltender Ton. Sie fühlte, wie sie in tiefes Dunkel sank.

Plötzlich lockerte sich der Griff an ihrem Hals, und sie stürzte nach Atem ringend zu Boden.

»Gott im Himmel! Brenna!«

Wie durch eine dichte Nebelwand drang Morgans Stimme zu ihr. Aus dem Wohnraum fiel schwaches Licht herein, und sie sah den dunklen Blutfleck auf dem Teppich.

Dann war Morgan bei ihr und hob sie hoch. Sie klammerte sich zitternd an ihn. »O Morgan, er hätte mich fast ... Wo ist er?«

Sie hörten eine Tür schlagen. Morgans erster Gedanke war, dem Flüchtenden zu folgen. Aber sein Blick auf die zitternde Gestalt in seinen Armen sagte ihm, daß Brenna ihn brauchte. Er trug sie in sein Schlafgemach und legte sie auf das Bett.

Behutsam untersuchte er die blutende Wunde an ihrem Arm. In seinem Blick lag tiefe Sorge ... und mehr. »O Brenna, was hat er dir getan, Liebste?«

Liebste. Bei dem zärtlichen Wort begann sie zu weinen. Und je heftiger sie weinte, desto größer wurde Morgans Sorge.

»Großer Gott, er hat dich schwer verletzt. Hast du große Schmerzen?«

Sie wischte sich die Tränen fort. »Es ist nicht so schlimm«, schluchzte sie, »nur ein Schnitt.«

»Keine anderen, tieferen Wunden?« forschte er. »Ich meine nicht Messerstiche, sondern das Schlimmste, was ein Mann einer Frau zufügen kann. Hat er dir ... Gewalt angetan, Liebste?«

»Nein. Er hat es versucht. Aber Ihr habt ihn rechtzeitig aufgehalten.«

Morgan stieß einen Seufzer der Erleichterung aus. Er beugte sich über Brenna, schmiegte das Gesicht an ihr Haar und wiegte sie wie ein Kind zärtlich in den Armen.

»Gott sei Dank! Wenn er dir etwas angetan hätte ...«

Sie spürte, wie aufgewühlt er war. War es möglich, daß sie Morgan etwas bedeutete?

Als er sich wieder gefaßt hatte, stand er auf.

Ihr war nicht bewußt, daß er sie nackt gesehen hatte. Oder doch? Auf einmal fühlte sie sich ihm so nah und vertraut. Auf einmal sah sie ihn mit ganz anderen Augen. Schweigend beobachtete sie ihn, wie er die Glut im Kamin anfachte und ein Holzscheit nachlegte. Plötzlich war er nicht mehr der »Wilde der Königin«, sondern ein fürsorglicher, liebevoller Mann. »Liebste«, hatte er zu ihr gesagt. Ob er es auch so meinte? Brennas Herz begann schneller zu schlagen.

Morgan zündete eine Kerze an, trat ans Bett und hielt sie so, daß er Brennas Wunde sehen konnte. »Es blutet zwar noch, aber ernst scheint es wirklich nicht zu sein.«

»Ich vermute, daß mein Angreifer größere Schmerzen hat als ich«, sagte Brenna. »Die Genugtuung habe ich wenigstens.«

»Du hast ihn verletzt? Aber wie, Liebste?«

Es blitzte in ihren Augen. »Mit meinen Zähnen und Fingernägeln. Und mit dem Kerzenleuchter. Ich habe ihn am Kopf getroffen, und er hat vor Schmerz aufgeheult.«

Morgan betrachtete sie einen Moment fassungslos. Dann warf er den Kopf zurück und lachte. »Verzeiht mir. Aber Ihr seid eine Kriegerin, die die Männer das Fürchten lehrt.« Er wurde wieder ernst. »Wir werden den Kerl finden. Und wenn wir jeden Mann in England auf Kratz- und Bißwunden untersuchen müssen.«

»Hättet Ihr mir meine Waffe gelassen«, sagte sie vorwurfsvoll, »dann hätte er nicht entkommen können.«

Er sah sie einen Moment lang an. »Ihr werdet eine Waffe bekommen.«

»Ist das Euer Ernst?« fragte sie ungläubig.

»Ja.« Er hob ihre Hand an die Lippen. In seinen Augen lag wieder jener Ausdruck, den sie noch nie vorher bemerkt hatte. »Ich möchte Euch nie wieder hilflos sehen, Brenna.« Er ging kurz hinaus und kam mit einem Dolch in der Hand zurück. »Hier. Er gehört Euch.«

Er gab ihr das Stilett, dessen goldener Griff mit Rubinen und Diamanten besetzt war. Die Steine funkelten im Widerschein des Feuers.

»Das ist ein sehr kostbarer Dolch«, murmelte Brenna und fuhr prüfend mit der Hand über die Klinge. Sie war von tödlicher Schärfe.

»Er gehörte meinem Vater. Er schenkte ihn mir kurz vor seinem Tod.«

»Woher wißt Ihr, daß ich ihn nicht gegen Euch einsetzen werde, Mylord?«

Beide merkten nicht, daß sie zu der förmlichen Anrede zurückgekehrt waren.

»Es hat Momente gegeben, da ich es verdient hätte. Aber ich hoffe, daß ich noch einmal eine Gelegenheit erhalte, um Euren Respekt zu erwerben.« Er blickte Brenna eindringlich an. »Führt den Dolch immer mit Euch, Mylady.«

Sein ernster Blick rührte sie tief an. »Ja, Mylord. Immer. Dessen könnt Ihr sicher sein.«

Morgan nickte. Dann trat er an den Tisch mit dem Waschgeschirr und befeuchtete ein Leinentuch. Vorsichtig begann er, die Wunde zu reinigen. Brenna lag ruhig da, ohne Furcht. Denn sie wußte, daß Morgan ihre Verletzlichkeit nicht ausnutzen würde.

Wie schön sie ist, dachte Morgan liebevoll, als er ihr entspanntes Gesicht betrachtete. Sie hat keine Angst, sie vertraut mir. Und er wünschte sich, daß es so bliebe, für immer.

Für immer. In diesem Augenblick wußte Morgan, daß er Brenna liebte und ihre Liebe gewinnen wollte. In diesem Augenblick, da er sie fast verloren hatte, gestand er sich endlich ein, daß er schon in Schottland gefürchtet hatte, sie zu verlieren. Deshalb hatte er sie nach England mitgenommen und nicht aus Pflichtgefühl gegenüber seiner Königin. Er war eifersüchtig auf den apfelwangigen Hamish MacPherson gewesen und konnte den Gedanken nicht ertragen, Brenna diesem unreifen Jüngling zu überlassen.

Sie hatte ihn von Anfang an gereizt. Zuerst ihr kühler Hochmut. Anders als die meisten Frauen war sie seinem unwiderstehlichen männlichen Charme nicht verfallen. Das hatte seinen Stolz verletzt. Er hatte immer leichtes Spiel mit den Frauen gehabt, und Zurückweisungen war er nicht gewohnt.

Der Stachel hatte tief gesessen. Die kühle Jungfrau mit der aristokratischen Haltung benahm sich so ganz anders als alle Frauen, die Morgan kannte.

Sie bekämpfte ihn, wenn er es am wenigsten erwartete. Und sie kämpfte wie ein Soldat. Morgan bewunderte ihre Willensstärke, er liebte die Wortgefechte mit ihr, wenn ihre Augen dunkel wurden wie der Sommerhimmel vor einem Sturm.

Er liebte die Art, wie sie ihn ständig überraschte. Bei ihr war nie vorauszusehen, was sie sagen oder tun würde.

Und sie war so wunderschön. Er liebte ihre anschmiegsame weibliche Gestalt, liebte die Farbe ihres Haares, die Weichheit ihrer Haut, das Violett ihrer Augen, ihren vollen roten Mund. Er liebte alles an ihr. Er liebte sie.

So einfach war das. Und so kompliziert.

Was hatte Richard gesagt? Daß er, Morgan, von ihnen beiden der Krüppel war und seine Wunden nicht heilen ließ. Ja, seine erste Ehe hatte tiefe Narben hinterlassen. Er hatte sich innerlich wie mit einem Panzer umgeben, um nicht noch einmal so verletzt zu werden, und war sich nach dieser langen Zeit nicht sicher, ob er noch einmal einer Frau trauen würde.

Und Brenna? Er hatte versucht, sich ihr aufzudrängen, und mußte sich fragen, ob er bei ihr noch eine Chance hatte. Zumindest vertraute sie sich ohne Furcht seiner Fürsorge an, und das ließ ihn hoffen.

Nachdem er ihren Arm mit einem sauberen Leinenstreifen verbunden hatte, deckte er sie zu und stand auf. »Und jetzt werdet Ihr ruhig schlafen«, sagte er sanft.

Sie griff nach seiner Hand. »Bitte, laßt mich nicht allein.«

Er las die Furcht in ihren Augen. »Ihr braucht Euch nicht zu ängstigen, Brenna. Ich bin im Nebenraum.«

Sie ließ seine Hand nicht los. »Nein. Bleibt bitte hier.«

Lieber Gott im Himmel. Ob sie wußte, was sie von ihm verlangte? Wie sollte er die Tortur ertragen, ihr so nahe zu sein und sie nicht zu berühren? Er zögerte einen Moment.

»Bitte geht nicht. Ich würde es nicht ertragen, heute nacht allein zu sein. Nur wenn Ihr bei mir bleibt, fühle ich mich sicher.«

Morgan musterte sie. Vor einigen Stunden hätte sie dies nicht gesagt. »Gut, wenn Ihr es so wünscht.« Er streifte seine Stiefel ab und streckte sich neben Brenna auf dem Bett aus. Während er darauf achtete, daß die Bettdecke zwischen ihnen blieb, faßte er nach ihrer Hand.

»Haltet mich fest, Morgan.«

Er stöhnte innerlich auf. Mit der größten Zurückhaltung, die er aufbringen konnte, schloß er die Arme um Brenna. Dies war die schlimmste aller Torturen. Es würde seine ganze Willenskraft erfordern, bis zum Morgen still neben ihr zu liegen.

»Schlaf, mein Kleines«, murmelte er. Durch die Decke hindurch fühlte er die Berührung ihrer Brüste und Schenkel.

»Werdet Ihr mich wirklich nicht allein lassen?«

»Ich gebe Euch mein Wort.«

Sie schloß die Augen. Er spürte ihren flatternden Herzschlag und zog sie eng an sich, um seine Kraft auf sie zu übertragen.

Endlich ging ihr Atem ruhig und gleichmäßig. Der feste Griff ihrer Finger lockerte sich. Morgan lächelte erleichtert. Sie schlief. Er hauchte einen Kuß auf ihre Schläfe und fühlte, wie sein Herz vor Liebe zu ihr schmerzte.

Brenna erwachte in den Armen eines Mannes, und in ihrem halbwachen, benommenen Zustand dachte sie, ihr Peiniger sei wiedergekommen und hätte seinen abscheulichen Plan doch noch zu Ende geführt. Eisiges Entsetzen packte sie, aber dann erinnerte sie sich.

Sie öffnete die Augen und sah Morgan, sah direkt in seine dunklen, lächelnden Augen. Wie lange er sie wohl schon beobachtete? Es war ein sonderbares Gefühl, so nah bei ihm zu liegen.

»Guten Morgen. Habt Ihr gut geschlafen?«

»Ja.« Sie streckte sich wohlig, und die Bettdecke rutschte tiefer und enthüllte den Ansatz ihrer Brüste. Morgan hatte nicht vergessen, daß sie nackt war. Während sie schlief, hatte ihn das Bild ihrer makellosen Schönheit verfolgt.

»Habt Ihr denn geschlafen?«

»Vielleicht eine Stunde.«

»Nicht länger? Das tut mir leid. Ich wollte Euch nicht den Schlaf rauben.«

»Es war mir wichtiger, über Euren Schlaf zu wachen, Mylady. Ruht noch ein wenig. Und Ihr braucht nichts zu fürchten. Ich bleibe bei Euch.«

»Ich fühle mich frisch und ausgeruht.« Brenna senkte die Stimme. Tat sie es absichtlich oder unbewußt? »Ich brauche keinen Schlaf mehr.«

Ihr veränderter Ton irritierte Morgan. »Möchtet Ihr, daß ich gehe?«

Sie schloß die Hand um seine. »Nein, Mylord.« Ihre Stimme klang weich und verführerisch.

Morgan kniff die Augen zusammen. So kokett hatte die Lady sich noch nie benommen. Oder ob er ihr Benehmen falsch deutete?

»Wenn Ihr nicht mehr schlafen wollt, gibt es für mich keinen Grund zu bleiben.«

»Ich möchte aber, daß Ihr bleibt.« Sie strich langsam über seinen Arm. Wie anders sich der Arm eines Mannes anfühlte. Diese seidigen Härchen, diese kräftigen Muskelstränge, die sich unter ihrer Berührung spannten.

Seine Stimme wurde rauh. »Ihr verlangt zu viel von mir, Brenna. Ich bin ein Mann und kein Heiliger. Wie lange, glaubt Ihr, kann ich hier ruhig neben Euch liegen, ohne Euch zu berühren?«

Brenna spürte, wie ihr Mund trocken wurde, und fuhr sich mit der Zunge über die Lippen. Er beobachtete es und mußte an sich halten, um sie nicht zu küssen.

»Das müßt Ihr ja nicht, Mylord . . .«

Er glaubte, nicht richtig gehört zu haben. Seine Augen blitzten ärgerlich auf. »Ich habe das nicht scherzhaft gesagt, Mylady.«

»Ich auch nicht, Mylord.«

Er umfaßte ihr Kinn und zwang sie, ihm in die Augen zu sehen. »Ich glaube, Ihr seid noch vom Schlaf benommen und ein wenig verwirrt.«

»Ich bin nicht verwirrt.«

»Dann wollt Ihr Euch für Eure Rettung erkenntlich zeigen. Ihr habt dies nur aus Dankbarkeit gesagt.«

»Aus Dankbarkeit? Nein. Es ist etwas anderes.« Brenna lag regungslos da, als sei sie über ihre plötzliche Kühnheit erschrokken.

»Euch ist anscheinend nicht bewußt, was Ihr da sagt. Wenn ich Euch diesmal berühre, wird es anders enden als vorher. Diesmal werde ich nicht die Kraft besitzen zu gehen. Ich möchte Euch lieben, Brenna. So wie ein Mann eine Frau liebt.«

Er strich ihr mit dem Finger über die Lippen. »Und ich möchte, daß Ihr es erwidert. Mit Körper und Seele.«

Mit Körper und Seele.

Brenna sah ihn lange an. Tief in ihr erwachte ein nie gekanntes, erregendes Gefühl. »Das möchte ich auch, Morgan.«

Das Feuer war zu glühenden Scheiten heruntergebrannt. Die Glut tauchte den Raum in einen rosigen Schein und umhüllte die beiden Gestalten auf dem Bett.

Eine reglose Stille umgab sie. Kein Laut. Kein Laut außer dem Atem zweier Menschen und dem Schlag ihrer Herzen. Zwei Herzen, die in demselben hämmernden Rhythmus klopften.

»Hast du Angst, Liebste?« Morgan zeichnete mit der Fingerspitze den Bogen ihrer Braue nach, streichelte ihre Wange und berührte zart ihren Mund.

Liebste. Der Klang des Kosewortes verstärkte Brennas schmerzende Sehnsucht. »Ja. Ich habe schreckliche Angst«, flüsterte sie.

Er hauchte ihr einen Kuß auf den Mund. »Dazu hast du keinen Grund. Ich verspreche, daß ich dir nicht weh tun werde. Ich werde dir nie weh tun, Brenna.«

»Vor Euch habe ich keine Angst.« Sie wich zurück. »Aber ich fürchte, daß ich Euch nicht das geben kann, was Ihr erwartet.«

Er ließ die Hand an ihrem Rücken hinabgleiten und zog Brenna fest an sich. »Du gibst mir schon jetzt mehr, als du ahnst. Du machst mich glücklich, Brenna. Du bist das wunderbarste Geschöpf, dem ich je begegnet bin. Die ganze Schönheit, all das Gute dieser Welt spiegelt sich in deinen Augen wider.«

Sie lächelte unsicher.

Er verstand, daß ihr das Neue, Unbekannte angst machte. »Vertrau mir«, sagte er mit sanftem Lächeln. »Es ist wahr, daß wir eine andere Welt betreten werden. Und das Unbekannte ist immer erschreckend. Aber wir gehen gemeinsam, Liebste.«

Er preßte die Lippen auf ihre Schläfe und spürte das heftige Klopfen ihres Pulses. Und er schwor sich, behutsam zu sein, sanft und zärtlich. Dieser Moment sollte kostbar und unvergeßlich für sie werden.

Er strich mit den Lippen über ihre Wange und küßte ihre Nasenspitze. »Die hochmütige kleine Nase«, murmelte er zärtlich.

Sie lachte, und er fühlte, wie sie sich entspannte. »Gefällt Euch meine Nase nicht?«

»Es ist eine hübsche Nase. Und ein noch schönerer Mund.« Sie seufzte auf und wandte ihm voll das Gesicht zu. Ihre Lippen fanden sich in einem zarten Kuß. »Ein so wundervoller Mund«, flüsterte er und kostete die samtige Weichheit ihrer Lippen. So weich. So verführerisch.

Langsam fuhr er mit der Hand über ihren Rücken und hinterließ eine brennende Spur auf ihrer Haut. »Du bist so zart, Liebste. So zerbrechlich.« Er stützte sich auf, um sie zu betrachten. Ihre Haut schimmerte wie Rosenblüten im Widerschein des Kaminfeuers. »So schön.« Fast andächtig ließ er die Hand über die Rundung ihrer Hüfte zu ihrer Taille gleiten, und dann höher, bis er ihre Brust berührte.

Sie schloß die Augen, und er küßte ihre Lider. Während er mit den Lippen ihr Gesicht erkundete, ließ sie sich entspannt wie auf einer leichten Wolke davontragen.

Morgan liebkoste ihre Wange, ihr Kinn, ihr Ohr. Er zeichnete mit der Zunge die Bögen ihrer Lippen nach, drückte seinen Mund sanft auf ihren und versank in dieser unbeschreiblichen Schmiegsamkeit.

Brenna gab sich seufzend der Liebkosung hin. Es war mehr als ein Kuß. Es war ein Versprechen.

Er hob ihre Hand an die Lippen und drückte einen Kuß hinein, küßte jede ihrer Fingerspitzen. Sie erbebte, als er eine heiße Spur von Küssen über ihren Arm zog. Und als er spielerisch ihren Hals liebkoste, lachte sie leise.

Ehe sie gewahr wurde, was er tat, hatte er sich hinabgebeugt. Wie den Hauch eines Schmetterlingsflügels spürte sie seinen Kuß auf dem Bogen ihrer Hüfte. Erschrocken versuchte sie sich zu entziehen, doch er hielt sie eng umfangen, während er die Lippen langsam über ihre Hüfte zu ihrer Taille wandern ließ. Mit angehaltenem Atem lag sie da und beobachtete durch ihre halbgeschlossenen Augen, wie er ihren Bauch mit kleinen heißen Küssen bedeckte. Ihr ganzer Körper vibrierte. Nie hätte sie geglaubt, daß die Küsse eines Mannes ihr so viel Lust bereiten würden.

Morgan näherte sich ihren Brüsten, und er hörte, wie sie scharf den Atem einzog. Als er die Lippen um eine der Knospen schloß, stöhnte sie auf.

Ein heißer, süßer Schmerz durchzuckte sie. Dann fühlte sie die Flamme tief in ihrem Inneren, die sich ausbreitete und ihren ganzen Körper durchglühte. Brenna brannte vor Verlangen und bog sich Morgan schwer atmend entgegen.

Er hob den Kopf und küßte ihre andere Brust, ließ die Zunge lockend um die aufgerichtete Knospe kreisen. Mit einem lustvollen Seufzer drängte Brenna sich an ihn, umfaßte seinen Kopf und zog ihn zu sich hinab.

Morgan küßte sie wild und hungrig. Alles in ihm drängte zu ihr, doch er zwang sich, sein Begehren zurückzuhalten. Er wollte Brenna die Zeit geben, die sie brauchte.

Ihre Lust steigerte sich, als sie seine wachsende Erregung spürte. Sie berührte ihn, zuerst scheu und dann mit sinnlicher Freude. Wie aufregend es war, seine Haut zu fühlen und seinen wundervollen Körper zu liebkosen. Sie strich langsam mit der Hand über seinen Rücken, seine Schulter und seine muskulöse Brust.

Sie fühlte, wie seine Brustspitzen unter ihrer zarten Berührung hart wurden. Sofort zog sie die Hand zurück.

»Nicht. Hör nicht auf, Liebste«, murmelte Morgan und zog ihre Hand wieder heran.

Sie lächelte scheu und fuhr fort, ihn zu liebkosen. Plötzlich fühlte sie die Narbe, die ihr Dolch zurückgelassen hatte. Das Lächeln schwand aus ihren Augen. »Es tut mir leid, daß ich dich verletzt habe.«

»Das ist lange vergessen, Brenna.«

»Aber ich habe es getan, und ich hätte dich ins Herz treffen können.« Voll Reue und Zärtlichkeit senkte sie die Lippen auf die Stelle.

Morgan war auf ihren Kuß nicht vorbereitet. Das Feuer in ihm loderte auf und überfiel ihn mit fast brutaler Gewalt.

Brenna hörte, wie er aufstöhnte. Seine Reaktion ermutigte sie zu gewagteren Liebkosungen. Als sie langsam mit den Fingerspitzen über seinen Bauch strich, fühlte sie das Zucken seiner Muskeln. Konnte es sein, daß sie diesen starken Krieger mit einer einzigen Berührung schwach machte?

»Angst, Mylord?« fragte sie mit einem Lachen in der Stimme.

»Nein, kleine Hexe.« Sie glaubte, in der Tiefe seiner dunklen Augen zu ertrinken. »Ich habe nur Angst, daß du aufhörst.«

Das machte sie noch kühner. Während sie seinen Blick festhielt, ließ sie die Hand tiefer wandern und begann, seine Hose zu öffnen. Er half ihr, bis auch die letzte Schranke zwischen ihnen beseitigt war.

Brenna betrachtete ihn im Schein des Kaminfeuers. Sein herrlicher kraftvoller Körper war wie gemeißelt, die vollkommene Ergänzung zu ihrer weiblichen Zartheit.

»Küß mich, Brenna. Komm zu mir, bevor ich den Verstand verliere.«

Sie war von ihrer neuentdeckten Macht wie berauscht. Als sie die Hand tiefer schob, hörte sie Morgans lustvolles Stöhnen, sah, wie er die Augen vor Erregung schloß. Dann zog er sie zu sich heran und küßte sie so hungrig und wild, daß es ihr fast den Atem nahm.

Sie umschlang ihn und erwiderte seinen Kuß mit ungestümer Leidenschaft. Das Feuer breitete sich aus, erfaßte ihre Körper, brachte ihr Blut zum Sieden.

Morgan löste sich schwer atmend von ihren Lippen und küßte sie auf den Hals. Aufstöhnend bog sie den Kopf zurück, und dann, als Morgans Lippen sich um ihre Brustspitze schlossen, schrie sie leise auf.

»Morgan, bitte.« Sie wand sich unter seinen magischen Liebkosungen, drängte ihm den Schoß entgegen, rief wieder und wieder keuchend seinen Namen.

Seine Hände, seine Lippen schienen überall die verborgenen Geheimnisse ihres Körpers zu erkunden. Er ließ die Finger zwischen ihre Schenkel gleiten und fand sie bereit für die Vereinigung.

»Sag es, Liebste. Sag, daß du mich begehrst.«

Sie war wie besinnungslos vor Lust, war nichts als heißes Begehren. Beinahe schmerzhaft drängte alles in ihr nach der erlösenden Erfüllung. »Ich will dich. O Morgan, ich liebe dich.«

Liebe. Er ließ das Wort in sich einsinken. Sie liebte ihn. Das war mehr, als er sich je erhofft hätte. Daß diese Frau ihn lieben würde, so wie er sie liebte. Ein größeres, schöneres Geschenk des Schicksals konnte er sich nicht vorstellen.

Heißes Verlangen loderte in ihm auf, und nun konnte er sich nicht länger zurückhalten. Brenna. Noch nie hatte er eine Frau so begehrt wie sie. Denn er liebte sie. Als er sich über sie schob, blickte er in ihre Augen und erkannte, wie sehr sie ihn liebte und wie sehr sie ihn wollte.

Behutsam drang er in sie ein und begann, sich langsam zu bewegen. Es überraschte ihn, wie einfühlsam sie reagierte. Ihre Kraft, ihre Bedürfnisse und Empfindungen entsprachen genau den seinen. Sie bewegte sich im gleichen Rhythmus wie er und steigerte seine Lust, bis er sich der wilden Leidenschaft seines Körpers ohne Einschränkung überließ. Mit einem Aufschrei bäumte Brenna sich auf, preßte sich sekundenlang fest an ihn, bis beide ermattet zusammensanken, schwer atmend und eng aneinandergeschmiegt, erfüllt von dem überwältigenden Erlebnis ihrer ersten Vereinigung.

15. KAPITEL

Liebevoll umschlungen lagen sie beieinander, schweigend. Keiner von beiden mochte den Zauber dieses kostbaren Moments stören. Morgan betrachtete Brennas Gesicht. Ihre Augen schimmerten feucht.

»Tränen?« fragte er bestürzt. Unwillkürlich rückte er von ihr weg. »Ich habe dir weh getan.«

»Nein.« Sie zog ihn an sich und legte den Kopf an seine Brust. »Ich weiß, es ist dumm. Aber mir ist nach Weinen zumute.«

»Dann weine, mein Liebstes.« Er küßte sie auf die Augen und schmeckte das Salz ihrer Tränen.

»O Morgan.« Sie legte die Arme um seinen Nacken und ließ ihren Tränen freien Lauf. Ihr war, als hätte sich die Anspannung eines ganzen Lebens in ihr gelöst. Morgan hatte ihr etwas Unschätzbares gegeben, und sie hatte nur einen Wunsch – ihn genauso glücklich zu machen? »Ich weiß, es ist unmöglich, das Vergangene ungeschehen zu machen. Aber wenn ich könnte, würde ich all deinen Schmerz und deine Bitterkeit aus deinem Herzen reißen.«

Ihre Worte überwältigten Morgan. Wie hingebungsvoll und selbstlos sie war. Was für ein Geschenk war diese Frau!

Er drückte sie an sich und küßte sie. »Meinetwegen brauchst du nicht zu weinen, Liebste. All das Böse, das mir widerfahren ist, hast du eben ausgelöscht. Für immer.«

»Aber du sagtest, daß du nie wieder heiraten wolltest.«

Er legte ihr den Finger auf die Lippen. »Pst, Liebste. Vergiß, was ich gesagt habe. Ich werde dich heiraten.«

»Ja. Aus Pflichtgefühl. Um mich vor Windhams Quälereien zu retten.«

Er strich ihr über das Haar und ließ langsam eine Locke durch seine Finger gleiten. »Nein. Weil ich dich liebe, Brenna. Ich glaube, ich habe dich schon vom ersten Augenblick an geliebt.«

Sie richtete sich auf und beugte sich über ihn. Ihr Haar fiel über ihre Brüste und umhüllte ihn wie ein seidiger Schleier. »Du liebst mich? Liebst du mich von ganzem Herzen?«

»Ja. Ich liebe dich.«

»Und du sagst es nicht nur, um mich zu besänftigen, nachdem wir . . .«

»Du meinst, damit alles seine Ordnung hat?« Sein Lächeln wurde breiter, und dann lachte er. »Ich liebe dich, Mylady. Mit meinem Herzen, meinem Körper und meiner Seele.«

»Und ich liebe dich, Morgan.« Ihre Worte kamen ernst, fast andächtig. Einen Moment lang sah sie Morgan nachdenklich an, als könne sie es noch nicht glauben. »Seit wann weißt du, daß du mich liebst?«

»Oh.« Er verzog das Gesicht. »Warum müßt ihr Frauen es immer so genau wissen?«

»Weil wir eitel sind.« Sie beugte sich zu ihm hinab und küßte ihn. »Sag es mir. Seit wann?«

Er schob eine Hand unter seinen Kopf und liebkoste mit der anderen Brennas Brust. Wie gut sie sich anfühlte, wie wunderbar weich. Sie war die Frau, die er sein Leben lang gesucht hatte. »Daß ich dich liebe, habe ich mir erst diese Nacht eingestanden«, bekannte er, »nachdem ich dich fast verloren hätte. Aber nach meinem rüden Benehmen hatte ich keine Hoffnung, dein Herz zu gewinnen.«

»Es gehörte dir bereits«, sagte sie lächelnd. Zärtlich strich sie Morgan über die Brust und bemerkte mit einem Gefühl weiblichen Triumphs, wie erregt er reagierte. »Und was gedachtest du nach der plötzlichen Erkenntnis deiner Liebe zu tun, Mylord?«

Er sah das verräterische Leuchten in ihren Augen. »Willst du mich ärgern, mein Kleines?«

»Nein, Mylord. Ich möchte nur wissen, ob du mir deine Liebe gestanden hättest, wenn wir nicht... nun, wenn dies nicht geschehen wäre.«

Er wurde ernst. »Mir war bewußt, welchen Kummer ich dir

schon zugefügt hatte, Brenna. Ich hatte nicht das Recht, dich von deinem Zuhause und deinen Lieben fortzureißen, nur weil ich dich diesem jungen Schotten nicht gönnte. Dann warst du diesen lüsternen Höflingen ausgesetzt, und fast wärst du Windham in die Fänge gegangen. Wie mußt du gelitten haben. Um mein Unrecht an dir wiedergutzumachen, beschloß ich, dich nach unserer Vermählung zu deinem Volk zurückzubringen.«

Brenna starrte ihn an. »Willst du damit behaupten, mich so sehr zu lieben, daß du ohne mich leben willst?« Ihre Worte klangen betroffen.

»Ich liebe dich so sehr, daß ich dir deine Freiheit zurückgeben würde . . .«

Morgan war überrascht, als sie mit einem Kuß antwortete. Mit einem so weichen und gleichzeitig fordernden Kuß, daß von neuem ein heißes Verlangen in ihm aufstieg und er leise aufstöhnte.

Sie strich mit der Hand langsam über seinen flachen Bauch, tiefer und immer tiefer.

»Was hast du jetzt vor, mein Kleines?« murmelte er heiser. In ihren Augen blitzte es auf. »Ich beabsichtige, Euch zu verführen, Mylord. Und noch möglichst oft, bevor Ihr mich fortschickt.«

Er warf den Kopf zurück und lachte laut los. Aber im nächsten Augenblick, als Brennas Hand ihn sehr eindeutig berührte, brach sein Lachen ab. Mit einem lustvollen Seufzer zog er sie auf sich und küßte sie wild und verlangend.

Und wieder verloren sie sich in einem Sinnentaumel, der sie Zeit und Raum vergessen ließ.

Rosamunde und die Dienstmägde kicherten und schnatterten, während sie Lord Grey und Lady Brenna das Bad bereiteten.

Morgan und Brenna nahmen nur einander wahr. Sie lieben sich, dachte Rosamunde beglückt, als sie sah, daß die beiden die Augen nicht voneinander lassen konnten. Also stimmten die Gerüchte, die im Haus umgingen. Morgan Grey meinte es mit seinem Heiratsantrag ernst. Seine Liebe zu der Lady war offensichtlich.

Rosamunde hatte jedoch noch etwas anderes gesehen, das

nicht in dieses Bild paßte. Lady Brenna hatte eine Wunde am Arm. Ein harmloser Kratzer, wie sie behauptete. Aber die Zofe wußte es besser. Sie hatte in ihrem jungen Leben genug Stichwunden gesehen. Wer aber konnte der liebenswerten Lady so übelwollen, daß er sie mit einem Messer verwundete?

Derselbe Gedanke beschäftigte auch Morgan, als er und Brenna zum Speisesaal hinuntergingen. Er nahm sich vor, sich die Gäste und Diener besonders sorgfältig anzusehen. Einer unter ihnen war ein gefährlicher Verrückter, der Morgans Zorn spüren würde.

Die Königin und ihr Gefolge saßen bereits an der Tafel, als das Paar den Speiseraum betrat. »So. Ihr habt also endlich das Bett verlassen.« Elizabeth musterte Morgan und die Frau an seiner Seite mit einem hintergründigen Lächeln.

Brenna errötete, während Elizabeths Bemerkung an Morgan abprallte. Äußerst zufrieden mit sich selbst, blickte er in die Runde. »Wo sind die anderen?« fragte er. »Anscheinend gibt es außer uns noch mehr Langschläfer.«

»Madeline und Charles sind bei Claude«, sagte die Königin. »Man hat mir berichtet, daß der Arme letzte Nacht auf der Treppe gestürzt sei.«

»Gestürzt?« Morgan runzelte die Stirn. »Warum hat mich niemand unterrichtet?«

»Die Diener wollten Euch nicht stören, mein Freund. Schließlich wart Ihr anderweitig beschäftigt.«

Elizabeths leises Lachen machte Morgan wütend. »Wo ist Lord Windham?«

»Er ist ausgeritten.«

»So früh? Und bei dem Regen?«

»Er sagte, er brauche nach dem gestrigen Tag Bewegung.«

»Habt Ihr ihn gesehen, Majestät?«

»Nein. Er ließ sich durch einen Diener entschuldigen. Warum?«

Morgan zuckte mit den Schultern. »Ich frage aus keinem besonderen Grund, Madam. Was ist mit meinem Bruder?«

»Richard und die junge Französin machen einen Spaziergang im Garten.«

»Ein Spaziergang im Regen!« Morgan sprang auf und stieß

den Stuhl zurück. »Offensichtlich ist die ganze Welt verrückt geworden.«

Die Königin blickte von ihrem Teller auf. »Wohin geht Ihr?«

»Ich will nach Madelines Bruder sehen.«

Als Brenna sich anschickte, ihm zu folgen, legte er ihr die Hand auf die Schulter. »Nein, Mylady. Bleibt hier und leistet Ihrer Majestät Gesellschaft. Ich bin gleich zurück.«

Morgan stürmte in Claudes Zimmer und sah Madeline an seinem Bett sitzen. »Wie geht es ihm? Wie konnte das geschehen?«

Er sprach zu Charles gewandt, der mit besorgter Miene am Kamin stand. Madeline war dabei, ihrem Bruder die Hand zu verbinden. »Das erzählt Claude Euch am besten selbst«, sagte sie.

»Meine Ungeschicklichkeit, sonst nichts«, sagte der junge Franzose. Er verzog schmerzhaft das Gesicht, als er sich auf die Seite drehte. »Zuerst dachte ich, jemand hätte mich gestoßen. Aber Madeline meint, das hätte ich mir eingebildet. Sicher hat sie recht. Wer sollte zu so später Stunde auf der Treppe gewesen sein? Und warum sollte mich jemand stoßen? Ich wüßte nicht, daß ich hier Feinde hätte.«

Morgans Augen wurden schmal. »Könnt Ihr etwas ausführlicher berichten, Claude?«

»Viel gibt es da nicht zu erzählen. Ich wachte mitten in der Nacht mit einem brennenden Durst auf. Da ich keinen Diener wecken wollte, beschloß ich, mir selbst eine Erfrischung zu holen. Auf der Treppe sah ich dann diese Gestalt, die mir von unten entgegenkam.«

Claude fing den mißbilligenden Blick seiner Schwester auf. Letzten Endes waren sie Morgan Greys Gäste. Es war eine unhöfliche Unterstellung, daß jemand in seinem Haus etwas Ungehöriges tun könne.

»Ich gebe zu, daß es sehr dunkel war, Mylord«, räumte Claude ein. »Vielleicht sah ich, wie Madeline meint, nur eine Gestalt auf dem Wandteppich. Es kann auch der Schatten einer Wolke gewesen sein, die sich vor den Mond schob. Auf jeden Fall dachte ich, jemanden gesehen zu haben, bevor ich die Berührung an meiner Schulter spürte.«

»Glaubt Ihr, daß auch das Einbildung war?« fragte Morgan in angespanntem Ton.

Der junge Franzose warf seiner Schwester einen kurzen Blick zu. »Ich weiß es wirklich nicht, Mylord. Ich erinnere mich an einen Stoß, und ehe ich mich besinnen konnte, fand ich mich am Fuß der Treppe wieder.«

»Ihr meint also, jemand hätte Euch die Treppe hinuntergestoßen.«

»Vielleicht...« Claude schluckte. »Vielleicht auch nicht. Vermutlich habe ich es mir in meiner Verwirrung nur eingebildet.«

»Habt Ihr Euch verletzt? Habt Ihr starke Schmerzen?« fragte Morgan mit unbewegter Miene.

»Eine Prellung an der Hüfte und ein kleiner Kratzer an der Hand. Ich muß mich an einem Splitter geritzt haben. Madeline macht zu viel Aufhebens davon.«

»Aber ich sehe, daß Ihr Euch auch den Kopf gestoßen habt.« Claude betastete die Beule an seiner Schläfe. »Ja, ich schlug ziemlich hart auf dem Boden auf.«

Morgans Miene blieb ausdruckslos. »Ich bin froh, daß es so glimpflich ausgegangen ist. Es würde nicht gerade für Greystone Abbey sprechen, wenn unter seinem Dach die Gäste nicht mehr sicher sein könnten.« Er sah die leichte Wölbung unter der Bettdecke – offensichtlich ein Verband auf Claudes Brust. »Ein weiterer Unfall dieser Art würde mich sehr verstimmen«, schloß er, und seine Stimme klang gefährlich sanft.

Charles legte Madeline die Hand auf den Arm. »Komm, Liebes. Die Nacht war kurz, und ich bin müde und hungrig. Laß uns die Morgenmahlzeit einnehmen.«

»Fühlst du dich kräftig genug, mit uns hinunterzugehen?« wandte Madeline sich an ihren Bruder. Er nickte, und sie half ihm aus dem Bett.

Morgan folgte ihnen langsam. Seine Gedanken arbeiteten fieberhaft.

Der Kerl, der Brenna überfallen hatte, konnte sich ausrechnen, daß sie ihn auf Grund seiner Verletzungen erkennen würde. Ob Claude seinen Treppensturz erfunden hatte, um dem Verdacht zu entgehen? Er hatte sein Interesse an Brenna offen gezeigt, und Franzosen war bekanntlich allerlei zuzutrauen.

Madelines Bruder ein Gewalttäter? Morgan bekam Gewissensbisse. Madeline war die großartigste Frau, die er kannte, und seine Freundschaft mit Charles reichte bis in ihre Jugendzeit zurück. Unmöglich, daß sie mit dieser Sache zu tun hatten.

Aber Claude kannte er nicht. Und einem enttäuschten Verehrer war alles zuzutrauen.

Nein. Morgan verwarf seinen Verdacht. Brenna war nicht von einem verliebten jungen Mann so brutal attackiert worden. Nur ein Wahnsinniger war zu so etwas fähig.

Plötzlich kam Morgan der Gedanke, daß ein anderes Motiv als kranke Wollust hinter dem Überfall steckte. Ein teuflisches politisches Ränkespiel? Ja, vielleicht war Elizabeth das eigentliche Ziel gewesen.

Die vage Vermutung verdichtete sich zu einem schrecklichen Verdacht. Zwischen dem Überfall auf Brenna und den ungeklärten Anschlägen auf die Königin mußte eine Verbindung bestehen.

Morgans Instinkt sagte ihm, daß um sie alle ein tödliches Netz geknüpft wurde. Und wenn er den Täter nicht bald entlarvte, dann würde eine furchtbare Tragödie sie in den Abgrund reißen.

»Wie erfreulich. Es hat den Anschein, daß die Gesellschaft sich allmählich versammelt. Wenigstens muß ich die Morgenmahlzeit nicht ganz allein einnehmen«, bemerkte die Königin gutgelaunt.

Sie biß herzhaft in das von Lord Quigley geprüfte Stückchen Brot, das mit frischer süßer Butter bestrichen war. »Ein Jammer, daß Ihr Euch verletzt habt, Claude. Ich kann nur hoffen, daß es Euch nicht hindert, Morgans Gastfreundschaft zu genießen.«

»Bestimmt nicht, Majestät.« Dem jungen Franzosen schien das auf ihn gerichtete Interesse peinlich zu sein. »Natürlich werde ich an der Jagd teilnehmen.«

»Wir werden Euch . . .« Die Königin verstummte. Sie starrte an Claude vorbei zur Tür. Alle anderen folgten ihrem Blick und sahen Lord Windham hereintaumeln. Er war lehmverschmiert und blutete. Seine Tunika und Reithose waren eingerissen und schlammbespritzt. Die eine Seite seines Kopfes war stark geschwollen, und er hielt seine blutende Hand an den Körper gepreßt.

»Gott im Himmel!« Morgan sprang auf. »Was ist mit Euch passiert?«

»Mein Pferd strauchelte an einer steilen Böschung, und ehe ich es zügeln konnte, stürzte ich kopfüber den Abhang hinab.« Er betastete die Stelle an seinem Kopf und verzog schmerzhaft das Gesicht.

»Ihr müßt verbunden werden«, rief die Königin und eilte an seine Seite. »Morgan, ruft Eure Diener!«

Mistress Leems war sofort zur Stelle. Als sie Lord Windham sah, rang sie die Hände und eilte rasch hinaus, um Hilfe zu holen.

»Ihr seid ein ausgezeichneter Reiter, Lord Windham«, bemerkte Morgan. »Wie konnte das passieren?«

»Selbst der beste Reiter hätte auf diesem regendurchweichten Gelände seine Schwierigkeiten. Ah, da sind schon meine Samariter.« Windham verbeugte sich vor der Königin und folgte den Dienern zur Tür. »Ich brauche sofort heißes Wasser«, brüllte er, »und frische Kleider!«

»Ich werde nach einem Arzt schicken«, erbot Morgan sich.

»Nein!« Windham fuhr herum. »Macht nicht zu viele Umstände, Grey. Einer Eurer Diener kann diese Wunden verbinden. Es sind nur harmlose Verletzungen.«

»Es ist kein Umstand«, beharrte Morgan. »Der Leibarzt Ihrer Majestät könnte vor Mittag hier sein.«

»Nein. Kein Arzt. Es ist wirklich nicht nötig.«

Morgan blickte Windham nach, als er hinter den Dienern hinausging. Dann kehrte er an der Seite der Königin an die Tafel zurück. Während die Unterhaltung sich wieder belebte, saß er in Gedanken versunken an seinem Platz und rührte kaum einen Bissen an. Zuerst Claude und nun Windham. Zwei ominöse »Unfälle«, die näher untersucht werden mußten. Morgan war überzeugt, daß Windham seinen Sturz nur vorgetäuscht hatte. Der Grund lag auf der Hand . . . Brenna.

Morgans Gedanken wurden unterbrochen, als die Tür sich öffnete und Richard erschien. Hinter ihm Adrienne, die seinen Stuhl schob. Ein gelöstes Lächeln lag auf ihren erhitzten Gesichtern. Und beide schienen nicht wahrzunehmen, daß ihr Haar und die Kleidung tropfnaß waren.

»Mon Dieu!« rief Madeline aus. »Ihr beide werdet Euch den Tod holen.« Sie sprang auf und eilte auf ihre Schwester zu.

Adrienne lächelte glücklich. »Schau.« Sie hielt die Rose hoch, die Richard ihr geschenkt hatte. »Richard hat eine neue Rosensorte pflanzen lassen. Dies ist die erste Blüte.«

Madeline betrachtete ihre schüchterne kleine Schwester. Noch nie hatte Adrienne so strahlend ausgesehen. Und so glücklich. »Sie ist wunderschön.«

Richard verneigte sich in Elizabeths Richtung. »Verzeiht unser Aussehen, Majestät. Es regnet draußen.«

»Wirklich? Das hatte ich noch gar nicht bemerkt.« Elizabeth unterdrückte ein Lächeln. »Nicht sehr, hoffe ich.«

»Nur ein sprühfeiner Nieselregen. Sommerlicher Nebeldunst.« Richard lächelte versonnen. »Ideal für einen Spaziergang zu zweit.« Sein Blick ruhte auf Adrienne. Plötzlich schien er sich zu besinnen und räusperte sich. »Wir . . . wir müssen uns umziehen. Entschuldigt uns bitte, Majestät.«

»Natürlich.« Elizabeth hob würdevoll ihre Hand. »Ihr könnt Euch unmöglich in dieser unbequemen Kleidung zu Tisch setzen.«

Als die beiden gegangen waren, brachen alle in Lachen aus. Am meisten amüsierte sich die Königin. »Es ist so, wie Ihr sagtet, Morgan. Alle sind verrückt geworden.«

Er zwang sich zu einem Lächeln. »So ist es, Madam.«

Elizabeth erhob sich. »Kommt«, rief sie ihren Hofdamen zu, »wir gehen in den Salon hinüber, bis der Regen aufhört. Brenna, kommt mit.«

Brenna folgte widerstrebend der ausgelassenen Gesellschaft. Sie wäre lieber mit Morgan zusammengeblieben, aber die Aufforderung der Königin war ein Befehl.

Im Hinausgehen lächelte sie Morgan zu. Er blickte kaum auf. Tief in Gedanken blieb er allein zurück.

Ein Dinner mit der Königin war immer eine förmliche Angelegenheit. Elizabeth und ihre Damen hatten ihre prachtvollste Garderobe nach Greystone Abbey mitgebracht. Sie zogen sich schon Stunden vor dem Essen zurück, um sich für den Abend herzurichten.

Brenna und Morgan waren dankbar, eine Zeitlang allein zu sein, unbeobachtet von den neugierigen Blicken der anderen.

Die Prozedur des Ankleidens schien Brenna eine Ewigkeit zu dauern. »Beeil dich, Rosamunde.«

Die Dienerin schnürte das Mieder ihres Kleides zu. »Euer Haar, Mylady.«

»Es ist gut so. Mach keine Umstände.«

Als Rosamunde sich zum Gehen wandte, hielt Brenna ihre Hand fest. »Ich wollte nicht grob zu dir sein.« Ihre Augen begannen zu leuchten. »Es ist nur, daß ich . . .«

»Ich verstehe, Mylady. Mylord Grey erwartet Euch genauso ungeduldig.« Verschwörerisch lächelnd zog Rosamunde sich zurück.

Brenna nahm sich nicht einmal Zeit, einen Blick in den Spiegel zu werfen. Mit klopfendem Herzen öffnete sie die Tür zum Salon.

Morgan stand am Kamin und blickte ihr entgegen. Sie trug ein tief ausgeschnittenes Kleid aus dunkelviolettem Samt. Das Mieder und die Ärmel waren mit Goldfäden durchwirkt, und der weite Rock bauschte sich, der höfischen Mode entsprechend, über den Hüften.

»Du bist wunderschön, Liebste.« Morgan ließ bewundernd den Blick auf ihr ruhen. »Schön wie eine Königin.« Während sie auf ihn zuging, nahm er eine kleine Schatulle vom Tisch. »Das ist für dich, Liebste.«

Sie öffnete das Kästchen und hielt den Atem an. Auf dem dunkelblauen Samt funkelte ein Brillant-Halsband mit einem violetten Stein als Anhänger. Es war ein juwelengefaßter Amethyst von der Größe eines Taubeneis. Die zu dem Halsschmuck passenden Ohrringe waren kunstvoll gearbeitete Trauben aus Diamanten und Amethysten.

Brenna schwieg einen langen Moment. »Das . . . das kann ich nicht annehmen, Morgan«, sagte sie endlich.

»Warum nicht? Mir ist aufgefallen, daß du hier die einzige Lady bist, die keinen Schmuck trägt. Und du verdienst ihn am meisten.«

»Nein, Morgan. Noch bin ich nicht deine Frau. Es wäre nicht recht, ein so kostbares Geschenk anzunehmen.«

»Du würdest mich aber sehr glücklich machen.«

»Und ich würde mich sehr unbehaglich fühlen.«

Seine Stimme wurde sanft. »Kannst du mir sagen, warum?«

Sie schluckte. »Einige werden denken, daß ich . . . meine Gunst für eine Handvoll Juwelen verkauft habe.«

»Mir ist es gleichgültig, was die anderen denken. Und du solltest dich auch nicht darum kümmern.«

Brenna betrachtete die Juwelen, die im Kerzenschein funkelten. »Du bist sehr großzügig, Morgan. Mit diesem Schmuck könnte man einen König auslösen.«

Er lächelte. »Oder ein schottisches Clanoberhaupt.« Er nahm das Geschmeide und legte es Brenna um den Hals. »Dies ist ein Geschenk von König Heinrich an meinen Vater. Es war der Lieblingsschmuck meiner Mutter.«

Brenna ließ den Amethyst durch ihre Hand gleiten. »Dann werde ich ihn zu schätzen wissen, Mylord.«

»Nicht annähernd so hoch, wie ich die Frau schätze, die ihn trägt.«

»Ich möchte den Schmuck aber lieber doch erst anlegen, wenn wir verheiratet sind.«

»Und ich möchte dich heute abend damit sehen.« Morgan steckte ihr die Ohrringe an und ließ die Hände sanft über ihre Schultern gleiten. »Wie weich du bist. Wie schön.« Er fühlte, wie sie unter der zarten Liebkosung erbebte. »Ob die Königin es Ihrem Gastgeber verübelt, wenn er zu spät zum Dinner erscheint?«

Brenna lachte. »Das kannst du nicht ernst meinen.«

Er nahm sie in die Arme, und sein Blick ließ keinen Zweifel darüber, wie er seine Worte meinte. »Ich habe den ganzen Tag nur an dich gedacht, Liebste.« Als er den Mund in die sanfte Höhlung ihres Halses preßte, bog sie aufseufzend den Kopf zurück. Die bloße Berührung seiner Lippen weckte ihr Begehren.

»Und ich fürchte, daß die Königin bis in die Nacht aufbleiben wird. Im Gegensatz zu uns hat sie keinen Grund, früh zu Bett zu gehen.«

»Aber Elizabeth bestimmt das Programm – soviel habe ich immerhin schon gelernt«, sagte Brenna und versuchte verzweifelt, einen kühlen Kopf zu bewahren. »Selbst wenn der Abend unerträglich lang wird – was können wir schon dagegen tun?«

»Dies.«

Sie fühlte seine Hand im Rücken an der Verschnürung des Oberteils. »Morgan!« Der Stoff glitt von ihrer Schulter. Sie spürte Morgans Lippen auf ihrer Brust. »Morgan«, keuchte sie, »die Königin wird zornig sein, wenn wir sie warten lassen.«

»Ja. Aber wir werden sehr glücklich sein, Liebste. Und wir werden uns nicht sehr verspäten.«

Als er sie zum Bett trug, preßte sie die Lippen auf seinen Hals, um ihr Lachen zu ersticken.

16. KAPITEL

Die Königin blickte auf die Juwelen, die Brenna angelegt hatte. »Euer Schmuck sticht sogar meinen aus.«

»Wie ich gehört habe, sind die Steine ein Geschenk Eures Vaters«, erwiderte Brenna etwas unsicher, während sie an Morgans Seite Platz nahm.

»Ja. Und obwohl ich schon viel von den legendären Juwelen gehört habe, hatte ich nie Gelegenheit, sie zu sehen. Sie sind wundervoll.« Die Königin lächelte leicht. »Es scheint, daß Ihr Eurem Zukünftigen sehr gefallt.«

Brenna fühlte, wie ihr das Blut ins Gesicht schoß.

Morgan sah ihre Verlegenheit und kam ihr zu Hilfe. »Brenna wollte den Schmuck heute abend nicht anlegen. Er war ihr zu auffällig und kostbar. Ich habe sie überredet, ihn mir zuliebe zu tragen. Dann kann er bis zu unserer Vermählung wieder weggeschlossen werden.«

Lord Windham saß Brenna und Morgan gegenüber und starrte sie haßerfüllt an. Es war offensichtlich, daß die beiden sich liebten. Sie trugen es für jeden sichtbar zur Schau.

Oh, wie er Morgan Grey haßte. Immer hatte Grey das bekommen, was er wollte. Die schönsten Frauen. Die reichsten Ländereien. Ein Stadtpalais in London und diesen herrlichen Landsitz. Die kostbarsten Juwelen. Aber der Tag würde kommen, da Grey alles verlieren würde. Und dieser Tag war nicht mehr fern.

»Das Wetter ist eine Enttäuschung«, sagte die Königin. Der Regen hatte den ganzen Tag nicht aufgehört. »Ich hatte mich so sehr auf die Jagd gefreut.«

»Ja, Madam, das Wetter ist das einzige in England, das Euren Befehlen nicht gehorcht.«

»Ihre Majestät wird schon einen Weg finden, auch diesen abtrünnigen Untertanen in die Knie zu zwingen«, meinte Charles lachend.

»Wenn ich nur wüßte, wie.« Elizabeth kostete die zarte Entenbrust, und ihre gute Laune kehrte zurück. »Mistress Leems' erlesene Küche entschädigt uns. Und wenn wir nicht jagen können, dann werden wir uns eben anders zerstreuen. Richard, habe ich nicht ein Schachspiel in der Bibliothek gesehen?«

»Ja, Majestät.« Neben Richard saß mit stillem Lächeln Adrienne, glücklich, den sanften Druck seiner Hand zu spüren. Beide nahmen an, daß das Tischtuch diese zarte Geste verbarg. Aber jeder sah an ihren Blicken und sanften Gebärden, daß der Spaziergang im Rosengarten sie zueinander geführt hatte. Und alle waren von ihrer erblühenden Liebe gerührt.

»Dann werde ich Euch nach dem Dinner herausfordern, Richard«, erklärte Elizabeth.

»Mit Vergnügen, Majestät. Aber seid gewarnt. Auch wenn ich Euer treuer Untertan bin, werde ich Euch nicht gewinnen lassen.«

»Dann wäre es kein faires Spiel. Aber auch ich warne Euch, Mylord. Ich kann nämlich nicht verlieren.«

Richard schmunzelte. »Vielleicht erhaltet Ihr heute Eure erste Lektion im Verlieren, Madam.«

»Schuft!« Elizabeth nippte an ihrem Wein. »Und Ihr, Madeline? Wie vertreibt Ihr Euch am liebsten die Zeit?«

»Als wüßtet Ihr es nicht, Madam. Ihr kennt meine Schwäche.«

Elizabeth lachte. »O ja. Madeline und ihre Leidenschaft für die Karten.« Sie blickte über den Tisch zu dem Mann mit der mürrischen Miene. »Windham, habt Ihr Schmerzen?«

»Nein, Madam. Die kleinen Verletzungen sind nicht der Rede wert. Sie werden schnell heilen.« Windham riß sich zusammen und rang sich ein Lächeln ab. Es war dumm von ihm, seine schlechte Laune vor allen zu zeigen. Er würde sich noch verdächtig machen.

Die Königin mochte sich mit dem Wetter abfinden. Für ihn war es eine Katastrophe. Dieser Regen machte alle seine Pläne zunichte. Es wäre so einfach gewesen, einen Jagdunfall zu inszenieren. Ein Pfeilschuß aus dem Hinterhalt, und Englands Thron wäre frei für ... Aber wenn der verdammte Regen nicht aufhörte, dann würde nichts aus der Jagd.

»Ihr werdet also den Abend mit uns verbringen?«

»Gewiß, Majestät. Als Tänzer würde ich allerdings kein gutes Bild abgeben. Ich würde lieber Karten spielen.«

»Und Ihr, Claude? Seid Ihr so weit wiederhergestellt, daß Ihr uns Gesellschaft leisten könnt?«

»Ein Kartenspiel lasse ich mir nicht entgehen, Majestät.«

»Madelines Bruder ist von demselben Laster besessen wie meine Frau«, sagte Charles mit einem dramatischen Seufzer. »Beide können den Karten nicht widerstehen.«

Windhams Stimmung hob sich. »Dann werden wir um Geld spielen, statt nur um Gewinnen und Verlieren.«

»Aber natürlich«, rief Madeline aus. »Ohne Einsatz ist das Plaisir nur halb so groß.«

Windham lächelte in sich hinein. Er liebte nichts mehr als das Glücksspiel. Besonders wenn es ihm gelang, die Karten zu seinem Vorteil zu verteilen.

Als das Mahl beendet war, erhob die Königin sich. »Vielleicht wird dies sogar noch spannender als die Jagd. Wir werden uns diesen Ausflug nicht vom Wetter verderben lassen.«

Alle stimmten ihr zu. Und wer Elizabeth schon länger kannte, fand wieder einmal bestätigt, daß sie aus jeder Situation das Beste machte.

Im Kamin brannte ein behagliches Feuer, und die Diener hatten Tische für die verschiedenen Spiele aufgestellt. Tabletts mit Weinkaraffen und Naschwerk standen bereit.

»Spielt Ihr Karten, Mylady?«

Brenna wich vor Windhams Berührung zurück. Obwohl ihm ihre kühle Reaktion nicht entging, lächelte er.

»Ja, Mylord. Aber es ist lange her, seit ich das letzte Mal gespielt habe. Ich fürchte, ich bin aus der Übung.«

»Großartig. Ein Opferlamm gehört zu jedem Spiel.«

Morgan schob Brenna an einem Spieltisch einen Stuhl zurecht. Claude, Madeline und Windham setzten sich dazu. »Paßt auf, Mylady«, murmelte Morgan laut genug, daß alle es hörten.

»Eure Partner spielen nicht nur zum Vergnügen. Und in letzter Zeit wurde beim Kartenspiel sehr hoch gewettet. Die Verlierer hatten nichts zu lachen.«

»Wirklich?« Brenna sah mit unschuldigem Blick in die Runde. »Ihr werdet doch nicht einen Neuling plündern wollen?«

Madeline und ihr Bruder lachten. »Chérie. Wir alle hier sind Freunde. Was kann ein harmloses kleines Spiel schon Schlimmes anrichten?«

»Ihr habt recht, Madeline. Was ist schon Schlimmes dabei.« Brenna nahm ihre Karten auf und ordnete sie umständlich.

»Du brauchst Geld für den Einsatz, Brenna.« Morgan legte eine beachtliche Summe vor sie auf den Tisch, und die anderen machten große Augen.

»Wieviel ist das, Mylord?«

»Es entspricht dem Wert von fünfzig Gold-Sovereigns.«

»Fünfzig ...« Brenna musterte die anderen, die mit unbewegten Mienen ihre Karten studierten. »Sagtet Ihr nicht, daß es nur ein harmloses kleines Spiel unter Freunden sei?«

»Für fünfzig Sovereigns, Mylady, werden wir ganz besonders freundlich sein«, sagte Claude lachend.

Brenna fing Windhams gierigen Blick auf, und ein unbehagliches Gefühl beschlich sie. Windham strahlte etwas aus, das die friedliche, entspannte Stimmung im Raum störte.

An einem Tisch am Fenster saßen die Königin und Richard vor dem Schachbrett und stellten ihre Figuren auf. Brenna sah hinüber und mußte lächeln. Neben Richard saß Adrienne und folgte gebannt jeder seiner Bewegungen. Die zum Sieg entschlossene Königin indessen beobachtete ihren Gegner mit der Wachsamkeit eines Generals.

Einige Hofdamen saßen auf Sitzkissen am Boden und lauschten der lieblichen Musik des Lautenspielers. Diener gingen mit Tabletts umher und boten Gebäck und Getränke an. In der heiter-entspannten Stimmung erlaubte sogar die Königin sich noch ein Glas Wein.

Der Gastgeber ging von Tisch zu Tisch, sah kurz beim Schachspiel zu, plauderte ein wenig und gab hier und dort einen fachmännischen Tip.

»Es sieht so aus, als hätte ich gewonnen«, rief Brenna aufgeregt, als die erste Runde gespielt war.

»Ja, Ihr hattet Glück«, sagte Claude etwas enttäuscht. »Bei der nächsten Runde möchte ich meinen Einsatz verdoppeln.«

Brenna sammelte ihren Gewinn ein und setzte gegen Claudes Einsatz. »Und Ihr, Madeline?«

Widerwillig griff Madeline in ihren Beutel.

Nachdem Windham sein Blatt sorgfältig studiert hatte, beteiligte er sich ebenfalls an dem Spiel.

Wieder gewann Brenna.

»Ich habe noch nie erlebt, daß jemand soviel Glück mit den Karten hatte«, rief Madeline ihrem Gatten zu, der am Schachtisch stand. »Charles, ich brauche ...« Als sie seinen mißbilligenden Blick sah, sprach sie nicht weiter. Sie stand auf und schob heftig den Stuhl zurück. »Ich habe mein Limit bereits überschritten.«

»Nicht nur du«, sagte Claude lachend. »Aber ich kann es nicht auf mir sitzen lassen, von einer Frau geschlagen zu werden. Noch eine Runde, Mylady, und dann werden wir sehen, wer all das Gold einsteckt.«

»Richtig, mein Lieber«, ermunterte Windham ihn. »Die Lady wird fair genug sein und Euch die Chance geben, Euer verlorenes Geld zurückzugewinnen. Sollen wir den Einsatz noch einmal verdoppeln?«

»Ich würde Euch abraten, Claude.« Brenna sah den jungen Franzosen beschwörend an. Sie hoffte, er würde auf sie hören und vernünftig sein.

»Doppelter Einsatz.« Claude warf seine letzten Goldmünzen auf den Tisch.

Dann setzte Windham und schließlich Brenna, wenn auch widerstrebend.

Sie gewann auch diesmal. Vor Freude und Aufregung lachte sie ausgelassen, und alle blickten zu ihrem Tisch hinüber.

»Leiht Ihr mir das Geld für das nächste Spiel?« bat Claude kleinlaut.

Brenna sah ihn ernst an. »Ich soll dazu beitragen, daß Ihr Euch wegen eines harmlosen kleinen Spiels in Schulden stürzt? Das wäre Wahnsinn.«

»Für mich ist es kein Spiel, Mylady. Ich muß es einfach noch einmal versuchen. Und ich weiß, daß ich diesmal gewinnen werde. Ihr braucht mir nur so viel zu leihen, damit ich meinen Einsatz machen kann.«

Ehe Brenna antworten konnte, kam Windham ihr zuvor. »Ich werde Euch das Geld leihen, junger Freund.«

Claude neigte den Kopf. »Ich bin Euch sehr dankbar, Lord Windham.«

»Ihr werdet unserem Gast aus Frankreich doch die Chance nicht verwehren, Mylady«, wandte Windham sich an Brenna. »Eine Runde noch. Diesmal wird der Einsatz zweihundert Gold-Sovereigns betragen.«

»Zweihundert . . .« Brenna sah den gierigen Ausdruck in Windhams Augen. Und sie sah, wie Claude auf ihr Gold starrte. Nun, letzten Endes hatte es ihnen gehört, bevor sie es gewann. »Gut. Ihr verdient beide eine Chance, einen Teil Eures Goldes zurückzugewinnen.«

Windham mischte die Karten und gab aus. Eine Runde. Die zweite. Morgan kam herübergeschlendert und stellte sich hinter Brenna, um zuzusehen. Als die letzte Karte ausgespielt war, hatte wieder Brenna gewonnen.

»War es nicht so, daß wir um zweihundert Sovereigns gespielt haben, Mylord?« Ihre Augen blitzten.

»Ja.« Mit ausdrucksloser Miene zählte Windham die Münzen auf den Tisch. Aber in seinen Augen spiegelte sich seine Wut.

»Und zweihundert für mich«, sagte Claude.

Lord Windham schob ihm die Münzen hinüber. »Morgen früh zahlt Ihr es mir zurück«, sagte er schroff.

»Natürlich, Sir. Habt Dank für Eure Großzügigkeit. Jetzt muß ich zugeben, daß der Rat der Lady vernünftig war. Ich hätte dieses letzte Spiel nicht mehr machen dürfen.«

Morgan beobachtete Brenna, als sie ruhig die Münzen einstrich. »Und du willst behaupten, du hättest keine Erfahrung im Kartenspiel? Das glaube ich nicht, Mylady.«

Brenna lächelte versonnen. »Mein Vater wäre entsetzt gewesen, wenn er gewußt hätte, daß ausgerechnet unsere Kinderfrau und der getreue alte Torhüter Bancroft uns die hohe Kunst des Spielens lehrten. An den langen Winterabenden schlichen meine Schwester und ich uns oft in die Unterkünfte der Diener und setzten unsere kleinen Ersparnisse aufs Spiel.« Ihr Lächeln wurde breiter. »Obwohl wir MacAlpins waren, kannte der alte Bancroft kein Erbarmen. Wir mußten ihn schlagen, wenn wir gewinnen wollten. Und wir haben ihn geschröpft. Nach einer harten Lehrzeit.«

»Mir scheint, lieber Schwager«, rief Madelines Mann Claude zu, »daß ihr beiden ausgefuchsten Spieler einer gewieften Lady auf den Leim gegangen seid.«

Die anderen brachen in Lachen aus, und Morgan beobachtete mit fassungslosem Staunen, wie ruhig Brenna dasaß und ihre Münzen zählte. Wieder hatte er eine andere Seite an ihr entdeckt, und er war sicher, daß er noch viele Überraschungen erleben würde.

Ein Lächeln ging über sein Gesicht. Plötzlich wurde ihm bewußt, daß er ein ganzes Leben Zeit hatte, um diese einzigartige Frau kennenzulernen. Seine Frau.

Brenna drehte sich zu ihm um. »Dies ist Euer Geld, Mylord.«

»Du hast es gewonnen, Liebste. Also gehört es dir.«

»Ich brauche es nicht.« Sie raffte die Münzen zusammen und schüttete sie in Morgans Hände.

Lord Windham beobachtete die Frau, die jeden im Raum bezaubert hatte. Ihre Juwelen funkelten im Licht der Kerzen. Nicht nur Brenna MacAlpin, auch dieser unschätzbar kostbare Schmuck war für Windham ein weiteres Symbol für Greys unverdientes Glück.

Oh, wie er diesen Mann haßte. Plötzlich schoß ihm ein Gedanke durch den Kopf, der schnell Gestalt annahm. Ja, mit diesem Plan könnte er Elizabeth stürzen, Morgan Grey vernichten und mit ihm alle in seinem Umkreis. Und er, Windham, hätte den Triumph und . . . die Frau.

Es war ein glänzender Plan.

»Zweihundert Sovereigns. Oder einen Gegenwert.« Lord Windham stand am Fenster und sah in den grauen Nebel hinaus.

»Ja, Sir.« Claude fühlte Schweißperlen auf der Stirn. »Wie ich schon sagte, ich stehe zu meinem Wort. Ich werde Euch meine Schulden zurückzahlen. Aber wenn Ihr noch einige Tage Geduld hättet . . .«

»Heute morgen. So war es abgemacht. Ein neuer Tag kommt schneller, als man denkt, junger Freund. Ihr werdet zahlen, sonst sehe ich mich gezwungen, die Königin einzuschalten . . .« Windham machte eine Pause und kostete den dramatischen Effekt aus. ». . . und dann winkt Euch der Schuldturm.«

»Lord Windham, ich bin Gast in Eurem Land. Meine Gelder befinden sich in Frankreich.«

»Eure Schwester hat einen wohlhabenden Ehemann. Ich bin sicher, daß er Euch . . .«

»Nein«, unterbrach Claude ihn. »Ich kann mich nicht an Madeline und Charles wenden. Wie Ihr wißt, hat meine Schwester selbst beträchtliche Spielschulden, unter anderem bei Euch, Sir. Ich weiß, daß Charles über ihre sogenannte Schwäche nicht glücklich ist. Wenn ich ihn auch noch um Hilfe ersuche, könnte das Glück ihrer Ehe gefährdet sein.«

Die Hände hinter dem Rücken verschränkt, wanderte Claude unruhig auf und ab. Dann blieb er vor Windham stehen. »Wenn Ihr mit einem Schuldschein einverstanden seid, werde ich Euch die Summe nach meiner Rückreise durch einen Boten schicken lassen. Ihr hättet das Geld in spätestens einer Woche.«

»Haltet Ihr mich für einen Dummkopf?« brauste Windham auf. »Ihr werdet Eure Schulden bezahlen, junger Mann. Oder Ihr wandert ins Gefängnis.«

Claude ließ sich auf einen Stuhl fallen und vergrub das Gesicht in den Händen. »Bitte, Sir. Ich kann diese Schande nicht über meine Familie bringen. Meine Schwester führt hier ein glückliches Leben, und sie liebt ihren Mann über alles. Solch ein Skandal würde ihr Glück vernichten.«

»Liebe. Glück.« Windham lachte verächtlich. »Habt Ihr hier keine Freunde?«

»Freunde? In einem fremden Land?«

Windham sah wieder aus dem Fenster und frohlockte, daß alles sich so gut anließ. Der junge Franzose war der Verzweiflung nah. Ein idealer Mitspieler in seinem Plan . . .

»Ich denke, daß die zartfühlende Schottin Euch aus der Bedrängnis helfen würde. Wenn sie hört, daß Euch das Gefängnis droht . . .«

»Meint Ihr, Lady Brenna würde mir die Summe leihen?« Claude sah ihn hoffnungsvoll an.

»Ihr habt die Juwelen gesehen, mit der unser Gastgeber sie geschmückt hat. Und die lockere Großzügigkeit, mit der er ihr das Gold zum Spielen zuschob. Zweihundert Gold-Sovereigns dürften für die Lady eine lächerliche Summe sein.«

Claude seufzte erleichtert auf. »Meint Ihr, daß ich mich auf Lady Brennas . . . Stillschweigen verlassen kann?«

»Davon bin ich überzeugt.« Windham bemerkte Claudes veränderten Gesichtsausdruck. »Mir fällt niemand anderer ein, der Euch helfen könnte.« Er tat, als würde er angestrengt nachdenken. »Nein, sie scheint Eure einzige Rettung zu sein.«

Windham sah, wie Claude verdrossen die Mundwinkel herunterzog. Offenbar ging es gegen seine Ehre, sich vor der schönen Brenna bloßzustellen. »Am wichtigsten ist, daß der gute Name Eurer Familie ohne Makel bleibt.«

Damit hatte Windham ins Schwarze getroffen.

Claude dachte an Madeline, deren Gatte eine so wichtige Stellung am Hof bekleidete. Sie würde den Skandal nicht verschmerzen. Und seine geliebte kleine Schwester Adrienne. Der weiche Ausdruck in ihren Augen ließ keinen Zweifel. Sie war zum erstenmal in ihrem Leben verliebt. Es würde die zarten Bande ihrer Romanze zerstören, wenn die Spielschulden ihres Bruders die Familie in Verruf brächten.

»Glaubt Ihr wirklich, daß Lady Brenna mir helfen würde?«

Windham wählte seine Worte sehr überlegt. »Die Lady hat selbst Schwestern. Wenn Ihr ganz ehrlich zu ihr seid und ihr von Eurer Sorge um Eure Schwestern erzählt, wird sie bestimmt Verständnis für Euch haben.«

Claude nickte. »Ich werde sofort mit ihr reden.«

Windham faßte ihn am Arm, als er zur Tür ging. »Wenn ich Euch einen Rat geben darf, wartet, bis Ihr allein mit ihr sprechen könnt. Ich bezweifle, daß Morgan Grey dasselbe Verständnis für Eure Lage aufbringt.«

Claude lächelte dankbar. »Ihr habt recht, Sir. Ich werde auf einen geeigneten Moment warten.«

Als er allein war, trat Lord Windham ans geöffnete Fenster und ließ den Blick über Morgan Greys stattlichen Besitz schweifen. Er lächelte triumphierend. Wenn der neue König von England gekrönt wäre, würde er, Windham, Herr von Greystone Abbey werden.

Denn mit Elizabeth würde der Mann untergehen, der ihren Sturz nicht hatte verhindern können.

Es war alles so einfach. Alles im Leben war ein Glücksspiel. Man mußte nur darauf achten, daß man den Trumpf in der Hand behielt.

»Immer noch Regen.« Die Königin blickte mißmutig aus dem Fenster und setzte sich dann zur Morgenmahlzeit an die reichgedeckte Tafel.

Richard versuchte, sie aufzuheitern. »Ich könnte Eure Majestät heute noch einmal beim Schachspiel schlagen.«

Er war lange nicht so fröhlicher Stimmung gewesen. Dabei hatte er die Nacht kaum geschlafen. Fast bis zur Morgendämmerung hatte er mit Adrienne im Salon gesessen und geplaudert. Sie hatte sogar ein paar züchtige Küsse zugelassen, bevor sie beim Erscheinen des ersten rosigen Lichtstreifens am Himmel in ihr Gemach gehuscht war. Jetzt saß sie neben ihm und sah frisch und strahlend aus wie ein Frühlingstag. Richard spürte ihre Nähe wie eine Liebkosung und genoß dieses fast schon vergessen geglaubte Gefühl.

»Besten Dank, Richard. Ich fürchte, ich muß mich doch erst im Verlieren üben.«

Windham sah mit einem sonderbaren Ausdruck zu ihr hinüber. Sie ahnte nicht, welche Bedeutung angesichts seiner Pläne in ihren Worten lag.

»Ich habe eine Nachricht, die Euch den Tag verschönern wird, Majestät.« Morgan trat ein und legte eine Pergamentrolle auf den Tisch. »Die Bewohner des Dorfes haben diesen Tag Euch zu Ehren zum Festtag erklärt und wollen Euch ihre Ehrerbietung erweisen.«

Elizabeths Augen leuchteten auf. Es war kein Geheimnis, daß sie den Pomp und die Feierlichkeiten liebte, die sie auf ihren Reisen erlebte. Und sie reiste viel im Königreich herum.

Böse Zungen behaupteten, daß sie nur aus einem Grund von Schloß zu Schloß durch das Land zog – um sich von ihren Untertanen huldigen zu lassen. Obwohl sie sich im privaten Kreis oft über die langatmigen Lobreden lustig machte, trat sie in der Öffentlichkeit als die gütige Monarchin auf. Sie wollte geliebt werden und brauchte die Ehrfurchtsbekundungen der Bevölkerung.

»Habt Ihr schon geantwortet?« Elizabeth blickte von der Schriftrolle auf.

»Nein, Madam, das überlasse ich Euch. Ein Bote überbrachte dies gerade eben von den Dorfältesten. Sie warten auf Eure Entscheidung.«

»Was gibt es da zu überlegen?« Die Königin setzte ihren Namenszug auf das Pergament und reichte es Morgan. »Wenn wir schon nicht jagen können, wollen wir wenigstens den Feierlichkeiten im Dorf beiwohnen.«

Windham saß tief in Gedanken versunken da. Aus der Jagd wurde also nichts. Aber er würde einen Weg finden, der Königin aufzulauern, wenn sie allein und schutzlos war. Schließlich konnte Morgan Grey nicht jede Minute bei ihr sein und sie beschützen. Notfalls mußte er beseitigt werden. Und Windham wußte nach kurzem Überlegen auch, wie. Dank seines brillanten Plans.

»Gefällt Euch die Idee nicht, ein Dorffest zu feiern, Windham?« Seine Geistesabwesenheit hatte Elizabeths Aufmerksamkeit erregt.

Er setzte ein gezwungenes Lächeln auf und wählte seine Worte sorgfältig. »Ich kam nur aus einem Grund nach Greystone Abbey: Um mich im Schein Eures Glanzes zu sonnen, Majestät. Natürlich hatte ich auch gehofft, Euch auf die Jagd zu begleiten.«

»Ja. Das hatte ich Euch versprochen.« Elizabeth schenkte ihm ein herzliches Lächeln. »Aber wie schon Charles so treffend bemerkte, habe ich über das englische Wetter keine Macht. Warum nicht diese kleine Abwechslung, Windham? Die Leute im Dorf wollen mir ihre Liebe bekunden.« Sie zuckte mit den Schultern. »Wie kann ich ihnen das Vergnügen nehmen?«

Wie stets schmeichelte Windham sich mit honigsüßen Worten bei ihr ein. »Ich kann ihre Verehrung verstehen, Majestät. Unter all Euren Untertanen bin ich der erste, der unserer schönen Königin mit Liebe und Ehrfurcht huldigt.«

Morgan hörte der Unterhaltung mit Abscheu zu. Nur mit Mühe konnte er eine Bemerkung unterdrücken. Durchschaute denn die Königin Windhams hohle Schmeicheleien nicht? Er mußte daran denken, was sie am Hof gesagt hatte. Jede Frau, sogar die mächtige englische Königin, sehnte sich von Zeit zu Zeit nach den Komplimenten eines Mannes. Selbst wenn sie nichts als maskierte Lügen waren.

17. KAPITEL

Der Dorfplatz war mit Flaggen, bunten Wimpeln und den königlichen Bannern geschmückt. Unter einem Zeltdach waren lange Tische für den Festschmaus aufgestellt, den die Frauen des Dorfes für ihre Monarchin und die hohen Gäste zubereitet hatten.

Als die Kutschen von Greystone Abbey im Dorf eintrafen, standen die Bewohner dicht gedrängt an der Straße. Viele hielten ihre Kinder hoch, damit auch sie einen Blick auf die Königin werfen konnten.

Freudenrufe ertönten, als Elizabeth, prächtig gewandet, aus ihrer Kutsche stieg. Die Kirchenglocken begannen zu läuten, und die feierliche Stimmung trieb vielen die Tränen in die Augen. Dann, als die Königin in majestätischer Pose vor der Menge stand, verstummten die Leute in Ehrfurcht. Die Männer verneigten sich, und die Frauen versanken in tiefen Knicksen.

Elizabeth genoß das Schauspiel. Sie sog die bewundernden Blicke der Männer und Frauen ein, die ihre besten Kleider trugen. Die drallen rotbackigen Kinder starrten sie mit offenen Mündern an. Ja, genauso hatten sie sich die Königin vorgestellt. Im juwelengeschmückten Gewand, umgeben von ihrem Hofstaat.

»Euer Majestät.« Der Älteste des Dorfes trat vor, blaß und vor Aufregung zitternd. »Worte können die Liebe nicht ausdrücken, die Euer Volk für Euch empfindet. Wir verdienen die Ehre nicht, und um so dankbarer sind wir, daß Ihr so huldvoll wart, unser bescheidenes Dorf zu besuchen.«

Die Königin sah, wie seine Hand zitterte, und schenkte ihm ihr liebenswürdigstes Lächeln. »Ich bin es, die dankbar ist.«

Ihre Stimme erhob sich über dem Schreien der Babys und dem Seufzen des Windes. »Dankbar für die Liebe und Treue so braver Leute, wie Ihr es seid.«

Als sie begann, unter den Dorfbewohnern umherzugehen, wich Morgan nicht von ihrer Seite. Seine Männer mischten sich unter die Menge und achteten genau darauf, ob nicht jemand eine Waffe unter seinem Wams versteckt hatte.

Morgan hatte sie zur Wachsamkeit angehalten. Er war sich der Gefahr bewußt, in der sich die Königin befand. Aber er hatte den Leuten im Dorf das Fest nicht verwehren wollen. Wann bekämen sie je wieder eine Chance, ihre Königin zu sehen?

Trotzdem würde er erst wieder ruhig sein, wenn der Trubel vorbei und die Königin wieder sicher in seinem Haus wäre.

Der Dorfälteste führte Elizabeth an die Tafel, die für die Gäste reserviert war. Sie wußte aus Erfahrung, daß sie endlose Reden über sich ergehen lassen mußte, bevor sie das Mahl genießen konnte.

Während Lord Quigley begann, die Speisen zu kosten, setzten die Dorfleute sich nach und nach an die rohen Holztische, und dann endlich erhob sich der Bürgermeister und hielt mit bebender Stimme seine Rede.

Elizabeth unterdrückte ein Gähnen, doch die Tortur war noch lange nicht vorbei. Nach dem Bürgermeister sprach der Geistliche, nach ihm der Dorfrichter und schließlich der redegewandte Chronist des Fleckens. Er überreichte der Königin ein Geschenk der Dorfbewohner.

Sie bedankte sich lächelnd und reichte es an Morgan weiter. »Ich bin tief bewegt und danke Euch. Aber das einzige Geschenk, das ich mir je von meinen Untertanen gewünscht habe, ist ihre Liebe und treue Ergebenheit.«

Als der letzte Bissen des ländlichen Festschmauses verzehrt war, wurde für die Gäste ein Historienspiel aufgeführt. Die Schauspieler traten in antiken Gewändern auf, und vor einer klassischen Kulisse wurde Elizabeth den griechischen Göttern gleichgesetzt.

Dann führten die jungen Mädchen zur Musik der Dorfmusikanten traditionelle Tänze vor, und zum Abschluß und Höhepunkt rezitierte ein blondlockiger Bauernbursche ein selbstverfaßtes Gedicht auf die Schönheit und Gerechtigkeit der Königin.

Als die Dunkelheit hereinbrach, gab die Königin das Zeichen zum Aufbruch. Alle Dorfbewohner stimmten beim Schein ihrer Fackeln eine Hymne an, und unter dem Geläut der Kirchenglocken wurde Elizabeth zu ihrer Kutsche geleitet.

»Was meint Ihr, Morgan?« fragte sie, während die Kutsche über die Straße nach Greystone Abbey rollte.

»Ich denke, daß Generationen von diesem Ereignis sprechen werden. Mütter werden es ihren Töchtern erzählen, und die werden es an ihre Kinder weitergeben. Bis Euer Besuch zur Legende geworden ist.«

»Ja«, sagte Brenna seufzend. »So etwas ist Stoff für Legenden, Majestät. Noch nie habe ich so begeisterte Liebesbekundungen erlebt.«

Die Königin lehnte sich zurück und schloß die Augen. Wozu brauchte sie einen Gemahl? Dies war die Liebe, nach der ihre Seele verlangte. Ihr Volk liebte und verehrte sie. Wie also hatte sie auch nur einen Moment glauben können, daß ihr Leben in Gefahr war?

Brenna erwachte aus tiefem Schlaf und horchte auf das Klopfen an der Tür. Ein eiskalter Schauer überlief sie, denn unwillkürlich dachte sie an den Eindringling, der sie bedroht hatte.

Das leise Klopfen hielt an. Brenna beschloß, nicht weiter darauf zu achten. Wenn es ein Diener war, müßte er morgen früh wiederkommen. Nichts konnte so dringend sein, daß Morgan mitten in der Nacht geweckt werden müßte.

Er lag an ihren Rücken geschmiegt und hielt sie locker umschlungen. Sie hatten sich lange und leidenschaftlich geliebt. Brennas Körper brannte noch jetzt von Morgans Liebkosungen.

Wieder pochte es an der Tür. Brenna öffnete die Augen. Der tiefen Dunkelheit nach mußte es noch Stunden bis zur Dämmerung sein. Wer konnte es sein, der so hartnäckig versuchte, sich Gehör zu verschaffen? Bestimmt niemand, der Brenna oder Morgan übelwollte.

Ihr Herz setzte einen Schlag aus. Vielleicht Madeline? Oder ein Diener der Königin? Es konnte sein, daß jemand erkrankt war.

Brenna schlüpfte lautlos aus dem Bett und nahm ihren Dolch, der griffbereit auf einem Tisch lag. Dann warf sie sich ein Tuch über die Schultern und tappte barfuß in den Wohnraum.

Als sie die Tür zum Flur öffnete, blickte sie in Claudes Gesicht. Vor Überraschung brachte sie keinen Ton heraus.

»Mylady«, flüsterte er, »ich muß mit Euch sprechen.«

Noch immer starrte sie ihn sprachlos an. Was dachte er sich dabei, sie um diese Zeit in ihren Gemächern aufzusuchen? »Morgen früh«, flüsterte sie und wollte die Tür wieder schließen.

Claude stemmte die Hand dagegen. »Nein. Morgen ist es zu spät.«

»Ist etwas mit Madeline oder Adrienne?« fragte Brenna erschrocken.

»Nein. Ich habe ein Problem. Könntet Ihr mit mir hinunterkommen, damit wir ungestört reden können?«

Brenna zögerte. Aber Claudes flehender Ausdruck und sein drängender Ton erweichten sie. Sie schloß leise die Tür hinter sich und ging mit dem jungen Franzosen nach unten.

»Was ist so dringend, Claude, daß Ihr mich nachts aus dem Schlaf holt?« sagte sie, nachdem sie den ausgekühlten Raum durchquert und sich vor den Kamin gestellt hatte. Das Feuer war zwar lange heruntergebrannt, aber die verglimmenden Scheite gaben noch ein wenig Wärme ab.

»Es geht um meine Spielschulden bei Lord Windham.«

»Und? Was ist Euer Problem?«

Eine eisige Stimme ertönte vom anderen Ende des Raums. »Die Rückzahlung war heute fällig.« Windham trat aus dem Dunkel. »In wenigen Stunden bricht ein neuer Tag an, und der junge Mann hat seine Schulden noch immer nicht bezahlt. Wenn die Sache nicht jetzt geregelt wird, sehe ich mich gezwungen, zur Königin zu gehen. Und ich werde darauf bestehen, daß Claude in den Schuldturm geworfen wird.«

Brenna fühlte eine Eiseskälte in sich hochkriechen. Windham war kein Mensch, sondern ein herzloses, grausames Scheusal. »Das wäre eine sehr harte Maßnahme, Mylord.« Brenna blickte zwischen den beiden Männern hin und her. »Aber was habe ich mit dieser Sache zu tun?«

Claudes Gesicht wurde noch blasser. »Ich hatte gedacht, Mylady, daß Ihr vielleicht bereit wärt, Lord Windham meine Schulden abzukaufen.«

»Eure Schulden abkaufen?« Sie sah Windham an. »Wäret Ihr bereit, sie zu verkaufen?«

»Ja, Mylady, für die fällige Summe. Zweihundert Goldsovereigns.«

»Gut, ich werde mit Morgan reden.«

»Nein, Mylady.« Claude trat nah auf sie zu, und sie sah die Furcht in seinen Augen. »Meine Schwester Adrienne ist Richard Grey innig zugetan. Das Herz würde ihr brechen, wenn Richards Bruder schlecht über unsere Familie denken würde. Und Madeline und Charles sind Morgans engste Freunde. Ein Skandal wie dieser würde ihre Freundschaft erschüttern.« Seine Stimme wurde flehend. »Alles, worum ich Euch bitte, ist dieser kleine Gefallen. Ihr zahlt Lord Windham die zweihundert Sovereigns, und sobald ich wieder in Frankreich bin, schicke ich Euch die Summe.«

Brenna ergriff seine eiskalten Hände. »Zwei oder zweihundert – für mich macht es keinen Unterschied. Ich habe in diesem Land kein eigenes Geld, und ich bin vollkommen auf Morgan Greys Großzügigkeit angewiesen.«

Brennas Worte trafen Claude wie ein Hieb. Verzweifelt sah er Windham an. »Mylord. Ihr habt die Lady gehört. Ich bitte Euch, habt ein Einsehen und gebt mir noch etwas Zeit.«

»Eure Zeit ist um.« Windham machte eine Pause. »Es sei denn ...«

»Ja? Was wolltet Ihr sagen?« drängte Claude. Er hatte wieder Hoffnung. »Ich werde alles tun, was Ihr vorschlagt.«

Windham blickte über den Franzosen hin zu Brenna und musterte sie nachdenklich. Er tat, als sei ihm der Gedanke erst jetzt gekommen. »Ich würde auch einen Gegenstand von Wert akzeptieren, bis Ihr die Summe bezahlt habt.«

Claude schüttelte hilflos den Kopf. »Ich habe nichts von Wert, Mylord. Nicht hier in England.«

»Vielleicht besitzt die Lady etwas.« Windham wartete und genoß seine wachsende Macht. Noch hatten die beiden nicht begriffen, doch gleich würden sie in seinem Netz zappeln.

»Nein. Ich habe nichts«, sagte Brenna. »Ihr wißt, daß ich als Gefangene nach England gebracht wurde, die nicht einmal eigene Kleidung besaß.«

»Ihr habt Juwelen«, erinnerte Windham sie in beiläufigem Ton. Er durfte sich seine Aufregung nicht anmerken lassen.

»Sie gehören Morgan. Es ist der Familienbesitz der Greys«, erwiderte Brenna geduldig.

»Der Schmuck, den Ihr gestern abend trugt, gehört Euch.« Windham wandte sich an Claude. »Habt Ihr nicht auch gehört, daß Morgan Grey so etwas sagte?«

»Ja«, bestätigte der französische Edelmann. »Aber die Juwelen sind viel mehr wert als zweihundert Sovereigns, Mylord.«

»Richtig. Ich würde sie nur als Pfand behalten, bis Ihr Eure Schulden bezahlt habt.«

Es ärgerte Brenna, wie über ihren Kopf hinweg verhandelt wurde. Was fiel Windham ein, über Morgans Eigentum zu verfügen, ohne ihn zu fragen. »Nein! Ohne Morgans Zustimmung wird nichts aus der Sache. So gern ich Euch helfen würde, Claude, ich käme mir unaufrichtig vor, den Schmuck ohne Morgans Wissen aus der Hand zu geben.«

»Das verstehe ich, Mylady.« Claude wandte sich wieder dem Mann zu, der sein Schicksal in der Hand hatte.

Windhams Stimme war seidenweich. »Natürlich, wenn die Juwelen Euch so viel bedeuten, dann kann auch ich das verstehen.« Er seufzte bedauernd. »Dann werde ich also zur Königin gehen müssen.«

Aus dem Augenwinkel beobachtete er Brenna, während er weitersprach. »Die arme Madeline«, sagte er mit geheucheltem Mitgefühl, »ich hätte es ihr gern erspart, ihrem Gatten Schande zu machen. Und natürlich wird die liebreizende Adrienne, scheu und verletzlich, wie sie ist, nie wieder Richard Grey in die Augen blicken können. Und er – nach allem, was er durchlitten hat ... Ich fürchte, der Skandal würde die zarte Zuneigung der beiden für immer zerstören.«

Brenna wurde blaß. Sie dachte an ihre eigenen Schwestern und an den unbeugsamen Stolz ihrer Familie. Sie dachte auch an ihre einzige Freundin in diesem Land. Madeline. Und Adrienne und Richard? Niemand verdiente Glück und Liebe mehr als sie.

»Ihr werdet die Juwelen nur so lange behalten, bis Claude seine Schulden bezahlt hat, Mylord?«

»Habe ich das nicht gesagt?«

Brenna zögerte nur noch einen kurzen Moment. Als sie den Hoffnungsschimmer in Claudes Augen sah, war ihre Entscheidung gefallen. Sie brachte es nicht über sich, seine letzte Hoffnung zu zerstören.

Rasch ging sie hinaus, bevor sie ihre Meinung ändern konnte. Nach wenigen Minuten kam sie mit der Schatulle in der Hand zurück.

»Ihr werdet kein Sterbenswörtchen sagen!« beschwor sie Windham, als sie ihm das Kästchen in die Hand drückte.

Er öffnete es mit glitzernden Augen und ließ den kostbaren Amethyst durch seine Finger gleiten. »Ich werde schweigen wie ein Grab.«

»Und Ihr«, sagte sie zu Claude, »gebt mir Euer Wort, daß Ihr nie wieder spielen werdet.«

»Ich schwöre es, Mylady.« Er ergriff Brennas Hände und küßte sie. »Ich werde für den Rest meines Lebens Euer ergebener Diener sein.«

Brenna lächelte schwach. Schon quälten sie Zweifel, ob sie richtig gehandelt hatte, und sie ging schnell hinaus.

Beklommen schlich sie die Treppe hinauf. Es war alles zu schnell gegangen. In ihrem halbwachen Zustand hatte sie die ganze Sache nicht klar durchdacht, und jetzt überstürzten sich ihre Gedanken.

Morgan schlief fest, als sie auf Zehenspitzen zum Bett tappte. Sie schmiegte sich eng an ihn und hoffte, seine Stärke und Kraft würde sich auf sie übertragen. Hätte nicht auch er alles getan, um einem Freund aus der Bedrängnis zu helfen?

Sie hatte Claude geholfen, aber auch Windham war im Spiel.

Der Mann war ein Teufel, skrupellos und berechnend, und Brenna wurde das unheimliche Gefühl nicht los, daß es hier um mehr als um Spielschulden ging.

»Ihr seht müde aus, Mädchen.« Richard blickte von dem Rosenbusch auf, den er beschnitt.

»Ja. Ich habe letzte Nacht nicht gut geschlafen.« Brenna sah sich um. »Ist Adrienne gar nicht bei Euch?«

»Nein. Sie und ihre Schwester sind bei der Königin und ihren Damen. Ich dachte, Ihr wärt auch dort.«

»Ich habe mich entschuldigt.« Brenna schluckte. »Richard, als ich hier noch fremd war, sagtet Ihr, daß Ihr immer für mich da wärt, wenn ich etwas auf dem Herzen hätte.«

Richard beugte sich vor. »Was ist, meine Liebe? Was bedrückt Euch?«

»O Richard.« Sie drängte die Tränen zurück. »Ich kann Euch nicht ins Vertrauen ziehen, ohne jemand anderen zu verraten. Aber ich fürchte, ich habe etwas Schreckliches getan. Wenn Morgan es erfährt, wird er mir nie verzeihen.«

»Das kann ich nicht glauben, Mädchen. Ihr bedeutet Morgan alles. Durch Euch hat er wieder zu sich gefunden. Ihr habt ihm all das wiedergegeben, was so lange unter seinem Schmerz begraben lag. Er kann wieder lachen und lieben. Durch Euch hat er von neuem zu leben gelernt. Und – noch wichtiger – zu vertrauen.«

Vertrauen. Brenna hatte das Gefühl, ihr Herz würde zerbrechen. »Vielleicht habe ich sein Vertrauen für immer zerstört. Nur weil ich einem Freund geholfen habe. O Richard, wie konnte ich das nur ...«

Er beugte sich vor und legte ihr einen Finger auf den Mund. »Hört zu, Brenna. Morgan würde Euch nie wegen irgend etwas zürnen. Was Ihr für ihn getan habt, grenzt an ein Wunder. Er liebt Euch von ganzem Herzen. Ich hätte nie geglaubt, daß er sich von den Wunden seiner unglückseligen Ehe erholen würde.«

»Ich verstehe das nicht. Warum diese Wut und Verbitterung?«

»Er war sehr jung, als er heiratete. Unerfahren wie er war,

glaubte er, alle Welt sei so gut und aufrecht wie er. Dann machte er am eigenen Leib die bittere Erfahrung, daß Selbstsucht und Skrupellosigkeit einige Menschen zum Äußersten treiben.«

»Was ist damals passiert, Richard? Morgan hat mir kaum etwas von dieser kurzen Ehe erzählt.«

»Er war knapp zwanzig, als er vor den Altar trat. Und sie gerade sechzehn.«

»Wer war sie?«

Richard runzelte leicht die Stirn. »Eine Verwandte der Königin. Catherine Elder.«

Eine Verwandte der Königin. Brenna fühlte sich klein und bedeutungslos. »War sie sehr schön?« fragte sie unsicher.

»Schön genug, um jedem Mann am Hof den Kopf zu verdrehen. Sie hatte Haar wie gesponnenes Gold und eine ... sehr weibliche Figur. Voll und reif.« Eine steile Falte erschien auf Richards Stirn. »Wie gesagt, eine ganze Schar von Verehrern machte ihr den Hof.«

»Aber Morgan war derjenige, dem sie die Hand reichte.«

»Ja, ihre Hand. Aber ihr Herz gehörte einem anderen. Einem Mann, dessen Kind sie trug, als sie Morgan das Ja-Wort gab.«

»Wie schrecklich.«

»Ja. Andere Männer hätten sie verstoßen. Aber Morgan war rücksichtsvoller, als gut für ihn war. Er glaubte, die Ehre der Lady zu retten, obwohl jeder von ihrem Zustand wußte. Ihr Liebhaber dachte nicht daran, sie zu heiraten. So nahm Morgan die Erniedrigung auf sich. Doch wenige Wochen nach der Hochzeit verfiel seine Ehefrau wieder dem Bann ihres Geliebten.«

»Wußte niemand, wer er war?«

»Nein. Sie gab nicht einmal ihrer Familie seinen Namen preis.« Richard hielt kurz inne. »Zuerst dachten wir, daß sie seinen Namen aus Liebe geheimhielt. Erst als es zu spät war, wurde uns klar, daß der Mann ihr unter Todesdrohungen verboten hatte, seine Identität zu enthüllen.«

»Wie kann er sie geliebt haben, wenn er ihr Leben bedrohte?«

»Catherine hat sich in ihrer blinden Leidenschaft diese Frage nicht gestellt, Mädchen. Sie wollte glauben, daß der Schuft sie liebte. Sie hat es sich eingeredet. Aber er hat sie nur benutzt, indem er sie anstiftete, ihn aus Morgans Goldschatulle zu versorgen. Das ging monatelang gut und wäre vielleicht noch länger unentdeckt geblieben, wenn der Kerl nicht maßlos geworden wäre.«

Brenna stellte sich Morgan Grey vor, jung und vertrauensvoll, der für seinen Edelmut niederträchtig hintergangen wurde. Tränen brannten in ihren Augen, aber sie drängte sie zurück. Obwohl die Geschichte von Morgans Vergangenheit ihr das Herz zerriß, wollte sie nun alles erfahren.

»Eines Morgens fand Morgan eine Kassette geöffnet. Sie war leer. Als er Catherine deshalb zur Rede stellte, gestand sie, daß sie den Inhalt ihrem Liebhaber gegeben hatte. Morgan raste vor Wut und befahl ihr, den Namen des Mannes zu nennen, der sie zu solchen Taten verleitete.«

Brenna saß steif und regungslos auf der Steinbank. »Was geschah dann?« flüsterte sie.

»Catherine fürchtete Morgans Zorn offenbar mehr als die Drohungen ihres Geliebten. Sie versprach Morgan, ihm sein Eigentum zurückzubringen. Den ganzen Tag blieb sie fort, und als sie abends noch nicht zurück war, ließ Morgan überall nach ihr suchen. Spät nachts fand ein Diener sie am Straßenrand, von einem Schwert durchbohrt. Sie war so schwer verletzt, daß sie nicht mehr gerettet werden konnte. Mit ihrem letzten Atemzug bat sie Morgan um Vergebung.«

Richard fuhr sich mit der Hand über das Gesicht. »Sie sagte ihm, daß sie ihn aufrichtig geliebt habe, obwohl sie dem lüsternen Begehren eines anderen verfallen sei. Sie habe einen Vater für ihr Kind gewollt und sei entschlossen gewesen, Morgan eine gute Frau zu sein. Aber letztlich habe sie sich der Macht ihres Geliebten nicht entziehen können und alles getan, was er verlangte. Noch einmal bat Catherine Morgan um Vergebung. Dann starb sie. In ihren Händen hielt sie, was sie Morgan gestohlen hatte.«

Brenna krampfte die Hände ineinander. Plötzlich wußte sie, was die Kassette enthalten hatte. Ihre Kehle war wie zugeschnürt, und sie konnte kaum sprechen. »Sagt, Richard«, flüsterte sie, »waren es die Grey-Juwelen?«

»Ja, Mädchen, die Grey-Juwelen. Unter anderem die Stücke, die Morgan Euch gab. Ich sah sie gestern abend zum erstenmal seit jener schrecklichen Nacht wieder.«

Gott im Himmel. Was hatte sie getan? Brenna wurde von einem Schwindel erfaßt. Windham hatte sie zu etwas verleitet, was Morgan ihr nie vergeben würde. Ohne ein Wort sprang sie auf und rannte aus dem Garten.

»Ich muß mit Lord Windham sprechen.« Als Brenna in Windhams Gemach stürzte, blickte eine Dienerin von ihrer Arbeit auf. »Seine Lordschaft ist nicht da, Mylady.«

»Nicht da? Wo ist er?«

»Er sagte, er hätte etwas Wichtiges im Gasthaus des Dorfes zu erledigen.«

»Und wann wird er zurück sein?«

»Er kommt nicht zurück, Mylady. Er hat alle seine Sachen mitgenommen, um nach London weiterzufahren.«

London. Panik erfaßte Brenna. Sie mußte Windham aufhalten und den Schmuck wiederbeschaffen, bevor es zu spät war.

Sie lief in ihr Zimmer, hängte sich einen Reiseumhang über und rief Rosamunde. »Ein Stallknecht soll mir ein Pferd satteln. Lauf schon, schnell!«

»Aber ... Mylady ...«

»Beeil dich, Rosamunde. Für Erklärungen ist keine Zeit.« Wenig später lief Brenna die Treppen hinunter und in den Hof, wo ein Knecht mit dem gesattelten Pferd bereitstand.

»Und wenn Mylord Grey nach Euch fragt – was soll ich ihm sagen, Mylady?« rief Rosamunde aufgeregt, als Brenna in den Sattel stieg.

»Sag ihm, daß ich bald zurück bin. Dann werde ich ihm alles erklären.«

Sie gab dem Pferd die Sporen und galoppierte vom Hof. Ihr Herz hämmerte im Rhythmus der donnernden Pferdehufe. Die Strecke zum Dorf erschien ihr endlos. Was habe ich getan! Die Worte hämmerten in ihrem Kopf. Mein Gott, was habe ich nur getan?

18. KAPITEL

Obwohl es noch früh am Tag war, dröhnte der Gastraum der Dorftaverne von dem rauhen Lachen und den polternden Stimmen der Händler und Reisenden.

Als Brenna eintrat, wurde sie neugierig gemustert. Was suchte diese vornehme Lady in einer Schankwirtschaft? signalisierten die anzüglichen Blicke der Männer.

Brenna sah, wie die dralle Bedienung einem groben Kerl in Seemannstracht etwas ins Ohr tuschelte. Der Mann lachte laut auf, zog das Mädchen auf seinen Schoß und küßte es auf den Mund. Sie gab ihm lachend einen Klaps auf die Schulter. Dann blickte sie auf, glättete ihren Rock und ging auf Brenna zu.

»Ja, Mistress? Womit kann ich dienen?«

»Ich suche Lord Windham. Er kam aus Greystone Abbey herüber.«

»Oh, der vornehme und elegante Herr mit dem blonden Haar und Augen, die dich ausziehen, wenn er dich nur ansieht.« Sie musterte Brenna abschätzend, und dann lächelte sie verschwörerisch. »Ja, Seine Lordschaft sagte, daß eine Lady nachkommen würde. Er ist oben in seinem Gemach und nimmt seine Mahlzeit ein.«

»Danke.«

Während Brenna die knarrende Holztreppe hinaufstieg, wiederholte sie sich in Gedanken, was sie zu Windham sagen wollte. Sie würde an sein Ehrgefühl appellieren, an seine Pflichten als Gentleman und Freund der Königin. Sie würde ihn auf Morgans Gastfreundschaft hinweisen und ihn um Fairneß bitten. Und wenn all das erfolglos blieb, würde sie ihn auf Knien anflehen, ihr die Juwelen zurückzugeben und einen von ihr gezeichneten Schuldschein zu akzeptieren.

Sie wußte, daß sie kaum Chancen hatte. Aber versuchen mußte sie es. Sonst hätte sie Morgan verloren.

Sie blieb einen Augenblick vor der Tür stehen. Dann klopfte sie.

»Tretet ein.«

Lord Windham saß bei einem üppigen Mahl am Kaminfeuer. Er empfing Brenna mit einem strahlenden Lächeln. »Ah, Mylady. Kommt herein und leistet mir bei diesem Festessen Gesellschaft.«

Sie betrat zögernd den Raum. »Verzeiht die Störung. Ich werde nicht lange bleiben.«

»Ihr müßt bleiben. Die Feier gilt auch Euch.«

Ihr wurde eiskalt. »Was feiert Ihr, Mylord?«

»Eine neue Ära für England. Eine Ära, die mir Macht und Reichtum bringen wird.« Sie mißdeutete seine Worte. »Ihr meint die Grey-Juwelen. Wegen dieser Juwelen, Mylord ...«

»Diese hier?« Er hielt die Schatulle hoch, und Brenna ging näher auf ihn zu. »Ja. Ich bin gekommen, um Euch ...«

»Ihr wollt sie wiederhaben, natürlich.«

»Ihr habt nichts dagegen?«

Er warf den Kopf zurück und lachte. »Nichts dagegen? Mylady, genauso hatte ich es geplant.«

»Ich verstehe nicht, Mylord«, sagte sie verwirrt.

Er hob den Weinpokal an die Lippen und trank ihn aus. Dann stand er auf. »Kommt näher, Mylady.«

Sie blieb wie gelähmt stehen, als sie seinen begehrlichen Gesichtsausdruck sah.

»Was ziert Ihr Euch? Nun kommt schon.« Eben noch sanft und freundlich, wurde Windhams Ton jetzt eisig. Er packte Brenna grob am Arm und zog sie näher. »Wenn ich einen Befehl erteile, habt Ihr zu gehorchen. Verstanden?«

Sie fühlte seinen heißen Atem, und plötzlich kam die Erinnerung. »Ihr wart es«, stieß sie entsetzt hervor. »Der Mann, der mich nachts in meinem Zimmer überfiel – das wart Ihr.«

Er lächelte böse. »Erinnert Ihr Euch auch an die Lektion, die ich Euch erteilte?«

Unwillkürlich berührte sie die Narbe an ihrem Arm und zuckte zurück.

Während Windham sie mit eisernem Griff festhielt, zog er einen Stuhl heran. »Setzt Euch!«

Brenna weigerte sich, worauf Windham sie mit einer Wucht ins Gesicht schlug, daß es vor ihren Augen flimmerte.

»So«, sagte er in einem Ton, als wäre nichts geschehen. »Und jetzt werdet Ihr gehorchen. Setzt Euch hin!«

Wieder ging ihr derselbe Gedanke durch den Kopf wie in der Nacht des Überfalls. Nur ein Wahnsinniger konnte sich so verhalten. Unberechenbar. In einem Moment ruhig, fast abgeklärt, und im nächsten jähzornig und grausam.

Sie griff nach dem Dolch an ihrem Gürtel. Windham erriet ihre Gedanken, wand ihr blitzschnell das Messer aus der Hand und schlug sie wieder.

Hilflos sank sie in den Stuhl und beobachtete, wie Windham ein Pergament holte und zu schreiben begann. Nachdem er zwei Schreiben verfaßt hatte, zog er an einer Schnur. Eine Glocke ertönte, und kurz darauf stand die Bedienung in der Tür. Windham gab ihr die Schreiben und ein paar Münzen und entließ sie mit genauen Anweisungen. Dann setzte er sich wieder an den Tisch, füllte seinen Pokal und trank.

»Wir werden nicht lange warten müssen.« Seine Augen glänzten fiebrig. »Dann wird alles mir gehören, was jetzt in Morgan Greys Besitz ist. Einschließlich Euch, Mylady.«

Die Königin las das Schreiben und stieß einen freudigen Laut aus. »Mein Besuch in Greystone wird einen perfekten Abschluß haben. Morgan teilt mit, daß das Wetter sich bessert.« Sie eilte ans Fenster. »Ja. Es ist zwar noch recht neblig, aber über den Bäumen bricht die Sonne durch.«

Sie warf das Pergament auf den Tisch und sah ihre Hofdamen lächelnd an. »Schluß mit dem Herumsitzen. Wir müssen uns rasch umkleiden. Lord Grey hat alles für die Jagd vorbereiten lassen.«

Morgan blickte von seinen Büchern auf, als Mistress Leems die Bibliothek betrat. »Ein Bote aus dem Dorf ist gekommen, Mylord.«

»Führt ihn herein.«

Morgan wartete, bis die Haushälterin und der Bote gegangen waren. Als er das Siegel der Pergamentrolle brach, rutschte etwas heraus und fiel auf den Tisch. Ein Ohrring. Morgan nahm das Stück in die Hand, und schlagartig veränderte sich sein Gesichtsausdruck. Dies war nicht irgendein Ohrring. Die Diamanten und Amethyste funkelten in dem einfallenden Sonnenlicht.

Mit wachsendem Abscheu las Morgan die Nachricht. Er stand auf und starrte minutenlang ins Feuer. Ihm war, als würde er noch einmal die Schande und den Schmerz der Vergangenheit durchleben. Mit einem wütenden Fluch riß er das Pergament in kleine Stücke und warf es in die Flammen. Dann ging er rasch durch den Raum und ergriff seinen Degen.

Dieses Mal wäre es kein harmloses Scharmützel mit einem rotwangigen Knaben, der voll Edelmut die Dame seines Herzens verteidigte. Diesmal würde er sich die Lady persönlich vornehmen. Und ihren Liebhaber.

Als er hinausstürzte, klangen ihm die höhnischen Worte der Nachricht im Kopf: ›Wieder habe ich eine Frau verführt, die Ihr liebt, Morgan Grey. Und diese hat mir den Schatz sogar schon vor der Hochzeit gebracht. Einen Beweis ihrer Ergebenheit habe ich beigefügt.‹

Durch den dumpfen Nebel ihres Schmerzes sah Brenna Windham beim Essen zu. Ruhig, mit sich und der Welt zufrieden, beendete er sein Mahl. Was ging in diesem teuflischen Mann vor? Was plante, was beabsichtigte er?

Brennas Kopf dröhnte noch immer von dem Schlag. Sie versuchte, einen klaren Gedanken zu fassen. Offenbar war sie in eine Falle getappt. Windham hatte sie erwartet, aber wieso? Und was hatten die Juwelen damit zu tun?

So viele Teile, die noch kein Bild ergaben. Um sie zusammenzufügen, brauchte sie zweierlei: Sie mußte Zeit gewinnen. Und auf eine Chance zur Flucht lauern.

»Ihr seid also wegen der Juwelen gekommen.« Windham biß genießerisch in eine Hähnchenkeule.

Brenna blickte ihn aufmerksam an. »Ja.«

»Hat Morgan ihr Fehlen bemerkt?« Er spülte den Bissen mit einem Schluck Ale hinunter.

»Nein.«

»Aha.« Er grinst. »Euer Gewissen hat sich gemeldet.«

»Ich hatte kein Recht, etwas fortzugeben, das mir nicht gehört.«

»Und wie steht es mit den Schätzen, über die Ihr frei verfügen könnt?« Sein lüsterner Blick ließ Brenna an die treffende Beschreibung des Mädchens im Schankraum denken. Windham entkleidete sie mit seinen Blicken.

Unauffällig schätzte sie die Entfernung zur Tür ab. Sie würde es niemals schaffen. Aber wenn es ihr gelänge, Windham abzulenken . . .

»Ich bin mit meiner Gunst nicht sehr freigebig, Mylord«, sagte sie kühl. »Im übrigen hat Eure Königin, die Ihr so sehr verehrt, selbst verfügt, daß ich mit Morgan Grey vermählt werden soll.«

»Die offizielle Verlobung hat noch nicht stattgefunden. Außerdem . . .« Er lächelte unverschämt. ». . . unter gewissen Umständen wäret Ihr frei, einen anderen zu heiraten.«

Ein panischer Schreck durchfuhr Brenna. »Ich . . . ich verstehe nicht.«

Windham lehnte sich zurück und ließ einen Moment verstreichen, bevor er antwortete. »Nun«, sagte er mit liebenswürdigem Lächeln, »wenn Grey tot wäre, könnte ein anderer Bewerber Euch zum Altar führen.«

Tot? Morgan? Worauf wollte Windham hinaus?

Er schob seinen Stuhl zurück und schlenderte zum Fenster. Ein Glitzern trat in seine Augen, als er in der Ferne einen Reiter über die Wiesen dahinjagen sah. Der Mann, der sein Pferd so gnadenlos antrieb, konnte nur einer sein. Nicht mehr lange, und die Würfel wären gefallen.

Windham hörte das Rascheln eines Kleides und drehte sich blitzschnell um. Mit einem Satz war er an der Tür und riß Brenna an den Haaren zurück. »Wohin so eilig, schöne Brenna? Gefällt es Euch nicht in meiner Gesellschaft?« Er packte sie bei den Schultern und drückte sie gegen die Wand. »Du hast deine Lektion noch immer nicht gelernt«, zischte er.

Tränen des Schmerzes brannten in Brennas Augen. Verschwommen sah sie etwas Metallenes in Windhams Hand blinken. Ihr Dolch. Der Dolch, den Morgan ihr gegeben hatte. Windham hob die Hand und hielt ihr das Messer an die Kehle.

Sein Gesicht war ganz nah vor ihrem. Kalte Wut stand in seinen Augen. »Du kleine Närrin. Dachtest du, ich würde mir meine schöne Trophäe so kurz vor dem Ziel durch die Finger schlüpfen lassen?«

»Ihr wollt Morgan, nicht wahr?« flüsterte Brenna. Sie war nah daran, die Nerven zu verlieren. »Das also war Euer Plan. Irgendwie wollt Ihr ihn hierherlocken und töten.«

Sein schrilles Lachen ließ sie vor Angst erstarren.

»Dein Liebhaber ist schon da. Jeden Augenblick wird er hochkommen und seinen letzten Atemzug tun.« Windhams Gesicht wurde zu einer teuflischen Grimasse. »Aber Grey ist nur ein Teil meines Plans. Die andere Hälfte ist noch besser.«

Brenna fühlte die kalte Schneide des Dolches an ihrem Hals. Doch der Gedanke an Morgans Tod machte sie für Schmerz und Angst gefühllos. Was konnte noch Schlimmeres passieren als dies?

Aber Windhams nächste Worte waren entsetzlicher als ein Todesstoß. »Wenn Grey beseitigt ist«, murmelte er leise, »wird die Königin ohne ihren Beschützer sein. Und die Zukunft Englands und alle Macht wird in meinen Händen liegen.«

»Sie sind oben, Mylord.« Die Schankmagd blickte dem Herrn von Greystone Abbey neugierig nach, als er, drei Stufen auf einmal nehmend, die Treppe hinaufstürmte. Sie hätte zu gern die Gesichter der beiden Verliebten gesehen, wenn der eifersüchtige Dritte sie bei ihrem Schäferstündchen aufschreckte. Lord Greys Züge waren wutverzerrt. Seine Hand lag schon auf dem Knauf seines Degens.

Während seines rasenden Rittes zum Dorf war Morgan zu keinem vernünftigen Gedanken fähig gewesen. Nur drei Worte hatten unentwegt in seinem Kopf gedröhnt. Nicht noch einmal. Nicht noch einmal . . .

Selbst jetzt konnte er es noch nicht glauben. Windham und Brenna. Hier, in dieser Taverne, hinter dieser Tür.

Trotz Windhams Nachricht wollte er es nicht wahrhaben. Und obwohl das Pferd draußen aus seinen Ställen stammte, hoffte er noch immer, daß alles nur ein gräßlicher Irrtum war.

Die Frau, die sein Bett geteilt hatte, die Frau, die er mehr liebte als sein eigenes Leben, sie war zu einer solchen Tat nicht fähig. Es konnte nicht sein.

Und dennoch – auch damals hatte er es nicht für möglich gehalten. Es war aber geschehen. Und es geschah noch einmal.

Er ersparte sich die Förmlichkeit anzuklopfen. Mit einem wütenden Fußtritt brach er die Tür auf und stürmte mit gezogenem Degen in das Zimmer.

Mitten in der Bewegung hielt er inne. Am anderen Ende des Raums stand Windham und vor ihm, gegen die Wand gedrückt, Brenna. Mit einer Hand hielt der Kerl ihre Arme hinter ihrem Rücken fest und mit der anderen drückte er ihr einen Dolch an die Kehle. Morgans eigener Dolch.

»Ihr seid schnell gekommen, Grey.« Windhams Stimme überschlug sich fast vor Aufregung. »Ich hatte kaum Zeit, mich vorzubereiten.« Er lachte schrill. »Eigentlich hatte ich gehofft, die Lady bei Eurem Eintreffen im Bett zu haben. Wäre das nicht eine gelungene Überraschung gewesen? Leider wollte die spröde Brenna sich nicht an dem Vergnügen beteiligen.«

Morgan wurde blaß vor Zorn. Brennas aufgelöstes Äußeres sagte ihm, daß sie sich tapfer gegen Windham gewehrt hatte. Freiwillig hatte sie sich also nicht mit ihm eingelassen. Aber warum war sie hier?

Ganz ruhig stellte er ihr die Frage, aber Brenna spürte, wieviel Selbstbeherrschung es ihn kostete, seine Wut zu zügeln.

»Ich habe die Lady überredet, Claudes Spielschulden zu bezahlen.«

Morgan ignorierte Windham. »Du hast kein Geld, Brenna.«

»Nein«, sagte sie kleinlaut. »Aber Lord Windham drohte Claude mit dem Schuldturm, wenn er seine Schulden nicht bis Mitternacht bezahlt hätte. Ich wußte, welche Schande dies über seine Schwestern bringen würde. Deshalb stimmte ich zu, Lord Windham als Sicherheit die Juwelen zu überlassen, bis Claude seine Schulden beglichen hätte.«

Ihre Stimme begann zu beben, aber sie drängte die Tränen

tapfer zurück. »Als Richard mir heute die furchtbare Geschichte Eurer Ehe erzählte, wußte ich, daß ich die Juwelen sofort wiederbeschaffen müßte. Ihr solltet nicht entdecken, was ich getan hatte. Also folgte ich Lord Windham hierher.« Sie schluckte. »Und genau das hat er erwartet«, stieß sie unter Tränen hervor.

»Laßt die Lady frei, Windham. Diese Angelegenheit betrifft nur uns beide.«

»Ich soll sie freilassen, damit Ihr mich mit Eurem Degen durchbohren könnt?« Windham lachte böse. »Wenn Ihr nicht sofort Eure Waffe niederlegt...«, er drückte Brenna den Dolch an die Kehle, »... werde ich zustechen.« Er beobachtete Morgan und sah den Haß in seinen Augen. »Nun, Morgan? Entscheidet Euch. Wer von uns beiden soll es sein?«

Ohne ein Wort ließ Morgan seinen Degen zu Boden fallen.

»Das ist sehr vernünftig, Grey. Wir möchten doch nicht, daß diese Lady so endet wie die erste.«

Einen Moment lang blieb Morgan still. »Woher wißt Ihr, wie Catherine gestorben ist, Windham?« sagte er dann betont ruhig. Als keine Antwort kam, wurde seine Stimme scharf. »Die Umstände ihres Todes waren nur wenigen bekannt. Sie starb von der Hand eines Mörders, Windham. Und der Mörder war niemand anderer als Ihr.« Er starrte Windham haßerfüllt an. »Mein Gott, ich hätte es wissen müssen.«

Windham grinste nur. »Sie hat sich nicht so stürmisch gewehrt wie diese Lady hier. Vielleicht hat das Kind sie schwerfällig gemacht. Vielleicht hatte sie auch keinen Lebenswillen mehr. Für mich jedenfalls stand fest, daß von ihr nichts mehr zu erwarten war. Sie mußte beseitigt werden, ehe sie Euch meinen Namen verriet.«

Morgan hatte sich kaum noch in der Gewalt. Seine Stimme senkte sich zu einem rauhen Flüstern. »Sie hat ihr Geheimnis mit ins Grab genommen. Warum kommt Ihr jetzt mit der Wahrheit heraus? Wißt Ihr nicht, was Ihr mit Eurem Geständnis riskiert?«

»Ich riskiere gar nichts, Grey. Denn Ihr werdet diesen Raum nicht lebend verlassen. Mein Geheimnis wird weiterhin gut verwahrt bleiben.«

»Es gab so viele schöne Frauen am Hof, Windham. Warum mußte es Catherine sein?«

»Weil sie unter allen Bewerbern Euch den Vorzug gab, Grey.« Windhams Miene verzerrte sich. »Ihr habt immer mühelos das bekommen, was ich wollte. Das prächtigste Landgut, die kostbarsten Juwelen, Reichtum und Anerkennung. Und dann auch noch die schönste Frau, die ich je gesehen hatte. Ich konnte Euch nicht noch einmal gewinnen lassen. Diese Frau, das schwor ich mir, wollte ich besitzen. Und Ihr solltet leiden.«

»Aber Ihr seid ein wohlhabender Mann. Ihr brauchtet kein Gold und keine Juwelen. Warum habt Ihr Catherine zum Stehlen gezwungen?«

»Sie war eine stolze Aristokratin. Eine Verwandte der Königin. Es bereitete mir Vergnügen, sie zu erniedrigen. Und ich wußte, daß Ihr unter der Schande leiden würdet. Ja, Grey. Ihr seid wie ein Geschwür, das seit unserer Jugendzeit in meinem Herzen wuchert.«

Brenna sah den Schmerz in Morgans Augen und hörte ihn in seiner Stimme.

»Dann laßt es uns unter uns austragen, Windham. Ich stelle mich Eurem Zorn ohne Waffen. Aber laßt die Frau frei.«

»Ich beabsichtige, Eure schöne Schottin zu behalten.« Windhams Stimme wurde schärfer. »Ihr seid ohnehin keine Bedrohung mehr für mich. Mit der Macht der Greys ist es vorbei. Ihr seid erledigt, lieber Freund.«

Morgan maß den Abstand zwischen sich und Windham. Er mußte den Dolch an sich bringen, bevor es zu spät war. Je länger er Windham ablenkte, desto größer wurde die Chance, Brenna vor diesem Wahnsinnigen zu retten.

»Warum dieser komplizierte Plan, Windham? Wenn Ihr mich töten wollt, hättet Ihr mich nicht hierherzulocken brauchen. In Greystone Abbey hättet Ihr es einfacher gehabt.«

Windham lachte schrill auf. »Ich habe es versucht, aber leider irrte ich mich im Zimmer. Und leider habt Ihr mich daran gehindert, mich mit dieser Lady zu vergnügen. Aber von dem kleinen Ärgernis abgesehen, heute mußte ich Euch von Greystone Abbey fortlocken.«

Morgan stellte befriedigt fest, daß Windham ihm bereitwillig alle Fragen beantwortete. Er mußte ihn reden lassen, so lange wie möglich. »Warum das, Windham?«

Windham grinste. »Weil ich Euch so weit wie möglich von der Königin forthaben wollte.«

Das Blut gefror Morgan in den Adern. Doch er zwang sich, seine Panik zu verbergen, und sprach ruhig weiter. »Was hat die Königin damit zu tun?«

»Sie bereitet sich in diesem Moment für die Jagd vor. Daß sie die Gejagte sein wird, weiß sie natürlich nicht.«

»Elizabeth wird nicht ohne mich in die Wälder reiten.«

»O doch, das wird sie tun. Sie hat nämlich schon Eure Nachricht gelesen, daß Ihr wegen einer dringenden Angelegenheit fort mußtet und sie meiner Begleitung anempfehlt.«

Morgan wurde bleich. Er machte sich die schwersten Vorwürfe, daß seine eigenen Probleme ihn im Moment größter Gefahr blind gemacht hatten.

Sein Instinkt hatte ihn demnach nicht getäuscht. Windham! Er trachtete der Königin nach dem Leben. »Ihr wart es also. Ihr steckt hinter diesen mysteriösen Unfällen.«

»Dummerweise hatten meine Einfälle nicht den gewünschten Erfolg. Aber diesmal wird es gelingen. Heute sind die Götter mir freundlich gesinnt. Heute wird Elizabeths Herrschaft durch meine Hand beendet.« Windham lachte im Vorgefühl seiner Macht. »Die Königin ist tot. Lang lebe der König!«

»Wer hat Euch gekauft, Windham?«

Niemals hätte Windham es gewagt, seinen Treueschwur zu brechen. Aber mit dem Erfolg vor Augen wurde er leichtsinnig. »Norfolk.« Er sprach den Namen wie den einer Gottheit aus.

»Norfolk? Der Cousin der Königin? Er soll Euch den Befehl zum Mord gegeben haben? Niemals.«

»Er begehrt den Thron. Und nichts deutet darauf hin, daß Elizabeth demnächst abdankt oder eines natürlichen Todes stirbt.«

»Er muß wahnsinnig sein. Niemand wird ihm Treue geloben, wenn herauskommt, daß er ein Verräter und Mörder ist.«

»Niemand wird es je erfahren«, erwiderte Windham triumphierend. »Elizabeth wird heute bei einem Jagdunfall umkommen. Ihre Untertanen werden trauern. Und Norfolks unsäglicher Schmerz wird die Trauer des Volkes noch in den Schatten stellen.«

»Und was werdet Ihr von dem Machtwechsel haben?« fragte Morgan lauernd.

Windham umklammerte Brennas Arm, so daß sie vor Schmerz das Gesicht verzog. »Der neue König wird sich dankbar erweisen und mir jeden Wunsch erfüllen. Als erstes werde ich ihn um die Hand der Lady bitten, die Euer Herz gestohlen hat.«

Brenna wand sich in seinem eisernen Griff. »Eher will ich von Eurer Hand sterben«, zischte sie wütend. »Alle Welt soll erfahren, was für ein Verbrecher Ihr seid.«

Trotz der gefährlichen Situation empfand Morgan so etwas wie Stolz darüber, daß Brenna dem Feigling sogar jetzt die Stirn bot.

»Vorsicht, Mylady. Zügelt Euer Temperament. Sonst werde ich Eurer Bitte sofort nachkommen.« Windham sprach weiter, als wäre nichts gewesen. »Norfolks nächstes Geschenk wird Euer gesamter Besitz sein, Grey. Einschließlich Eurer Titel.«

»Mein Bruder Richard ist mein Erbe. Er würde um sein Recht kämpfen.«

»Richard wird nach dem Unfall der Königin eine tödliche Attacke erleiden. Vielleicht wird ihm Mistress Leems' vorzügliche Wildpastete nicht bekommen. Oder ein unglücklicher Sturz auf der Treppe.«

Er plant kaltblütig den Tod all derer, die ich liebe ...

Morgan konnte seine Wut und seinen Haß auf dieses Scheusal nicht länger zügeln. Für Taktik und lange Worte war jetzt keine Zeit mehr.

Ohne zu überlegen, stürzte er vor, packte Brenna am Arm und riß sie zur Seite.

Windham stieß blindlings zu und brachte Morgan eine tiefe Wunde an der Schulter bei. »Bereite dich auf dein Ende vor, Grey!« Ehe Morgan zurückweichen konnte, hatte Windham ihm den Dolch in die Brust gestoßen. Als er das Messer herauszog, sickerte Blut durch Morgans Wams und war rasch als dunkler feuchter Fleck sichtbar.

Morgans Gesicht wurde aschfahl. Aber trotz seiner Verwundung kämpfte er mit Windham und rang ihn zu Boden. Keuchend verteidigte der die Waffe, die über Leben und Tod entscheiden würde. Brenna durchquerte lautlos den Raum und hob Morgans Degen auf. Als sie sich umdrehte, sah sie Windham mit dem Dolch in der Hand über Morgan knien. Mit glitzernden Augen umklammerte er den Griff und beugte sich vor. Brenna richtete den Degen auf Windhams Herz, doch im letzten Moment drehte er sich.

An der Schulter getroffen, rollte er mit einem Schmerzensschrei zur Seite. Ehe Brenna noch einmal zustoßen konnte, hob er den Dolch und stieß ihn Morgan in den Leib.

»So, Mylady«, sagte er mit schmerzverzerrtem Lächeln. »Ich fürchte, Ihr müßt nun Eurem Liebsten in den Tod folgen.«

Ehe sie sich besann, stand er vor ihr, den Dolch zum tödlichen Stoß erhoben. Brenna schloß die Augen, als sie die Klinge blitzen sah. Dann fühlte sie einen stechenden Schmerz. Der Degen glitt ihr aus der Hand. Sie taumelte zu Boden.

»Da könnt Ihr liegenbleiben und zusehen, wie Euer Geliebter in einer schäbigen Taverne verblutet. Spendet ihm Trost, solange Ihr noch Leben in Euch habt. Ich werde mich jetzt empfehlen und zum letzten Akt des Dramas schreiten.«

Wie durch eine dichte Nebelwand hörte Brenna seine Schritte, die langsam auf der Treppe verklangen. Fast besinnungslos vor Wut und Schmerz kroch sie über den Boden, bis sie an Morgans Seite lag.

19. KAPITEL

Undurchdringliche Nebelschwaden hingen über den Wassern der Themse. Morgan kämpfte darum, den Kopf über Wasser zu halten, doch jedesmal, wenn er ein wenig Luft schöpfte, kam eine Nebelwolke und erstickte ihn fast. Er gab den Kampf nicht auf, obwohl seine Schmerzen jede Bewegung zur Qual machten. Seine Lunge stach, sein Arm und seine Schultern brannten wie Feuer.

Der Schmerz wurde unerträglich. Warum noch kämpfen? Warum nicht einfach im Wasser versinken und sich treiben lassen, bis alles vorbei wäre? Der Tod würde Erlösung bringen.

Aber Brenna rief, rief ihn aus weiter Ferne. Seine geliebte Brenna. Nur um noch einmal ihr Gesicht zu sehen, würde er den Schmerz auf sich nehmen. Noch einmal würde er es versuchen, ehe er den Kampf aufgab.

Keuchend vor Anstrengung kam er wieder an die Oberfläche. Brennas Stimme war jetzt nah. Er konnte deutlich hören, wie sie seinen Namen rief. Er öffnete die Augen und wurde von gleißendem Licht geblendet. Hunderte von Kerzen brannten sich ihm in die Augen. Wo war Brenna? Ihre Stimme war so nah. Er zwinkerte und versuchte es noch einmal. Das Licht war noch immer zu hell, aber es schmerzte nicht mehr. Er bewegte die Lippen, jedoch kein Wort kam heraus.

»Morgan. Bitte, Morgan. Du mußt es versuchen.«

Was versuchen? Zu schwimmen? Wollte Brenna, daß er weiterschwamm? Er fühlte um sich herum das Wasser, warm und klebrig. Er blickte an seinem Arm hinab und sah, daß das Wasser der Themse sich blutrot gefärbt hatte.

Blut. Er war nicht im Wasser. Er lag in seinem eigenen Blut.

Und jetzt sah er Brenna. In panischer Hast riß sie Streifen von ihrem Untergewand, um das Blut zu stillen. Aber es sickerte durch die Verbände.

Morgan versuchte, den Kopf zu heben. Aufstöhnend sank er zurück. »Bleib still liegen, Liebster«, flüsterte Brenna. Sie wikkelte eine zweite Bandage um seinen Arm, diesmal so fest, daß der Blutstrom versiegte. Darauf verband sie seine Schulter und seine Hand, und dann kam das Schlimmste – die Wunde in seiner Brust.

Sie sah ihm an, daß der Schmerz kaum auszuhalten war. »Halte durch, Morgan. Du mußt am Leben bleiben. Die Königin braucht dich.«

Die Königin. Er versuchte, sich zu erinnern. Als Brenna seine Wunde zusammendrückte und den Verbandsstoff daraufpreßte, stieß er einen wilden Fluch aus. Und mit dem Schmerz kam die Erinnerung. Windham war nach Greystone Abbey unterwegs, um Elizabeth zu töten. Er mußte um jeden Preis aufgehalten werden.

»Hilf mir auf, Brenna«, stöhnte Morgan.

Sie schob den Arm unter seine Schulter und half ihm behutsam auf die Füße.

»Mein Degen.« Sie befestigte ihn an seinem Gürtel.

Auf Brenna gestützt, ging er zur Treppe. Jeder Schritt bedeutete eine übermenschliche Anstrengung. Bei jeder Stufe schnitt der Schmerz wie ein Messer in seine Brust und nahm ihm den Atem. Brenna sah, wie seine Lippen weiß wurden, als er sich mit ihrer Hilfe in den Sattel quälte. Aber er ergriff die Zügel und ritt voran, nachdem sie selbst unter großer Anstrengung auf ihr Pferd gestiegen war.

Er sah sich nach ihr um und bemerkte, daß sie den Arm sonderbar angewinkelt hielt. »Du bist verletzt«, sagte er bestürzt.

»Ja, aber es ist weiter nichts. Windham dachte, er hätte uns beide tödlich verletzt. Das hat uns gerettet.«

Er wartete, bis sie ihn eingeholt hatte und neben ihm herritt. »Meine tapfere kleine Brenna. Du mußtest meinetwegen Schmerzen erleiden. Verzeih mir.«

»Ich muß dich um Vergebung bitten. Wenn ich Windham nicht die Juwelen gegeben hätte, wäre all dies nicht . . .«

»Pst, Liebste. Die Zeit drängt. Wir müssen die Königin und ihre Jagdgesellschaft finden.«

»Aber wo sollen wir suchen? Sie können überall im Wald sein. Und der Wald ist groß.«

»Ich kenne jeden Baum und jeden Pfad. Richard und ich haben alles schon als Jungen gründlich durchforscht. Ich werde Elizabeth finden.«

Brenna sah die Schweißperlen auf Morgans Stirn, als er sein Pferd zum Galopp antrieb. Trotz ihrer Schmerzen hielt sie sich dicht hinter ihm.

Bald hatten sie den Wald erreicht. Als sie in das dichte Gehölz eindrangen, begann Brennas Herz zu rasen. Hier irgendwo, vielleicht ganz in der Nähe, wurde die Königin von einem Mörder belauert.

»Dort, Majestät. Ein prächtiger Bock.«

»Ja, Lord Windham. Ich sehe ihn.«

Die Königin spannte ihren Bogen und zielte. Der Pfeil schwirrte durch die Luft. Als witterte er die Gefahr, hob der Rehbock im letzten Moment den Kopf. Trotzdem erreichte der Pfeil sein Ziel. Das Tier machte einen Satz in die Luft, drehte sich in einem makabren Todestanz und sank schließlich zu Boden.

»Ein perfekter Schuß, Majestät.«

Die Königin würdigte Windhams Kompliment mit einem leichten Nicken.

»Wenn Ihr Euch beeilt, Majestät, könnt Ihr noch ein Tier mit einem prächtigen Geweih erlegen. Ich sah eben einen anderen Bock dort im Gebüsch Schutz suchen.«

»Ich habe nichts gesehen, Windham. Seid Ihr sicher?«

»Ja, Majestät.«

Die Königin sah sich nach der übrigen Jagdgesellschaft um, die in der Nähe ausgeschwärmt war. »Wir verlieren die anderen, wenn wir sie nicht verständigen.«

»Ich werde ihnen sagen, in welche Richtung wir reiten. Ihr folgt indessen diesem Pfad bis zur anderen Seite des Gebüsches, Majestät. Dann werde ich Euch zeigen, wo der Bock sich versteckt.«

Die Königin zögerte. »Mein Reitknecht . . .«

»Er kümmert sich um das erlegte Wild, Majestät. Beeilt Euch. Sonst verlieren wir den prächtigsten Bock, den ich je erblickt habe.«

»Wirklich? Wie groß?«

Windham sah, daß das Jagdfieber sie gepackt hatte. »Ein kapitales Tier, Majestät.«

»Ich muß ihn bekommen.« Die Königin gab ihrem Pferd die Sporen. »Morgan wird Augen machen.«

»Ja, Majestät. Er wird sicher beeindruckt sein.«

»Beeindrucken will ich ihn nicht. Ich möchte nur, daß er sich ärgert, diesen herrlichen Tag versäumt zu haben.«

Windham machte kehrt und lächelte in sich hinein. Er wartete, bis die Königin hinter den Bäumen verschwunden war, und vergewisserte sich, daß niemand ihn beobachtete. Dann riß er sein Pferd herum und ritt auf das Dickicht zu. Er zog einen Pfeil aus dem Köcher, den er aus Morgans Jagdkammer entwendet hatte. Wenn die Königin an dem verabredeten Treffpunkt einträfe, wäre er schon dort . . .

Nur mit größter Willensanstrengung hielt Morgan sich im Sattel. Dicht hinter ihm bahnte Brenna sich ihren Weg durch das Walddickicht. Sie achtete nicht auf die herabhängenden Zweige, die sich in ihrem Haar verfingen und ihr die Haut zerkratzten. Angestrengt spähte sie durch das undurchdringliche Grün. »Da«, flüsterte sie plötzlich aufgeregt, »ich habe eine Bewegung gesehen, Morgan.«

Sie zeigte auf eine Baumgruppe, und Morgan ritt schneller. Er sah einen Farbfleck aufleuchten, der gleich wieder verschwand.

Morgan wußte, daß an dieser dichtbewachsenen Stelle das Wild mit Vorliebe Unterschlupf suchte. Sie war ein ideales Versteck für einen Menschen, der einem Opfer auflauerte.

Der Schweiß lief Morgan über den Rücken, als er sich der unmittelbaren Gefahr bewußt wurde. Er gab Brenna ein Zeichen, und sie ließen sich beide aus dem Sattel gleiten und banden ihre Pferde fest. Geduckt schlichen sie durch die schattige Stille, bis Morgan plötzlich stehenblieb und Brenna hinter einen

Baum zog. Er zeigte auf die Gestalt, die in einiger Entfernung regungslos hinter einem dichtbelaubten Busch stand.

Der Mann hatte seinen Bogen gespannt, und als Brenna in die Zielrichtung des Pfeils blickte, zog sie scharf die Luft ein. Direkt in der Schußlinie war die Königin sichtbar, die zwischen den Bäumen herangeritten kam.

Jetzt zählte jede Sekunde. Brenna und Morgan verständigten sich, ohne ein Wort zu sagen. Während Morgan auf Windham zulief, rannte Brenna in die Richtung der Königin. Die Röcke gerafft, sprang sie über Baumstümpfe und die scharfen Kanten halbverdeckter Felsen. Jetzt kam ihr die Ausbildung zugute, die sie von ihrem Vater und seinen Männern erhalten hatte.

Auf dem letzten Stück holte sie alles aus sich heraus und lief, daß ihre Lunge brannte. Dann sprang sie hoch, umschlang die Königin und hob sie mit einem kräftigen Schwung aus dem Sattel. Beide Frauen landeten in einem wirren Knäuel von Armen, Beinen und aufgebauschten Röcken auf der Erde.

Elizabeth war außer sich. »Wie könnt Ihr es wagen!« Als sie sich mühsam aufsetzte und ihre Kleider ordnete, brach ihr berüchtigtes Temperament hervor. »Ihr habt Euer Schicksal besiegelt, Schottin! Nicht zur Ehe verurteile ich Euch, sondern zum Galgen! Ihr habt die Königin von England mit Eurer Dreistigkeit in Lebensgefahr gebracht.«

»Verzeiht mir, Majestät.« Brenna rappelte sich hoch und streckte Elizabeth die Hand hin, um ihr aufzuhelfen. Doch die ignorierte die Geste. Sie schlug Brennas Hand fort und erhob sich aus ihrer unwürdigen Lage. »Der Strang ist viel zu schade für Euch«, tobte sie, »ich werde Euch ...« Sie verstummte mitten im Satz und starrte auf den Pfeil, der etwa zwei Fuß über ihrem Pferd in einem Baum steckte.

»War der für mich bestimmt?«

»Ja, Majestät.«

»Wer ...« Ihr Blick blieb an den beiden Männern hängen, die verbissen miteinander kämpften. »Lord Windham?«

»Windham wollte Euch töten, Majestät. Morgan und ich deckten seinen Plan auf und hatten große Angst, daß wir Euch nicht rechtzeitig finden würden.«

Elizabeth wurde bleich. »Großer Gott«, flüsterte sie, »wie konnte ich mich so täuschen lassen? Und jetzt bringt der Schuft Morgan um. Morgan . . . was ist mit ihm? Warum bewegt er sich so ungeschickt?«

»Er ist verletzt«, murmelte Brenna mit bebenden Lippen. Beide Frauen beobachteten hilflos den Kampf. Morgans Degen fiel scheppernd auf einen Felsen, und nun stürzte er sich mit bloßen Händen auf Windham und kämpfte wie besessen. Aber seine Verletzungen hatten ihm viel Kraft geraubt. Windham wand sich aus seinem Griff und sandte Morgan mit einem kräftigen Fußtritt zu Boden. Dann rannte er los, nahm Morgans Pferd, schwang sich in den Sattel und verschwand zwischen den Bäumen.

Brenna und die Königin liefen zu Morgan und knieten sich besorgt neben ihn. »Lieber Gott im Himmel, Morgan . . .«

»Seid Ihr wohlauf, Majestät?«

»Ja, dank Eurem und Brennas Eingreifen. Aber Ihr, mein Freund. Ihr seid schwer verwundet.«

»Die Wunden werden heilen. Viel wichtiger ist, daß wir Windham finden.«

»Den sollen Eure Soldaten suchen. Wir müssen Euch so schnell wie möglich nach Greystone Abbey bringen und Eure Wunden versorgen lassen.«

»Greystone Abbey . . .« Ein furchtbarer Gedanke durchfuhr Brenna. »Majestät, wißt Ihr, wer in Greystone Abbey zurückgeblieben ist?«

Elizabeth dachte einen Moment nach. »Außer der Dienerschaft nur Richard und Adrienne.«

Brenna und Morgan tauschten einen Blick. Beide dachten dasselbe, und während Morgan mühsam aufstand, lief sie und holte ihr Pferd.

Richard war allein im Rosengarten und schnitt mit wütendem Eifer die Triebe zurück. Zu spät bemerkte er, daß er zu heftig zu Werke gegangen war. Er hatte viel zuviel weggeschnitten. Wie habe ich die arme Rose zugerichtet, dachte er reumütig und ließ das Messer fallen.

Er war heute viel zu unausgeglichen für diese Arbeit. Die einsame Stunde im Garten hatte nicht die erhoffte Klarheit in seine Gedanken gebracht. Und er brauchte Klarheit, er mußte Wirklichkeit und Träume voneinander trennen und seine Ruhe wiederfinden.

Natürlich hatte er in seiner Einsamkeit oft in Phantasien gelebt. Das war in Ordnung, solange er sie nicht mit der Realität verwechselte. Aber seit Adrienne in seine Welt getreten war, begann er an Wunder zu glauben.

Frauen waren seit langem aus seinem Leben ausgeschlossen, und nun mußte er dem Mädchen begegnen, von dem er immer geträumt hatte. Adrienne besaß alles, was er an einer Frau liebte. Sie war klug, schön und sanft. Trotz ihrer natürlichen Scheu war sie von einer Lebendigkeit und Frische, die alles um sie her erstrahlen ließ. Und so fügsam und brav sie sich gab – gegenüber ihren lebhaften Geschwistern nahm sie einen eigenständigen Platz ein. Sie war eine hinreißende junge Frau. Eine Frau zum Lieben.

So dachte Richard. Aber wie stand es um Adriennes Sehnsüchte und Wünsche?

Er ballte die Hände und schlug wütend auf die Armlehnen seines Stuhles. Dieser verhaßte, verfluchte Stuhl. Morgans Erfindung hatte Richard beweglicher, freier gemacht. Aber seine vermeintliche Freiheit bestand darin, daß er das Leben beobachtete, ohne daran teilzunehmen.

Richard mußte an die vergangene Nacht denken. Adrienne war überraschend in sein Gemach gekommen. In ihrem zarten Nachtgewand hatte sie erwartungsvoll und schön wie eine Braut neben seinem Bett gestanden.

Im Bett liegend, hatte er zu ihr aufgeblickt und sein Verlangen niedergekämpft. Er konnte ermessen, welchen Mut Adrienne aufgebracht hatte, um zu ihm zu kommen. Mit dem wundervollsten, großzügigsten Geschenk, das eine Frau ihm je angeboten hatte.

Sollte er ihre Großherzigkeit mißbrauchen, indem er seinem Begehren nachgab und sich einfach nahm, wonach er so lange gehungert hatte?

Das hatte sie nicht verdient. Augenblicke ungehemmter Leidenschaft hätten Adriennes Zukunft zerstört. Welcher Mann würde ein Mädchen heiraten, das einem anderen seine Tugend geschenkt hatte?

Adrienne war noch über sich hinausgewachsen, indem sie Richard ermutigt hatte, alles noch einmal zu überdenken. Sie schwor, daß sie ihn liebte und mit niemandem als ihm zusammensein wolle. Wie glücklich ihre Worte ihn gemacht hatten. Aber er wußte, daß sie im Überschwang ihrer zarten Gefühle blind für die Wahrheit war.

Gewiß, sie verstanden sich, hatten dieselben Vorlieben und Abneigungen. Vielleicht kam zu all dem auch Mitgefühl. Vielleicht sogar weibliches Begehren. Aber woher wollte Adrienne wissen, ob ihre Liebe nicht irgendwann abkühlen würde?

Nach der ersten Zeit der Leidenschaft würde sie erkennen, welch einen schweren Weg sie gewählt hatte. Ein Mann, der nicht gehen konnte, war eine Last.

Und so hatte Richard sie mit seinem Nein in dem Glauben gelassen, er habe aus Anstand und Moral auf sie verzichtet. In Wirklichkeit hatte er Adrienne vor ihrer eigenen Entscheidung retten wollen.

Und morgen würde sie mit Madeline und Claude abreisen. Das Leben wäre wieder so wie vorher, sogar schlimmer. Ein scharfer Schmerz durchfuhr Richard. Von nun an wäre sein innerer Friede zerstört. Er würde nur noch daran denken, was er aufzugeben gezwungen war. Er würde Adrienne in seinen Träumen sehen und sie fühlen, wenn er den Duft der Rosen einsog. In allem, was schön, zart und rein war, würde er ihre Gegenwart spüren.

Tief in Gedanken blickte Richard auf. Lächelnd, mit anmutigen, leichten Schritten, kam Adrienne den Gartenweg entlang. Wie jedesmal, wenn er sie sah, durchflutete Richard ein Gefühl sehnsüchtigen Verlangens. Er verbarg es hinter seinem gewohnt freundlichen Lächeln.

»Mistress Leems sagte mir, daß ich Euch hier finden würde.«

»Ja, ich habe die Rosen in letzter Zeit vernachlässigt. Es ist eine Menge zu tun.« Er nahm das Messer und begann, gedankenlos an einem Zweig herumzuschneiden. Eine voll erblühte Rose fiel zu Boden. Dann noch eine und die nächste, bis der ganze Strauch kahl war. Richard arbeitete sich zum nächsten Rosenbusch vor, und bald war das ganze Beet mit Blüten übersät.

»Vielleicht sollte ich lieber gehen«, sagte Adrienne sanft, »bevor Ihr den schönen Rosengarten völlig zerstört.«

»Ja. Ich glaube, wir haben uns letzte Nacht alles gesagt, was zu sagen war.«

»Ach, letzte Nacht ...« Adrienne sah, wie es in seinem Gesicht zuckte, und brach ab. Sie schluckte und fuhr sich mit der Zunge über die Lippen. »Ich bereue nicht, was ich getan habe. Ich weiß, daß Ihr schockiert wart, aber ich bereue nichts. Ich bedaure nur, daß Ihr mich zurückgewiesen habt.«

Was, glaubt sie, kann ein Mann aushalten? dachte Richard. Warum geht sie nicht? Warum läßt sie mich nicht allein? »Wir werden nicht mehr darüber reden«, sagte er mit vor Leidenschaft bebender Stimme.

»Oui. Nie mehr werden wir darüber reden. Ich kehre morgen nach Frankreich zurück. Aber nur, weil Ihr mir nicht erlaubt, bei Euch zu bleiben. Eines aber sollt Ihr wissen. Meinem Herzen könnt Ihr nicht befehlen. Mein Herz wird hierbleiben, bei Euch. Ich liebe Euch und werde Euch immer lieben.«

»Das sagt das Kind in Euch. Aus dem edlen Bedürfnis heraus, dem Schwächeren zu helfen, glaubt Ihr, mich zu lieben. Aber wenn Ihr erst wieder in Frankreich seid, werdet Ihr mir dankbar sein, daß ich Euch Eure Freiheit gelassen habe. Die Freiheit, so zu lieben, wie Ihr es verdient.«

Adriennes Augen blitzten. »Das Kind in mir? Nein, Mylord! Die Frau in mir sagt diese Worte. Ich werde immer dankbar sein, Euch kennengelernt zu haben.« Ihre Stimme wurde leiser. »Aber ich werde Euch nie dafür danken, daß Ihr mich fortgeschickt habt.«

Sie wandte sich schnell ab, doch Richard hatte die Tränen in ihren Augen gesehen. Ohne zu überlegen, ergriff er ihre Hand. Mit schmerzerfüllter Stimme flüsterte er: »In Gottes Namen, Adrienne, geh. Bitte geh, bevor ich schwach werde.«

»Wie ... ergreifend.«

Die höhnische Stimme ließ Adrienne und Richard herumfahren. Hinter ihnen stand Lord Windham.

Richard maß ihn mit einem spöttischen Blick. »Nanu, Lord Windham. Man könnte meinen, Ihr wäret schon wieder unglücklich gestürzt.«

Windham blickte an seiner zerrissenen und blutigen Kleidung hinab. »Ja, diesmal war der Sturz besonders tief. Der Sturz in Ungnade sozusagen.« Sein böses Lachen hallte durch den stillen Garten.

»Wie soll ich das ver . . .«

Windham zog seinen Degen und betrachtete ihn eingehend. »Mein Leben lang wurde ich bei meinem Aufstieg zur Macht von einem Mann behindert.« Er machte eine Pause und heftete den Blick auf Richard. »Und das war Euer Bruder.«

»Morgan? Wovon redet Ihr, Windham?«

»Morgan Grey denkt, ich sei erledigt«, zischte Windham, während er einen Schritt auf Richard zuging. »Aber noch hat er nicht gewonnen. Noch gibt es einige Möglichkeiten, ihn zu verletzen.«

Ganz instinktiv stieß Richard Adrienne unsanft zur Seite. »Ihr geht sofort hinein!« befahl er in einem Ton, den sie noch nie von ihm gehört hatte. »Und Ihr dreht Euch nicht um! Habt Ihr verstanden?«

Windhams Lächeln wurde brutal und grausam. »Ihr wollt dem hübschen Kind den Anblick Eures unschönen Todes ersparen?«

Adrienne zuckte zusammen. »Was sagt Ihr da?«

»Geh, Adrienne! Ich befehle es!«

»Nein, Mylord.« Obwohl sie totenbleich vor Angst war, rührte Adrienne sich nicht von der Stelle. »Ich habe Euch letzte Nacht gehorcht, und es war ein Fehler. Diesmal bleibe ich. Lieber sterbe ich an Eurer Seite, als ohne Euch zu leben.«

»Was für jämmerliche Gegner«, spottete Windham. »Der eine ohne Beine und der andere ein Weib. Eine Herausforderung ist das nicht gerade für einen Kämpfer wie mich.«

Plötzlich fühlte Richard sich wie früher vor einem Kampf. Sein Herz begann zu rasen, seine Handflächen wurden feucht, und tief in seinem Inneren sammelten sich Kräfte, die sich entladen mußten. All das spürte er jetzt. Dieselbe vibrierende Anspannung wie damals, als wäre es nie anders gewesen. Er würde kämpfen. Adriennes Leben hing von ihm ab. Sein eigenes war nicht wichtig.

Als Windham den Degen hob, duckte er sich und wartete ab. Dann, kurz bevor Windham zustieß, umklammerte er das Messer, das in seinem Schoß lag und das Windham nicht gesehen hatte, und ließ seinen Arm vorschnellen. Mit einem wütenden Fluch wich Windham zurück und hielt sich seinen blutenden Arm. Sein Degen war zu Boden gefallen.

»Das werdet Ihr mir büßen, Grey! Für jede Wunde, die Ihr mir zufügt, erhaltet Ihr und die Frau das Zehnfache zurück. Bis Ihr mich anfleht, Euch zu töten.« Als er sich nach seinem Degen bückte, trat ein zierlicher Fuß auf den juwelenverzierten Griff. Verdutzt blickte er auf und sah in die zornblitzenden Augen der Französin.

»Ihr werdet Richard nichts tun.«

»Nichts tun?« Windham stieß sein böses Lachen aus. »Ich werde ihn töten. Und dich auch, kleine Närrin.«

Richard beobachtete voll Entsetzen den Kampf der beiden um den Degen. Als Windham aber ausholte und Adrienne so heftig ins Gesicht schlug, daß sie zu Boden stürzte, schlug sein Entsetzen in rasende Wut um.

»Nein!« Bevor Windham mit dem Degen zustoßen konnte, nahm Richard seine ganze Kraft zusammen und stemmte sich aus dem Stuhl hoch. Er riß Windham mit sich, und dann lagen beide Männer ineinander verknäult und vor Schmerzen keuchend am Boden.

Drei Reiter näherten sich und beobachteten entsetzt diese Szene. Denn sekundenlang, für einen quälend langen Moment, lagen Windham und Richard ganz still. Niemand wagte zu sprechen. Keiner schien zu einer Bewegung fähig zu sein. Die Königin, Morgan, Brenna, Adrienne – alle waren vor Schreck und Angst wie gelähmt.

Dann, endlich, kam Richard langsam hoch. Er stützte sich auf die Hände und starrte auf den regungslosen Mann.

Lord Windham lag mit dem Gesicht nach oben. In seinem blutgetränkten Wams steckte tief das Messer, und sein Mund war zu einem lautlosen Wutschrei verzerrt. Seine leblosen Augen starrten zu einem fernen Gipfel, den er nie erreichen würde.

Adrienne sank schluchzend in Richards Arme. »O mein Geliebter. Nie, nie wieder werde ich zulassen, daß Ihr mich fortschickt.«

Er drückte sie an sich. »Und ich werde es niemals mehr versuchen«, murmelte er und küßte zart ihre Schläfe. »Bei dem Gedanken, ich könnte Euch für immer verlieren, wurde mir klar, wie sehr ich Euch liebe. Ich kann nur beten, daß ich Euch ein wenig von dem Glück zurückgeben kann, das Ihr mir schenken werdet.«

Die anderen beobachteten gerührt die Szene. Als Brenna sich mit einem befreiten Lächeln zu Morgan umwandte, schrie sie erschrocken auf. Das Blut, das überall aus seinen Wunden sikkerte, hatte sein Wams dunkelrot gefärbt. Sein Gesicht war aschfahl. Er bewegte die Lippen, aber kein Wort kam heraus. Dann plötzlich schloß er die Augen und rutschte ohne einen Laut aus dem Sattel.

Morgan kam langsam zu sich, als erwache er aus einem langen todesähnlichen Schlaf. Das helle Sonnenlicht, das durch die geöffneten Fenster fiel, schmerzte in seinen Augen. Blinzelnd sah er sich um, und als er die vertraute Umgebung seines Schlafgemaches erkannte, schloß er erleichtert wieder die Augen.

Er spürte neben sich im Bett eine Bewegung und drehte den Kopf. »Brenna ...« Ihr Anblick ließ ihn seine Schmerzen vergessen. Für einen flüchtigen Moment kehrten die Dämonen seiner Alpträume zurück. Verzweifelt hatte er gekämpft, um Brenna ihren Klauen zu entreißen. Und nun war sie bei ihm, und bis auf eine Wunde am Arm schien sie unversehrt. Sie schlief, und Morgans Blick glitt über ihr geliebtes Gesicht.

Dann berührte er ganz sanft ihre Wange. Ihre Lider zuckten, sie blinzelte und öffnete die Augen. Ein glückliches Lächeln ging über ihr Gesicht. »O Liebster, endlich bist du wieder bei mir.« Sie beugte sich über Morgan und strich ihm über die Stirn. »Ich hatte solche Angst, daß du nie wieder in diese Welt zurückkehren würdest.« Ihre Lippen begannen zu beben, und dann löste sich die angstvolle Anspannung der durchwachten Tage und Nächte in einem Tränenstrom. »Ich dachte, ich würde dich verlieren«, schluchzte sie.

Morgan legte die Arme um sie und zog sie an seine Brust. »Glaubst du, ich würde mein Leben hergeben, jetzt, wo es sich zu leben lohnt?«

Plötzlich stand die Königin am Bett und sah die beiden in inniger Umarmung. Brenna wurde rot vor Verlegenheit und wollte sich aus Morgans Armen befreien, aber er ließ sie nicht los.

»Ich sehe, lieber Freund, daß Ihr zu den Lebenden zurückgekehrt seid. Wir waren alle in großer Sorge um Euch, aber Brenna hat keinen Moment aufgegeben.«

Morgan lächelte der Frau neben sich liebevoll zu.

»Wir ließen meinen Leibarzt kommen. Aber als er Euch zur Ader lassen wollte, jagte Brenna ihn hinaus und bestand darauf, Euch ganz allein zu pflegen.«

Morgan brach in Lachen aus. »Du hast den Arzt der Königin weggeschickt?«

»Du hattest schon zuviel Blut verloren. Dieser Arzt hätte dir noch den letzten Tropfen genommen.«

»Die Lady ist Euch wirklich ergeben«, sagte Elizabeth. »Sie wich tage- und nächtelang nicht von Eurer Seite. Solch eine Hingabe findet man selten.«

»Ja, Majestät, dessen bin ich mir bewußt. Aber was ist mit Euch? Seid Ihr Windhams Anschlag unverletzt entkommen?«

»Ja, dank Eurem und Brennas Opfermut. Und um Euch die Dankbarkeit Eurer Königin zu zeigen«, sagte Elizabeth salbungsvoll, »wird es eine feierliche Zeremonie geben, sobald Ihr wieder bei Kräften seid. Ich werde Richard und Euch auszeichnen. Und Euch, Brenna MacAlpin, wird eine dankbare Königin jede Bitte erfüllen.«

»Ich habe keinen Wunsch, Majestät. Es ist Belohnung genug, Euch gesund und unversehrt zu wissen.«

»Ganz England soll von Eurer tapferen Tat erfahren.« Elizabeth berührte sanft Morgans Wange. In ihren Augen schimmerten Tränen. »Ihr müßt jetzt ruhen, mein tapferer Draufgänger«, murmelte sie und eilte rasch hinaus.

20. KAPITEL

Durch die Tür eines Seitenraums spähte Morgan in das Hauptschiff der Abtei. Festlich gekleidete Männer und Frauen des Hofes erwarteten die Königin. Welch überflüssiger Pomp, dachte Morgan. Ihm wäre eine einfache Feier in kleinem Kreis lieber gewesen. Aber die Königin hatte auf einer prunkvollen Zeremonie in der Abtei von Greystone bestanden.

Die Abtei war fast zweihundert Jahre alt. Ein Vorfahr von Morgan hatte die Mönche gegen einen Angriff verteidigt und zum Dank die Abtei mit den umliegenden Dörfern vom König erhalten.

Morgan dachte an all die tapferen Männer in seiner Familie, die in Kriegen gekämpft und so manchen Sieg errungen hatten. Aber was war ein Sieg des Schwertes gegen den Sieg des Herzens?

Morgan mußte an die freudlosen Jahre denken, in denen er auf Schlachtfeldern gekämpft und sein Herz gegen die Liebe verschlossen hatte. Brenna hatte die Tür geöffnet und ihn befreit. Mit Brenna an seiner Seite würde er leben.

Er hörte die Trompetenfanfaren, die die Ankunft der Königin verkündeten. Das schwere Portal öffnete sich, und Elizabeth schritt würdevoll auf dem teppichbelegten Mittelgang zum Altar. Die Frauen knicksten, und die Männer verneigten sich.

Als sie auf dem Thronsessel Platz genommen hatte, gab sie das Zeichen zum Beginn der Zeremonie. Morgan ging zu Richard und klopfte ihm brüderlich auf die Schulter. »Seid Ihr bereit, Richard?«

Richard zwinkerte ihm zu. »Morgan, ich bin bereit.«

Morgan schob den Rollstuhl auf den Mittelgang, und langsam bewegten sich die beiden Männer auf ihre lächelnde Königin zu.

Elizabeth rühmte sie in einer kurzen, feierlichen Rede für ihren selbstlosen Mut.

Plötzlich unterbrach ein Raunen die andächtige Stille. Morgan drehte sich um und sah Brenna hinten in der Abtei stehen. Als sie ihm entgegengeschritten kam, erfaßte ihn ein unbeschreibliches Glücksgefühl. Diese wundervolle Frau, die sich bewegte wie eine Königin, die kämpfen konnte wie eine Wildkatze, die das Schwert führte wie ein Soldat und liebte wie ein Traumgeschöpf – diese Frau würde sein Leben teilen.

Er fing Brennas Blick auf, und wieder spürte er das leidenschaftliche Feuer der vergangenen Nacht. Das Blut begann in seinen Schläfen zu rauschen.

Brenna blieb vor der Königin stehen und verneigte sich tief. »Brenna MacAlpin.« Elizabeths Stimme hallte durch den hohen Raum. »Obwohl Ihr keine Untertanin der Krone seid, habt Ihr dennoch Euer Leben für die Königin riskiert. Vor allen, die hier versammelt sind, gewähre ich Euch einen Wunsch.« Sie betrachtete die ehrfürchtige junge Frau und verglich sie insgeheim mit der rebellischen und stolzen schottischen Clanführerin, als die sie Brenna in London kennengelernt hatte. »Nun, Brenna MacAlpin? Welches ist Euer innigster Wunsch?«

Brenna hatte viele Tage Zeit zum Nachdenken gehabt. Sie wußte, daß sie alles bekommen würde – Land, Gold, Titel –, doch sie wollte nur eines. Sie liebte Morgan, liebte ihn mit ihrem ganzen Wesen. Aber sie wollte aus freier Entscheidung zu ihm kommen, nicht als Gefangene. Morgan würde es verstehen. Er war ein Mann, der seine eigene Freiheit nie aufgeben würde.

Morgan sah sie an und strahlte. Er wußte, worum Brenna bitten würde. Sie liebte ihn, er liebte sie. Was konnte sie anderes wünschen, als für immer bei ihm zu bleiben?

»Freiheit, Majestät. Ich möchte als freie Frau zu meinem Volk zurückkehren.«

Während die Königin huldvoll den Kopf neigte, brach für Morgan eine Welt zusammen.

»Wirst du mich nach Schottland begleiten?« fragte Brenna ihn, als sie bei den Klängen der Orgel die Abtei verließen.

»Das ist leider nicht möglich. Ich habe eben mit der Königin gesprochen. Sie schickt mich mit meinen Männern nach Wales, um eine Rebellion niederzuschlagen.« Morgan verschwieg Brenna, daß er Elizabeth die Erlaubnis abgetrotzt hatte. »Ich werde dir meine zuverlässigsten Männer mitgeben.«

Brenna starrte ihn fassungslos an. »Nach Wales? Für wie lange?«

»Ich weiß es nicht«, sagte er knapp.

Sie konnte ihre Tränen kaum zurückhalten. »Und ich hatte so gehofft, daß du meine ältere Schwester und Brice Campbell kennenlernen würdest . . .«

»Meine Pflicht im Dienste der Königin geht vor, Mylady.«

»Ja.« Brenna biß sich auf die Lippe. Warum hatte sie sich falschen Hoffnungen hingegeben? Hatte Morgan nicht vor langer Zeit klar gesagt, was er vom Heiraten hielt? »Lieber kämpfe ich unbewaffnet gegen eine Horde von Feinden . . .« Sie hätte gewarnt sein müssen. Aber wie alle Frauen seit Anbeginn der Schöpfung hatte auch sie geglaubt, daß ihre Liebe alles ändern würde.

Sie schluckte. »Ich werde dich vermissen, Morgan. Wirst du nach Schottland kommen, wenn dieser . . . Aufstand niedergeschlagen ist?«

Morgan wich ihrem Blick aus. »Wenn ich in die Zukunft blikken könnte, Brenna . . .« Er wandte sich schnell ab und ging auf das Herrenhaus zu.

Brenna lehnte sich gegen die kalte Steinmauer der Abtei, um einen Halt zu finden. Sie hatte das Gefühl, ihr Herz würde zerspringen.

Weder Brenna noch Morgan bemerkten, daß sie von der Königin beobachtet wurden. Elizabeth blickte ihnen wehmütig nach und litt mit ihnen.

Morgan stand am Erkerfenster und blickte über die grünen Hügel seines Besitzes. Wenn er früher aus einer Schlacht zurückgekehrt war, hatten seine Seele, sein Geist und sein Körper in Greystone Abbey Frieden gefunden.

Doch das war vor Brenna gewesen. Jetzt fand er in Greystone nicht zur Ruhe. Und so würde es vermutlich bleiben. Nie wieder würde er diesen inneren Frieden fühlen, den Brenna ihm gebracht hatte.

Überall sah er sie. In den lichten, blumengeschmückten Räumen, die vorher so düster gewesen waren. Im Speisesaal, wo Mistress Leems immer noch Gerichte nach Brennas Rezepten servierte. Und auch hier, in seinen Räumen, wo es nach den getrockneten Blüten duftete, die Brenna zwischen die Wäsche gelegt hatte.

Er sah sie im Rosengarten, wo ein neuer Springbrunnen unter dem knorrigen alten Baum plätscherte, auf dem Richard und er als Jungen die ersten Kletterübungen gemacht hatten.

Dort unten im Garten saßen Arm in Arm Adrienne und Richard. Sie plauderten und lachten, und als sie sich zärtlich küßten, blickte Morgan beschämt fort.

Er war rechtzeitig zur Hochzeit aus Wales zurückgekommen. Es war eine zu Herzen gehende Feier gewesen, die viele der Gäste zu Tränen gerührt hatte. Die meisten waren lange wieder fort. Nur die Königin schob ihre Abreise immer wieder auf. Windhams Mordanschlag hatte sie tief erschüttert und sie daran erinnert, daß sie nicht unsterblich war. Sie wurde in London erwartet, aber noch genoß sie den Frieden von Greystone Abbey.

Während Morgan seinen Gedanken nachhing, klopfte es an der Tür. »Ja, bitte.«

Elizabeth kam mit raschelnden Röcken hereingerauscht und begrüßte ihn.

»Oh, Majestät. Wo sind Eure allgegenwärtigen Damen?«

»Mein Lautenspieler unterhält sie. Ich möchte einmal allein mit Euch plaudern.«

Morgan schob die Armstühle vor dem Kamin zurecht. »Nehmt Platz, Madam. Ich werde Erfrischungen bringen lassen.«

»Nein.« Elizabeth hielt ihn zurück. Dann ließ sie die Hand spielerisch über die Muskeln seines Arms gleiten. »Ihr seid so stark, mein Freund.« Sie machte eine Pause und betrachtete Morgan mit einem sonderbaren Ausdruck. »Vielleicht zu stark.«

»Was soll das heißen?«

Wieder zögerte sie einen Moment und suchte nach den richtigen Worten. »Habt Ihr ... von ihr gehört?«
»Von wem?«
»Ihr wißt, von wem ich rede. Von Brenna.«
»Nein. Wir schreiben uns nicht.«
»Warum nicht?«
»Wir haben beide unsere Wahl getroffen. Unsere Wege gehen in verschiedene Richtungen.«
»Wenn Ihr sie wirklich lieben würdet, würdet Ihr zu ihr reisen.«
Morgans Miene wurde abweisend. »Und wenn sie mich genug lieben würde, wäre sie hiergeblieben.«
»Sie ist Oberhaupt eines Clans, Morgan, und wurde mitten aus ihren Pflichten gerissen. Ist es da nicht verständlich, daß sie ihrer Verantwortung nachkommen wollte?«
»Ich habe auch Pflichten«, brauste Morgan auf. »Oder wollt Ihr, daß ich Euch und alles, was mir teuer ist, verlasse und zu ihr krieche?«
»Ihr und kriechen, Morgan?« Die Königin lachte. »Das ist unvorstellbar, mein stolzer Wilder.«
Seine Miene blieb mürrisch. »Also – wo ist die Lösung?«
»Ich weiß es nicht, Morgan.« Elizabeth legte die Hand auf seinen Arm und sah ihn eindringlich an. »Darf ich Euch um einen Dienst bitten?«
»Ihr wißt, daß ich für Euch alles tue.«
Sie zog die Augenbrauen hoch. »Ihr macht es mir leicht.«
Er stutzte. »Warum sagt ihr das? Bin ich nicht stets Euren Befehlen nachgekommen?«
»An der schottischen Grenze ist ein Aufstand ausgebrochen.«
Er runzelte die Stirn. »Ein Aufstand? Davon habe ich noch nichts gehört.«
»Ich habe die Nachricht gerade erst erhalten. Stellt eine zuverlässige Truppe zusammen und schafft an der Grenze Ruhe.«
Er sah Elizabeth argwöhnisch an. »Ich werde sie nicht aufsuchen, während ich dort bin.«
»Das würde ich auch nicht von Euch verlangen.« Elizabeth hauchte einen Kuß auf seine Wange. »Und kommt bald zurück. Eure Königin braucht Euch.«

Morgan hatte vergessen, wie grün dieses Land war. Und wie blau der Himmel. In die Talmulden schmiegten sich friedliche kleine Dörfer, Schafe grasten auf den Weiden. Nicht weit von hier mußte die Burg der MacAlpins liegen.

Morgan hatte in diesem idyllischen Land weit und breit kein Anzeichen eines Aufruhrs entdeckt. Statt dessen hatte er den Frieden wiedergefunden, den Brenna mit sich genommen hatte. Beim Anblick der stolzen jungen Schottinnen mit den windzerzausten Locken und lachenden Augen schlug sein Herz höher. Jedes dieser freien, wilden Geschöpfe erinnerte ihn an die eine, die ihn im ersten Moment ihrer Begegnung verzaubert hatte.

Alden riß sein Pferd an der Spitze des Trupps herum und kam auf Morgan zugeprescht. »Am anderen Flußufer marschiert eine Reiterschar von mindestens hundert Mann auf. Vielleicht haben wir die Aufständischen endlich gefunden.«

Morgan riß sich aus seinen Träumereien los und war wieder ganz bei seiner Aufgabe. »Die Männer sollen ihre Waffen bereithalten. Schick die beiden besten als Späher vor. Sie sollen die Stärke des Feindes auskundschaften.«

»Ja.« Während Alden an der langen Reihe der Soldaten entlang nach vorn galoppierte, tastete Morgan nach dem Dolch in seinem Gürtel und zog dann sein Schwert aus der Scheide.

Es war ein so strahlend schöner Tag. Die Sonne schien von einem wolkenlosen Himmel. In der leichten Brise raschelten die Blätter an den Bäumen. Der Duft von Wildblumen lag in der Luft. Dies war kein Tag zum Blutvergießen.

Morgan gab seinem Pferd die Sporen und ritt an die Spitze der Kolonne. Alden kam ihm entgegen. »Die Späher sind schon zurück. Sie behaupten, daß es kein Aufstand sei. Angeblich gehört diese Reiterschar zu einem Hochzeitszug. Aber sie sind wie zu einem Feldzug gerüstet. Und unter den Männern sind auch Highlander.«

»Highlander?« fragte Morgan die beiden Kundschafter. »Seid Ihr sicher?«

»Ja, Mylord. Es sind Riesen. In voller Kriegskleidung. Nacktbeinige Barbaren, mit Beinen wie Baumstämme. Und bis an die Zähne bewaffnet. Sie tragen breite Schlachtschwerter, Pfeil und Bogen, Degen und Dolche.«

»Und sie behaupten, sie gehören zu einer Hochzeitsgesellschaft?«

»Ja, Mylord. Einer von ihnen sagte sogar, wir sollten uns ihnen anschließen.«

Morgan kniff die Augen zusammen. Was für ein gerissener Plan war denn das? Er überlegte einen Moment und befahl Alden, mit der Hälfte des Trupps diesseits des Flusses zu bleiben. »Ich reite mit der anderen Hälfte hinüber. Wenn wir Hilfe brauchen, geben wir euch ein Signal.«

Morgan sammelte rasch seine Leute und durchquerte ihnen voran den Fluß. Als sie drüben die Uferböschung hinaufritten, wurden sie von den fremden Kriegern schweigend gemustert. Morgan ritt auf die bedrohlich aussehenden Highlander zu. Niemand griff an.

»Willkommen zu unserer Hochzeitsfeier, Engländer«, rief einer der Männer.

Morgan wandte den Kopf. Der Mann, der gesprochen hatte, überragte alle anderen. Seine Schultern waren so breit, wie sein Schlachtschwert lang war. Er hatte dichtes rotbraunes Haar, das ihm wirr in die Stirn hing.

»Wir möchten Euer Fest nicht stören.« Morgan zügelte sein Pferd. »Königin Elizabeth hat uns mit dem Auftrag hergeschickt, den Gerüchten von einem Aufstand nachzugehen.«

»Unsere Königin Mary hat befohlen, daß unser Volk mit Eurem in Frieden leben soll«, antwortete der Mann ohne ein Anzeichen von Feindseligkeit.

»Ja. Wir haben nichts von einem Aufruhr entdecken können. Nur Eure Gesellschaft hat uns stutzig gemacht.«

Einige der Highlander begannen zu lachen. Eine ausgelassene Stimmung machte sich breit. So furchterregend sie aussahen – alle diese Leute schienen eher am Feiern als am Kämpfen interessiert zu sein.

»Verzeiht nochmals, daß wir Euch auf dem Weg zu der Feier gestört haben. Ich denke, wir werden wieder in Richtung England aufbrechen.«

»Nein!« Der Highlander lachte. »Bleibt und feiert mit uns.«

Eine schöne junge Frau kam über die Wiese auf die Männer zu.

In den Armen wiegte sie ein Baby, das die rundlichen Finger nach einer Strähne ihres mahagonifarbenen Haars ausstreckte. Der Highlander legte beschützend den Arm um ihre Schultern.

Als die Frau Morgan ansah, setzte sein Herz einen Schlag aus. Ein Blick in diese Augen, und er wußte, wen er vor sich hatte. Brennas Schwester.

»Ihr seid Meredith. Und Ihr«, wandte er sich an den Highlander, »müßt Brice Campbell sein.«

Meredith lächelte ihm herzlich zu. »Dann seid Ihr Morgan Grey, nicht wahr? Brenna hat uns viel von Euch erzählt. Und nur Gutes.«

»Von Euch weiß ich auch so einiges«, erwiderte Morgan lachend. Er erblickte ein junges Mädchen, das auf sie zuschlenderte. Megan, in einem fließenden Gewand in der Farbe ihres Haars. Megan, die kampflustige kleine Wildkatze. Kaum hatte sie Morgan erkannt, als sie auch schon nach ihrem Dolch griff.

»Ich komme in Frieden, Megan«, versicherte Morgan ihr.

»Ja. Brenna hat davon geschwärmt, welch ein edler und eindrucksvoller Mann der ›Wilde der Königin‹ sei. Ich erinnere mich nur an einen hochmütigen englischen Soldaten. Aber an diesem besonderen Tag werde ich nicht mit meiner Schwerster streiten.«

»Dann seid Ihr es also, die heute heiratet?«

»Ich? Nein, ich nicht.« Megan warf stolz den Kopf zurück. »Es gibt auf der ganzen Welt keinen Mann, der mein Herz gewinnen wird.«

»Wer ist denn die Braut?« wollte Morgan wissen.

Megan blickte verwirrt zwischen ihrer Schwester und Morgan hin und her. »Ich dachte, Ihr wüßtet es. Brenna heiratet heute.«

Morgan war wie vor den Kopf geschlagen. Er sah nichts mehr und hörte nichts mehr und umklammerte die Zügel, bis seine Handflächen brannten. Dann breitete sich der Schmerz in ihm aus, auf den Schmerz folgte trotziger Stolz und dann eine brennende Wut.

Brenna hatte ihn nie geliebt. Hätte sie sonst so schnell einen anderen gefunden? Nein, sie hatte ihn nur benutzt, ihn und seine Freundschaft mit der Königin. Um sich ihre Freiheit zu erschleichen.

»Richtet Lady Brenna meine Glückwünsche aus.«

»Ihr könnt ihr selbst gratulieren«, sagte Meredith sanft. Sie hatte den Schmerz in seinen Augen gelesen und floß vor Mitleid über. »Brenna ist zu ihrem Lieblingsplatz gegangen, um vor der Trauung allein zu sein. Dort könntet Ihr sie treffen.«

»Es ist nicht wichtig, Mylady. Ich muß zu meinen Leuten zurück. Sie warten am anderen Ufer.«

»Brice wird Euch den Weg zeigen«, entgegnete Meredith, als hätte Morgan nichts gesagt. Sie warf dem Mann neben sich einen unauffälligen Blick zu.

Morgan beobachtete, wie der hünenhafte Highlander in den Sattel stieg und fortritt. Und obwohl er keineswegs die Absicht hatte, wendete er sein Pferd und folgte ihm.

Der Ritt ging über Hügel und Wiesen, an Dörfern vorbei quer über ein Feld, durch einen Wald, der immer dichter wurde. Als er sich öffnete, standen die Reiter vor einem Heidefeld.

Morgan starrte auf das blaue Meer, atmete tief den lieblichen Duft ein. Warm streichelte die Brise seine Haut. Was er sah, roch und fühlte, vermischte sich mit Erinnerungen. Er sah ein Bild vor sich. Ein ähnliches Heidefeld. Brenna, klein und einsam in diesem weiten Heidefeld. So tapfer, bei ihrer aussichtslosen Flucht. Welch eine erstaunliche Frau.

Morgan sah sich um. Der Highlander war nirgends zu sehen. Aber mitten aus dem wogenden Blau tauchte eine weißgekleidete Gestalt auf. Morgans Herz begann zu rasen. Ohne zu überlegen, trieb er sein Pferd voran.

»Brenna!«

Beim Klang seiner Stimme drehte sie sich um. Ein Lächeln ging über ihr Gesicht. »Morgan. Die Königin sagte, daß du kommen würdest.«

»Die Königin?« Er runzelte die Stirn. »Wann hast du mit ihr gesprochen?«

»Vor ein paar Stunden.«

»Hier? Sie ist hier in Schottland?«

»Ja. Sie ist zu meiner Hochzeit gekommen.«

Seine Miene verdüsterte sich. Wie konnte sie so locker über etwas reden, das ihm das Herz brach? »Lange habt Ihr nicht gewartet, Mylady.«

»Zu lange. Aber mein Liebster war fort, und deshalb die Wartezeit.«

»Er ist Soldat?«

»Ja.« Sie ging einen Schritt auf ihn zu und lächelte.

Er starrte auf ihr weißes Kleid, das sich im Wind an ihren Körper schmiegte. »Ich habe nicht gewußt, was für eine grausame Frau du bist, Brenna.«

»Wer ein Volk zu führen hat, der muß sein Herz gegen viele Dinge härten. Das hat mir die Königin gesagt.«

»Elizabeth ist eine bemerkenswerte Persönlichkeit. Aber zur Gemahlin möchte ich sie nicht haben.«

»Das will ich auch nicht hoffen, Mylord. Schließlich kann ein Mann nur eine Frau haben.«

Er sah sie verständnislos an. »Ich habe keine Frau ...«

»Aber Ihr werdet bald eine haben. Sehr bald.« Es zuckte um Brennas Mundwinkel, und dann begann sie zu lachen.

Jetzt endlich verstand Morgan. Doch er mußte ganz sicher sein. »Was sagst du da, Brenna?« Er glitt vom Sattel und blieb einen Schritt vor ihr stehen.

»Für mich war wichtig, als freie Frau zu meinem Volk zurückzukehren. Genauso wichtig war mir, daß ich mir selbst meinen Ehemann wähle. Das ist die Art der MacAlpins.«

Seine Erleichterung machte Morgan übermütig. »Und wenn der Ehemann, den Ihr ausgesucht habt, Eure Zuneigung nicht erwidert, Mylady?« fragte er mit leisem Spott.

»So dumm bin ich nicht, daß ich mir einen Mann aussuche, der mich nicht will, Mylord.«

»Und wenn er durch schlechte Erfahrungen verbittert ist?«

»Ich werde sein verwundetes Herz heilen.«

»Und wenn er einer anderen Königin als Eurer zur Treue verpflichtet ist?«

»Dann werde auch ich seiner Königin den Treueeid schwören.«

»Und was wird aus Eurem Volk?«

»Ich bin nicht die letzte der MacAlpins.«

»Du willst deinen Clan diesem kleinen Hitzkopf anvertrauen?«

»Megan wird eine gute Führerin sein. Und sollte es im Land je einen Aufstand geben, wird sie ihn anführen.«

Morgan ging auf sie zu und berührte leicht ihre Wange. Sie wurde von einer süßen Schwäche erfaßt, und auch in seinen Adern begann das Feuer zu brennen. »Wie ich sehe, habt Ihr alles bedacht, Mylady.«

»Ja. Nur eines ist noch ungeklärt.«

Er wartete, sah voller Erregung die Lichter in ihren Augen tanzen.

»Der Mann meiner Wahl hat noch nicht zugestimmt.« Sie schaute ihn herausfordernd an.

»Aha. Ich dachte, Ihr wäret seiner Zustimmung sicher.« Er zeichnete mit dem Finger die Umrisse ihrer Lippen nach. »Welcher Mann könnte solch einem verlockenden Angebot widerstehen?« murmelte er heiser.

Sie strahlte ihn an. »Du wirst mich heiraten, Morgan?«

»Da die anderen bereits feiern, will ich ihnen den Tag nicht verderben.«

»O Morgan, mehr hast du nicht zu sagen?« Brenna schlang die Arme um seinen Nacken. »Du mußt mir zarte Liebesworte ins Ohr flüstern und mir sagen, daß du ein Leben ohne mich nicht ertragen würdest.«

Er schloß die Augen und ließ Brennas Wärme in sich einströmen, um ihrer Gegenwart ganz sicher zu sein. »O meine stolze kleine Brenna. Wie sehr du mir gefehlt hast. Ich konnte an nichts als nur an dich denken.«

»Das ist schon besser«, flüsterte sie, »sag noch so etwas Schönes.«

»Ich brauche dich, so wie diese Blumen das Sonnenlicht und den Regen brauchen, und ich werde dich nie wieder gehen lassen.« Morgan preßte sie an sich, und langsam sanken sie in das weiche Heidebett. »Ich liebe dich, Brenna, mehr als mein Leben.« Er beugte sich über sie und schob die Hand in ihr Mieder. »Ich werde nie aufhören, dich zu lieben!«

Brenna stöhnte unter seiner Liebkosung auf. »Das genügt«, keuchte sie, »laß uns jetzt zu den anderen gehen. Eine große

Hochzeitsgesellschaft wartet ... und die Königin ... der Geistliche in der Kirche ...«

Morgan verschloß ihr den Mund mit einem leidenschaftlichen Kuß. »Sie werden noch etwas länger warten müssen, Mylady Grey.« Er küßte sie mit sinnlichem Verlangen auf die Augen, den Hals, die festen Brüste, und Brenna verlor sich in seiner Umarmung.

Ihr sanfter Wilder. Wie sehr sie ihn vermißt, sich nach ihm gesehnt hatte. Ein Leben würde nicht ausreichen, um ihm ihre grenzenlose Liebe zu zeigen.